책으로 다시 살다

◉ 숭례문학당 엮음 ◉

책으로 다시 살다

― 함께 읽기로 인생을 바꾼 사람들

북바이북

책이 바꾼 삶,
25인의 인생 이야기

"40년간 살아야 할 이유를 찾아 헤맸어요. 책에 길이 있다는 걸 이제야 알았어요."

제천에 사는 이인자 씨는 3년간 서울을 오갔다. 길을 찾기 위해서였다. '살아야 할 이유'를 찾고 싶었다. 어릴 때부터 책을 좋아한 그녀는 15년간 독서지도사로 일했다. 수년간 시달려온 우울감에서 벗어나기 위한 작은 노력이었다. 그러나, 길이 보이지 않았다. 출구를 찾지 못했다. 그렇게 시작된 서울행이었다.

그녀가 찾은 숭례문학당에서는 낯선 책을 권했다. 장정일의 서평집 『빌린 책, 산 책, 버린 책』(마티)을 읽고 인자 씨는 넋이 나갔다. 아직도 그녀의 말을 생생하게 기억한다. "그렇게 많은 책을 읽어왔는데, 왜 제가 읽은 책은 한 권도 없죠? 전 뭘 읽어온 거죠?" 서평 대상은 저자 취향의 산물임은 부정할 수 없다. 하지만 나름 프로로 일한 그녀가 아닌가. 일순간에 자신을 '까막눈'으로 만들어버린 장정일의 서평집을 읽고 나서 그녀는 지금껏 자신이 보아온 세계의 한계를 그제야 깨달았다. 그리고 누군가를 가르치기 위한 책이 아닌, 나를 위한 책을 읽어야겠다고 마음먹었다.

그렇게 3년간 제천에서 서울을 오가며, 책을 읽고 토론을 했다. 우울감이 줄긴 했지만 완전히 치유된 것은 아니었다. 낯선 책 앞에서 작아지는 자신을 느끼기도 했다. 그러다 고미숙의 『공부의 달인, 호모 쿵푸스』(북드라망, 2012)를 읽고 나서 완전한 치유를 경험했다. '살아야 할 이유'를 찾은 것이다. "배워서 남 주자!"는 저자의 외침에 압도된 인자 씨는 우울증을 짓밟아버렸다. 그녀는 지금 독서토론 활동가로 학교와 도서관 곳곳을 뛰어다닌다.

얼마 전 함께 다녀온 여행에서 그녀는 울먹이며 말했다. "너무 행복해요. 이렇게 행복해도 될까요?" 3년이라는 짧은 시간 동안, 그녀는 강렬한 전환점을 찾았다. 이는 그녀만의 특별한 경험이 아니다. 책 읽고 토론하는 사람들이 자주 하는 말이다. 답은 책이 아니다. 사람이다. 책 읽는 사람이 희망이다. 이 책에 실린 스물다섯 명의 이야기를 묶는 키워드 또한 '사람'이다. 이들의 격정적인 드라마가 이제 펼쳐진다.

회사 부도와 투자 사기를 딛고 책으로 일어선 윤석윤 씨, 배는 나오고 머리숱은 적어지는 40대 가장의 독서토론 도전기를 펼쳐낸 김승호 씨, 퇴직을 앞두고 불면증에 시달리다 책을 통해 자신의 길을 찾은 윤영선 씨, 소위 말하는 좋은 직장을 때려치우고 자유로운 삶을 찾아나선 박일호 씨의 이야기는 가장으로 살아가는 남자들이 주인공이다. 교통사고로 혼수상태에 빠져 병원 생활을 하다 책으로 재활한 서미경 씨, 중병으로 쓰러진 남편에 절망하다 카프카의 『변신』을 읽고 용기를 얻은 장정윤 씨, 직장 생활과 아이 양육에 치이다 책으로 자존감을 찾은 박은미 씨의 이야기는 주부들의 사례다.

직장인의 애환과 기쁨도 있다. 독서토론을 기업 교육의 대안으로 찾은 송진희 씨, 아이들과의 독서토론을 통해 학교 교육의 희망을 보여준 정소연 씨, 학력 차별에 대한 분노를 책과 글쓰기로 승화한 정지연 씨가 바로 그들이다. 북콘서트와 영화토론을 통해 자신의 가치를 찾은 황정의 씨와 한창욱 씨, 군대에서 책을 읽기 시작한 작곡가 어등경 씨, 20대의 고민과 대안을 보여준 김윤희, 권인걸, 황지선 씨도 있고, 어릴 때부터 〈통일전망대〉를 애청하던 한준 씨는 탈북 대학생들과의 독서토론으로 자신의 사명을 찾았다.

이들은 어릴 때부터 독서광은 아니었다. 우리 주변에서 흔히 볼 수 있는 평범한 사람들이었다. 다만 어떤 계기로 책을 읽고, 토론하고, 쓰는 데에 재미를 붙였을 뿐이다. 그리고 함께 하는 사람들이 그 여정에 페이스 메이커$^{Pace\ maker}$가 되었다. 이 책을 읽는 독자들도 충분히 이들처럼 삶의 전환점을 맞이할 수 있다고 확신한다. 함께 읽고, 함께 토론하고, 함께 쓴다면 말이다.

이 책이 탄생한 곳은 북한산이다. 2013년 여름, 건강을 좀 챙겨야겠다는 마음에 산행을 할까 고민하고 있던 때였다. 그 즈음 한국출판마케팅연구소 한기호 소장님이 북한산 둘레길 코스를 시작한다고 해서 냉큼 합류했다. 우치다 타츠루의 『혼자 못 사는 것도 재주』(북뱅, 2014)라는 책 제목처럼 혼자서는 뭐든 의욕을 내지 못하는 수동적인 성격이라 '친구 따라 강남 가듯' 산행에 동반했다. 남자 둘이서만 다니면 사람들이 '오해'할까 싶어 주변인들을 끌어들였다. 만만한 게 숭례문학당 식구들이었다. 조관호 선생님에게는 10여 년의 기공체조 수련의 경험을 기부하게 했고, 사람들을 모으는 데 특별한 '재주'를 가진 김민영 이사도 꼬여냈다. 서울 횡단 도보여행을 통해 몰라보게 체중을 감량한 그녀에게는 산에 대한 공포를 넘어서는 계기가 필요했다. 무엇보다 영혼의 양식을 섭취하는 데 머물지 않고, 신체의 건강을 회복하는 게 절실하기도 했다.

이 산행은 지덕체 3박자를 갖춘 재미주의파 숭례문학당이 책으로 자신과 가족, 직장, 사회를 바꾸는 데서 나아가 세상을 바꿀 행복주의파 '서울역 행복학교'의 기반을 다져가는 시도였다. 모임의 달인이 나서면서 여러 강사들과 학인들이 기꺼이 함께 했다. 정말이지 우리는 '함께 중독증'에 걸렸다.

산행 중에 '책이 바꾼 삶, 숭례문학당 이야기'라는 코너로 연재 기획이 탄생했고, 2014년 3월부터 〈기획회의〉에 연재를 시작했다. 2014년 9월에는 『이젠, 함께 읽기다』가 탄생했다. 그리고 이번에 잡지 연재분과 추가로 쓴 원고들을 묶어 『책으로 다시 살다』라는 제목의 책으로 내놓는다. 책으로 새로운 삶을 살게 된 사람들의 이야기가 감동적으로 수놓아진 결과물이다.

이 책의 본적은 '북한산'이고, 1년 2개월 동안 배태한 엄마는 〈기획회의〉이고, 아이의 아빠는 원고를 기고한 25인의 저자들이다. 연재를 기획한 신기수는 중매쟁이쯤 되겠고, 잡지의 귀한 지면을 허락해준 한기호 소장님은 옥동자를 점지해준 삼신할미쯤 되겠고, 원고를 살뜰

하게 다듬어준 북바이북 편집팀은 조산원이겠고, 좋은 원고를 쓸 수 있도록 필자들을 격려하고 조언해준 김민영은 산파인 셈이다.

이제 갓 태어난 아이는 앞으로 여러 친구들을 사귈 것이다. 도무지 책과 친해지지 못하는 사람들, 책의 효용에 대해 의문을 표하는 사람들, 책을 수면제나 라면의 냄비받침, 베개 대용으로밖에는 쓸 줄 모르는 사람들, 1년에 한 권의 책도 읽지 못하는 사람들과 좋은 친구가 되기를 바란다. 이왕이면 많은 친구들을 사귀었으면 좋겠고, 건강하고 튼튼하게 자랐으면 좋겠다. 일주일에 한 권 이상의 책을 읽는 사람들이라면 어린 동생을 돌보는 언니와 누나, 오빠와 형, 그리고, 자애로운 삼촌과 숙모가 되어주기를 소망한다.

2015년 5월
숭례문학당에서
신기수

차 례

1장

삶의 벼랑에서 책을 만나다

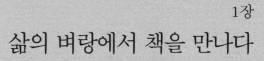

○ 지적으로
나이 드는 법

인생은 한 번뿐이지만 환경에 따라 여러 번 다른 삶을 살 수도 있다. 특히 삶에 굴곡이 많은 사람에겐 더욱 그렇다. 예순을 목전에 둔 지금까지 내 인생에 세 번의 큰 격랑이 있었다. 첫 번째는 20대 젊은 시절 어선에서의 엔지니어 생활, 다음으로 40대 불혹의 나이에 겪은 회사의 부도와 연이은 사업 실패, 세 번째는 인생 후반 50대 책으로 변화된 삶이다.

20대 바다와의 인연은 수산계 대학의 기관학과를 졸업하면서부터다. 엔지니어로 태평양의 참치어선에서 3년, 대서양의 트롤어선에서 2년, 도합 5년을 바다에서 생활했다. 특히 태평양에서의 생활은 얼마나 힘들었던지 지금도 꿈을 꾸면 영락없이 배에서 도망치는 꿈이다. 하루 16시간 당직은 다반사, 사고가 났을 때는 꼬박 3일을 일한 적도 있었다. 선원들은 바다를 '발밑에 있는 지옥'이라고 말한다. 배에서 작업 중 작은 부상은 흔히 있는 일이다. 심지어 가오리 꼬리침에 배를 찔리고, 낚시에 걸려 올라온 상어에게 물리기두 하고, 작업 중 파두에

휩쓸려 바다에서 행방불명이 되는 사례도 있었다.

바다에서 얻은 영광의 상처는 태평양 참치어선에서 얻은 것들이다. 어선의 기관사는 때때로 갑판에서 어로작업을 돕는다. 고기가 많이 잡힐 때, 주낙이 엉키거나 잃어버렸을 때다. 왼손 바닥을 열 바늘 꿰맨 것과 오른쪽 발등의 흉터도 갑판작업을 돕다가 생긴 것이다. 귀국을 2개월 앞두고 부러진 앞니도 마찬가지다.

비가 오고 파도가 높은 밤이었다. 선원들과 함께 선수 갑판에서 분실된 주낙을 찾고 계단을 내려오는 중이었다. 계단 아래서 한 선원이 주낙을 건지기 위해 무심히 들어 올린 쇠갈고리가 입을 강타했다. "악!" 소리와 함께 얼굴을 감싸고 침을 뱉으니 핏물과 함께 깨진 이빨들이 따라 나왔다. 숙소로 들어와 거울을 보니 앞니 빠진 '맹구'가 서 있었다.

두 번째 고비는 불혹의 나이 40대에 찾아왔다. 부산에서 근무하던 수산회사가 부도가 났다. 직접적인 원인은 배에서 생긴 사고 때문이었다. 불운이 겹쳤다. 태평양 사모아에서 수리중이었던 참치 어선이 용접 불꽃으로 인한 화재로 전소되었다. 또 북태평양상에서 조업 중인 꽁치 어선은 집어등 발전기가 고장 나서 회항하여 수리하느라 어기漁期를 놓쳤다. 수산업에서 어기를 놓치면 수억을 들여 준비한 1년 농사를 망친다. 그래서 수산업은 운수運數사업이다. 오죽했으면 고기를 잘 잡는 선장은 '수덕水德있는 사람'으로, 엔진을 사고 없이 돌리는 기관장을 '쇠덕金德있는 사람'이라 부를까. 회사가 도산하니 나도 덩달아 망했다. 회사의 임원으로 은행대출에 연대보증을 했기 때문이다.

설상가상, 고난은 언제나 홀로 오는 법이 없다. 부도난 회사를 뒷정리하고 나니 백수가 되었다. 하늘만 바라보고 있을 수는 없었다. 아내를 설득하여 아파트를 팔아 친구의 교육 사업에 투자했다. 그런데 사업이 어려워지자 친구는 연락을 끊고 잠적했다. 돈 잃고 사람 잃은 충격은 컸다. 몇 번이나 나에게 신세를 진 친구였기에 그의 배신은 더욱 나를 힘들게 했다. 형과 여동생의 일을 도왔는데 그것마저도 신통치 않았다. 일에서 오는 스트레스보다 사람에게서 오는 스트레스가 더 견디기 어려웠다.

하지만 어려움이 닥칠 때마다 내게 힘을 준 사람은 아내와 최 선배였다. 계속되는 실패에도 아내는 늘 격려했다. "내가 일하니까 걱정하지 말고 하고 싶은 일을 찾으세요." 회사 부도 후 3년간 칩거 중인 나를 세상 밖으로 불러낸 사람은 최 선배였다. 최 선배는 산업체 강사로 활동하면서 내가 중소기업에서 일할 수 있도록 주선해주었고 나중에 강사의 길도 안내해주었다. 삶에서 누구를 만나느냐에 따라 인생이 달라지는데, 그런 면에서 나는 운이 좋은 편이다. 어려움 속에 있더라도 좋은 사람이 주위에 있으면 잘 풀릴 수밖에 없다. 누가 내게 자신에 대해 평가해달라면 이렇게 되묻겠다. "당신과 친한 사람을 말해보라, 그러면 당신이 어떤 사람인지 알 수 있다."

친일 할아버지, 무사유의 죄

인생에 가장 의미 있는 변화는 50대 준반에 찾아왔다. 책과 글쓰기,

독서토론과의 만남이다. 글쓰기를 먼저 만났고 독서토론이 그 뒤를 따랐다.

2011년 여름 어느 날, 최 선배에게서 전화가 왔다. "글쓰기 과정에 등록해서 공부하고 있는데 재미있네, 자네도 전에 하고 싶다고 했잖아." 내게 글쓰기 강좌를 권유했다. 선배와 내가 공유하는 꿈 하나가 '내 인생에 책 한 권 쓰기'였다. 막연한 꿈이었지만 늘 가슴에 담고 살았다. 그런데 기회가 갑자기 찾아온 것이다. 망설임 없이 선배를 따라 글쓰기 과정에 등록했다.

이때 글쓰기에 대한 열정에 기름을 붓는 사건이 생겼다. 글쓰기 과정에서 '가족 이야기'라는 주제로 과제가 주어졌다. 나는 할아버지에 대한 글을 썼다. 내가 태어나기 3년 전에 돌아가셔서 생전에 만나지 못한 할아버지에 대한 그리움 때문이었다. 할아버지는 구한말에 일본 유학을 마치고 돌아와 대한제국에서 관리를 하다가 나중에 군수까지 지낸 수재였다고 한다. 하지만 집에 남아 있는 할아버지에 대한 자료는 달랑 사진 몇 장뿐이었다. 왜 우리 집에 할아버지에 대한 기록과 자료가 없는 것일까.

동사무소에서 호적을 뒤지고 도서관에서 자료를 찾았다. 소설가 알렉스 헤일리가 자신의 조상을 찾아 『뿌리』라는 소설을 완성한 것처럼. 호적을 통해서 몰랐던 가족사를 알게 되었고, 자료를 통해 할아버지에 대한 공적인 삶을 추적할 수 있게 되었다. 할아버지는 1890년대 대한제국에서 인재를 양성하기 위해 일본에 유학을 보낸 양반가 자제 200여 명 중 한 명이었다. 일제 초기에 군수를 역임했다 해서 혹시

하는 마음으로 민족문제연구소의 『친일인명사전』을 뒤져보았다. 거기에 할아버지의 이름이 있었다. 할아버지가 친일파라니, 기분이 묘했다. 할아버지를 시대를 앞서 간 선각자라고 생각하고 있었는데, 일제의 앞잡이였다니!

2011년 9월 7일, 할아버지에 대한 글을 정리해서 민족문제연구소의 홈페이지에 올렸다. "저는 친일파의 손자입니다. 역사와 민족 앞에 사죄드립니다"라는 제목이었다. 이 글이 민족문제연구소의 소식지에 실리자 언론에서 난리가 났다. 당시 친일파 후손들의 조상 땅 찾기 소송이 사회적으로 큰 이슈였기 때문이다. MBC라디오 〈손석희의 시선집중〉과 전화 인터뷰를 했는데, 진행자는 나에게 '대단한 결단'이라 했지만 나는 부끄러웠다.

할아버지의 문제에 대한 답을 유대인 철학자 한나 아렌트의 저서 『예루살렘의 아이히만』에서 찾았다. 그녀는 유대인에 대한 인종청소를 담당했던 아이히만의 죄를 '철저한 무사유無思惟' 혹은 '악의 평범성'이라 명명했다. 아이히만은 조직이 요구하는 일에 최선을 다한 근면하고 성실한 관리였다는 것이다. 조직 안에 들어 있는 개인은 마치 거대한 기계 속에 있는 하나의 작은 부속품에 지나지 않는 것처럼. 독립투사를 고문하고 살해한 악랄한 친일경찰들도 평범한 사람들이라는 교훈을 우리에게 가르쳐준다. 누구나 그런 환경에 처하면 동일한 행위를 할 수 있다는 걸 경고하고 있다.

〈서울신문〉 김도연 기자의 요청으로 2012년 8월 15일자 〈서울신문〉에 「친일 할아버지, 무사유의 죄」라는 제목이 편지 형식 칼럼을 실었다. 며칠 후 모 신문사의 논설위원에게서 전화가 왔다. "자신의 할아버지에 대해서 그렇게 평가해도 되느냐"고 따지듯이 물었다. "내소신이다"라고 답했다. 해방 후 이승만 정부에서 친일파를 청산하지 못한 것이 우리 현대사의 가장 큰 문제라고 생각했기 때문이다. 아마그 사람도 나와 비슷한 가족사를 가지고 있지 않을까 하는 생각이 들었다. 신문의 칼럼은 그날 오후 CBS라디오 〈김미화의 여러분〉과 연결되어 생방송 인터뷰도 하게 되었다.

책은 주먹과 도끼가 되어 우리의 영혼을 깨운다

이런 경험들은 글쓰기 초보에게 글의 힘을 뼛속까지 체험하게 했다. "펜이 칼보다 강하다"는 속담처럼 말이다. 그래서 제대로 글공부를 하기로 마음먹었다. 숭례문학당에서 공부를 계속했다. 2년 동안 대학원 과정을 한다고 생각했다. 글을 쓰다 보니 어휘력 부족을 실감했다. 유시민은 대학생들을 대상으로 한 글쓰기 특강에서 어휘력을 늘리려면 박경리의 『토지』를 열 번 읽으라고 추천했다. 어휘력을 늘리는 데는 문학작품이 최고라는 것이다. 나는 고등학교를 졸업하고 소설은 거의 읽지 않았는데 그 이유는 시시해서였다. 참으로 부박하고 무지한 생각이었다.

문학을 제대로 읽고 싶어서 6개월 동안 고전을 읽고 토론하고 서평을 썼다. 시작할 때는 10명이었지만 온전히 과정을 마친 사람은 최선배와 나, 둘 뿐이었다. 『죄와 벌』, 『카라마조프가의 형제들』(이상 도스토옙스키), 『소송』(프란츠 카프카), 『농담』(밀란 쿤데라), 『닥터 지바고』
(파스테르나크), 『마의 산』(토마스 만), 『1984』(조지 오웰), 『백년의 고독』
(마르케스), 『짜라투스트라는 이렇게 말했다』(니체), 『황야의 이리』(헤르
만 헤세) 등 만만치 않은 문학 고전을 읽었다.

돌아보면 그 기나긴 과정을 어떻게 마쳤는지 스스로도 놀랍다. 흔
히들 말한다. 고전이란 "누구나 알고 있지만, 아무도 읽지 않은 책"
혹은 "남들에게 좋은 책이라고 권하지만, 정작 자신은 읽지 않는 책"
이라고. 카프카의 말처럼 책은 주먹과 도끼가 되어 잠들어 있는 우리
의 영혼을 깨운다. 문학은 삶에서 답을 주는 게 아니라 오히려 질문을
한다. 내 인생의 새로운 책읽기가 시작됐다.

나의 삶을 변화시킨 또 하나의 도구는 독서토론이다. 5년 전부터
매달 강사와 교수, 사업가, 일반인 등 8명이 책을 읽고 토론하는 독서
모임을 하고 있다. 책 읽은 소감을 나누거나 내용을 요약하여 발표하
는 정도였다. 하지만 새롭게 배운 독서토론과 비교하니 초보 수준이
다. 1년여 동안 책을 읽고 토론하고 발제하고 진행 실습을 하면서, 그
간에 나 자신이 얼마나 객관성이 부족한 사람인가 절감했다. 주어진
질문에 대답하는 건 잘했을지 몰라도 질문을 던지는 능력은 부족했
다. 책이라는 권위에 눌려 감히 책을, 저자를 비판한다는 건 생각지도
못했기 때문이다. 수동적인 독자에서 능동적인 독자로 바뀌는 건 말
처럼 쉽지 않았다. 그동안 산업체 강사로 활동했지만 주로 일방향의
정보 전달식, 동기부여 강의였다. 그런데 독서토론이야말로 양방향
교육, 교수자와 학습자가 구분되지 않는 교육과 학습의 복합체였다.

토론에 임하는 동료가 스승이 되고, 진행하는 강사가 학생이 되었다.

한번 시작하면 대충 하는 법은 없어서인지 어느덧 사서 선생님들을 대상으로, 여러 교육청에서 독서토론 리더 양성과정을 진행하는 자리에까지 오게 되었다. 사람을 변화시키는 일이 이렇게 보람 있는 것인 줄 미처 몰랐다. 그것도 좋은 책, 함께 토론하는 동료들을 통해 성장하는 모습은 감동적이기까지 하다. 주로 도서관에서 주부들을 대상으로 했던 독서토론을 통해 점차 우리 시대 상처받은 아버지들이야말로 독서토론으로 치유하고, 새롭게 살아갈 힘을 얻었으면 좋겠다고 생각하기에 이르렀다. 나에게 아내와 최 선배가 그 역할을 했던 것처럼.

정독도서관에서 있었던 아버지들을 대상으로 한 독서토론이 기억에 남는다. 투자금융회사의 간부, 외국계 해운회사의 임원, 자영업자, 학교 교사, 독립영화 제작자 등 중년의 남성들로 이루어진 독서토론이었다. 그 시간들을 통해 나는 남자들도 수다를 즐긴다는 것을 알게 되었다. 한 참가자는 "혼자 책 읽는 게 너무 외로웠어요. 다른 사람과 함께 책에 대해 이렇게 많은 이야기를 나눈 것은 생애 처음 있는 일입니다"라고 말했고, 또 다른 참가자는 도서관의 자유게시판에 생생한 소감을 남겼다. "지금까지 살면서 농담 반 진담 반 국가가 저에게 해준 게 뭐 있느냐고 불평만 했는데, 이 독서토론회를 통해 그런 말은 농담으로라도 하지 않게 되었습니다. 정독도서관이야말로 이 살벌한 서울 한복판에 떠 있는 오아시스와 같습니다."

또 기억에 남는 독서토론은 인천의 한 지역아동센터에서 초중학생들을 대상으로 한 독서토론이다. 8주차에 걸쳐 진행했는데, 중학교 2

학년인 한 여학생이 고백했다. "저는 초등학교 4학년 이후 교실에서 한 번도 손을 들어 본 적이 없어요. 한 번도 발표해본 적도 없구요. 이렇게 많이 내 주장을 말해본 것은 처음이에요. 이번 독서토론을 통해서 발표하는 데 자신감이 생겼어요." 가슴이 뭉클했다.

지금까지 책은 혼자서 즐기는 취미생활이었다. 하지만 이제는 다른 사람들과 함께 소통하고 교감하는 좋은 도구로 진화했다. 책을 읽고 서평을 쓰고 나누며, 독서토론에서 다른 사람들과 책에 대해, 아니 인생에 대해 대화를 나눈다. 글쓰기를 시작한 뒤로, 내 인생의 후반부는 외롭지 않을 것 같다는 생각이 들었다. 혼자 있는 시간도 즐길 수 있게 되었고, 함께 하는 시간도 행복했다. 만날 때마다 다른 책으로 이야기를 나누니 지겹거나 지루할 수가 없다. 남녀노소에 상관없이 누구에게나 자유롭게 개방된 독서의 해방구가 독서토론이다.

와타나베 쇼이치는 『지적으로 나이 드는 법』(위즈덤하우스, 2012)에서 노년의 시기에는 오히려 전원생활보다는 도시에서 생활하면서 정신적인 자극을 받아야 한다고 말했다. 독서토론과 글쓰기야말로 바로 그런 삶이 아닐까. 영혼이 외로운 삶에서 지적으로 풍요한 삶으로의 전환, 인생 2막의 중심에 책과 글쓰기, 그리고 독서토론이 있다.

윤석윤 '나는 학생이다'라는 신조를 지닌 평생학습의 실천가. 대학에서 기관학과 영어를, 대학원에서 교육학과 경영학을 전공했다. 수산회사, 무역회사, 엔지니어링회사, 마케팅회사, 교육회사 등에서 다양한 경력을 쌓은 후 인생 중반에 강사로 활동영역을 넓혔다. 한겨레교육문화센터에서 글쓰기를, 교육청과 도서관에서 독서토론을, 대학에서 독서토론과 글쓰기를 가르치고 있다.

○ 나의
변신 이야기

"얘, 뭐하니?"

"책 봐요~"

"그래 알았다."

나는 또 책으로 숨었다. 나의 초등학교 6학년은 책으로 숨는 게 일상이었다. 고부간의 갈등이 극심하여 큰소리가 종종 났던 집에서 나는 엄마가 사주었던 세계문학전집 50권 속으로 숨고는 했다. 어릴 때 기억에도 어른들이 읽는 원문에 가까운 두꺼운 책들을 명작이라며 나에게 던져주었던 엄마의 센스. 책에 관해 무지한 엄마의 은총 덕분에 소위 말하는 명작이라는 고전을 난생 처음 접할 수 있었다.

『제인 에어』(샬럿 브론테)를 만나 로체스터 씨와 불꽃 같은 사랑도 해보고,『주홍 글씨』(너대니얼 호손)를 보면서 이해가 안 되는 어른들의 행동과 헤스터가 불쌍해 울기도 했다. 『데카메론』(조반니 보카치오)을 보며 너무 야한 책의 내용에 충격을 받아 잠을 설쳤던 기억도 난다. 하지만 대부분의 책들은 무슨 의미인지 도대체 알 수 없었다. 하얀 건

종이요, 까만 건 글자. 글자의 더미 속에 파묻혀 그냥 눈으로 따라가
며 시간을 보냈을 뿐이다.

내 인생에서 만난 첫 번째 책의 기억은 '어려움, 난해함'이었다. 하
지만 불혹의 나이를 넘은 지금도 생각해보면 책의 세상으로 숨을 수
있는 순간이 고마웠다. 책으로 숨으면 어떤 어른들도 나를 귀찮게 하
지 않았다. 도구가 되는 책. 책의 세계로 입문하기에 썩 좋은 출발은
아니었던 것 같다.

ADHD 아이와 그림책 읽기

대학에서 경제학을 전공하고 유명한 외국계 은행에서 나름 승승장구
하는 나날을 보내고 있었다. 외환 관련 업무를 하고 있어서 외국과의
시차로 밤낮이 없었다. 어린 아이들을 시댁으로 실어다 나르며 쳇바
퀴 돌 듯 바쁘게 하루하루를 보내고 있을 때였다. 6살이던 둘째 아들
이 이상행동을 보이기 시작했다. 밤 12시가 넘어 집에 들어가보면 아
이는 방에도 들어가지 않고, 거실 한 구석에서 이불을 둘둘 말고 혼자
자고는 했다. TV를 보며 서서 오줌을 싸고, 발음도 불명확했다. 보다
못해 아이를 소아정신과에 데리고 갔다. 1시간이 넘는 아이의 심리
진단과 100개 항목이 넘는 '부모 진단지'를 풀고 나온 결론은 주의력
결핍과잉행동장애(ADHD) 초기 판정.

하늘이 무너지는 순간이었다. 의사 선생님께 아이를 택하든 회사를
택하든 양자택일을 하라는 경고를 들었다. 몇 달간의 방황과 상담 끝

에 회사를 그만두고 아이와 함께하는 일상을 시작하게 되었다. 하루 종일 일을 하던 사람이라 집에서 있기도 쉽지 않아 고민하던 차에 친구의 우연한 소개로 독서지도사 공부를 시작했다. 책에 대해 공부를 하면 우리 아이도 가르칠 수 있고, 정서적인 도움도 되지 않을까 하는 생각에서였다.

책이라고는 경제 관련 서적밖에 읽지 않았던 나에게 수업은 충격 그 자체였다. 어린이책이 그렇게 많은 줄 처음 알았고, 나를 제외한 다른 엄마들의 책에 대한 박학다식함에 두 번 놀랐다. 그림책을 공부하면서 집에서 둘째 아이와 실습에 들어갔다. 저녁부터 밤까지 매일 아이와 살을 맞대어 안고서 그림책을 읽어주었다.

『프레드릭』(레오 리오니, 시공주니어, 1999)은 아이가 특히 사랑하는 책이었다. 열심히 일하는 친구 쥐들 틈에서 베짱이처럼 일보다는 빛을 모으고, 자연을 보며 이야기를 모으는 프레드릭을 아이는 정말 사랑했다. 겨울밤 무료한 일상을 힘들어하는 들쥐 친구들을 위해서 여름과 가을에 열심히 모은 오색의 빛들과 자연의 이야기를 들려주는 프레드릭. 들쥐 친구들의 '넌 시인이야'라는 칭찬에 수줍게 '나도 알아'라고 잘난 척하는 프레드릭. 아이와 나는 그 책으로 연극도 해보고, 새로운 시도 만들어보면서 수백 번을 읽었다.

그렇게 그림책을 읽으면서 1년을 보내고 나니 아이의 이상행동이 차츰 사라지고, 7살 나이에 맞는 정상적인 모습을 찾았다. 책이 사람을 바꿀 수 있다는 것을 알게 된 놀라운 체험이었다. 일본의 유명한 그림책 연구가인 마쓰이 다다시는 그의 저서에서 이렇게 말했다.

언어가 마음에 남은 데에는 한 가지 분명한 조건이 있는 듯합니다. 그 조건이란 이런 거지요. 마음을 열고 귀를 기울이고 기쁨과 즐거움을 가지고 그 사람의 말을 들었을 때 그 언어는 마음에 남는 것입니다. 그리고 언어와 함께 그것을 말한 사람의 존재도 마음에 남습니다. (중략) 그림책은 어른이 어린이에게 '읽어주는 책'입니다. 그림책은 어린이에게 기쁨과 즐거움 그 자체여야 합니다. 그러기 위해서는 어머니 아버지가 어린이에게 책을 읽어주어야 합니다. 그랬을 때 그림책은 부모와 자녀를 단단히 묶어주는 고리가 되는 것이지요.

– 『어린이 그림책의 세계』, 마쓰이 다다시 지음, 이상금 편역, 한림출판사, 1996

책은 단순한 글자가 아니다. 그 속에 담긴 내용도 저자의 것이 아니다. 책을 읽는 그 순간에 그것은 나와 아들의 것이 되었고, 우리는 그 속에서 재미를 느끼고 놀며 서로의 마음을 치료할 수 있었다. 책에 쓰여 있는 내용이 다른 나라에 사는 다른 세대의 사람에게 깊이 공감되는 순간이었다. 그때부터 나는 본격적인 책의 세계로 빠져들어갔다.

남편과 카프카

책으로 공부를 시작하며 우연히 만난 사람들과 고전 읽기에 도전했다. 말이 고전이지 책에 막 입문한 아줌마들 네 명이 '제목 들어본 것 같은데…'라면 일단 읽고 보는 그런 모임이었다. 『오만과 편견』(제인 오스틴), 『그리스인 조르바』(니코스 카잔차키스) 같은 말랑한 문학으로 시작해서 『정의란 무엇인가』(마이클 샌델, 김영사, 2014), 『나쁜 사마리아 인들』(장하준, 부키, 2007) 같이 우리 사회를 생각해볼 수 있는 책들, 『방법서설』(르네 데카르트), 『중용』(자사), 『소크라테스의 변명』(플라톤) 같은 철학책까지 6~7년간 한 달에 한두 권씩 꾸준히 읽어나갔다.

그러던 어느 날, 외국계 기업에서 컴퓨터 네트워크 일을 하던 남편이 시름시름 아프기 시작했다. 처음에는 무릎과 허리가 조금 아프다는 말에 '운동 부족이니 그렇겠지. 운동 좀 해!'라며 타박으로 일관했었는데 점점 통증의 강도가 심해졌다. 밤에도 잠을 거의 자지 못하고, 컨디션 난조로 휴가를 쓰는 횟수가 늘어나던 남편은 급기야 스트레스성 공황장애와 류머티즘 진단을 받고 회사를 그만두게 되었다. 매일이 감정적으로 전투 같은 날이었다. 회사를 그만둔 처음 1년 이상을 남편은 침대에서만 누워서 지냈다. 엄청난 양의 정신과 약과 수면제, 정형외과 약을 먹으며 병원을 다니는 투병생활이 시작되었다.

경제적인 어려움도 어려움이지만 옆에서 환자를 보고 있어야 하는 괴로움이 컸다. 이제 막 사춘기를 시작하는 아이들에게 혹시라도 영향이 있을까 전전긍긍했고, 남편의 우울증에 나까지 영향을 받지 않으려고 노력하는 나날들이었다. 그렇게 시간을 견디고 있으려니 처음에는 불쌍하게 여겨졌던 남편이 점점 한심하고, 무능력하게만 느껴졌다. 결혼 생활에 대한 회의가 생기고, 터널 속에 갇혀 있는 듯 답답함에 화가 나기도 했다. 어느새 나는 '이혼'이라는 나쁜 생각을 떠올리고 있었다.

당시 독서모임에서 읽게 된 책은 카프카의 『변신』이었다. 책을 읽는 내내 주인공 그레고르가 바로 남편으로만 보였고, 그레고르에게 사과를 던지고, 관심을 주지 않는 가족들이 내 모습으로 보였다. 읽으면서 많이도 울고, 날마다 치열하게 고민했다.

> "이렇게 계속 지낼 수는 없어요. 아버지 어머니께서 혹시 알아차리지 못하셨대도 저는 알아차렸어요. 저는 이 괴물 앞에서 내 오빠의 이름을 입 밖에 내지 않겠어요. 그냥 우리는 이것에서 벗어나도록 애써봐야 한다는 것만 말하겠어요. 우리는 이것을 돌보고, 참아내기 위해 사람으로서 할 도리는 다해봤어요. 그 누구도 우리를 눈곱만큼이라도 비난하지는 못할 거라고 생각해요."
>
> – 『변신』, 프란츠 카프카 지음, 전영애 옮김, 민음사, 1998

그레고르가 가장 사랑하고 아꼈던 누이동생의 말이다. 나는 이 말이 바로 내가 남편을 향해서 외치고 싶었던 말이었음을 깨달았다. 우리는 문학을 읽으면서 '이런 사람이 어디 있겠어?' '허구와 과장이 심하군!' 이렇게 느끼기도 한다. 하지만 겉 포장지를 살짝 뜯는 순간 그런 사람은 어느새 내 모습이 되어 있고, 드라마에나 나올 법한 허구와 과장은 나와 주변의 굴곡진 인생 체험이 된다. '문학은 현실을 비추는 거울'이라고 했던가? 『변신』을 읽으며 '이 책이 바로 우리 가정을 상징하고 있는 책이구나!' 생각되었다.

나도 모르는 새에 남편의 존재를 물질적으로 판단하고, 그의 가치를 경제적 능력으로 판단하고 있었다. 부끄러웠다. 그럼 과연 인간의 가치는 무엇으로 판단하면 좋을까? 남편의 본질적 가치는 나와 아이들에게 무엇인가? 진지한 고민을 하면서 인간의 가치는 실존 그 자체라는 깨달음을 얻었다. 남편이 우리와 함께 있는 것 자체가 감사한 일이었다. 그렇게 생각을 바꾸고 나니 이혼에 대한 생각도 서서히 사라졌다. 깨질 뻔한 우리 가족을 구출해주고, 나를 개과천선하게 했으니 과연 책의 힘은 위대하다.

책에 인생을 묻다

불혹이 한참 넘은 나이였지만, 나는 책이 더 알고 싶고, 공부하고 싶어 대학원 수업과 우연히 지인을 통해 알게 된 숭례문학당의 독서토론, 글쓰기 공부를 함께 시작하였다. 처음 독서토론을 시작하면서는 '기존에 책을 읽은 구력이 있고, 아이들과 어른들을 만나며 독서수업을 해온 기간이 있는데 뭐 어렵겠어?'라는 생각이 컸다. 하지만 그런 자만심은 독서토론 리더 과정을 시작하면서 바로 산산조각 났다. '내가 지금까지 책을 뭘 본 거야!' 위기의식이 느껴질 정도였다. 책을 읽고 발췌하고, 토론거리를 찾는 일련의 과정을 통해 그동안 내가 얼마나 독서를 대충 했었는지 깊이 반성하게 되었다.

『작가란 무엇인가』(밀란 쿤데라 외, 다른, 2014)에서 밀란 쿤데라는 "『참을 수 없는 존재의 가벼움』은 무게, 가벼움, 영혼, 키치 등 몇 개의 범주들로 기둥을 세워 만든 소설"이라고 했다. 나는 그동안 책 안에서 몇 개의 기둥을 보아왔을까? 한두 가지를 보고 스스로 훌륭한 독자라 자화자찬하지는 않았던가? 지금까지 해왔던 내 독서인생에 리모델링이 필요한 시점이라는 것을 깨닫게 되었다.

또 여러 사람들과 만나고 함께 같은 책을 토론하면서 다른 사람들의 성찰적 의견도 듣게 되었다. 다른 인생과 경험을 가진 사람들과의 대화는 색달랐다. 어떤 책에 대해서 나와는 완전히 다른 시각을 가지고 있거나 내가 당연시하던 내용이나 사상에 의문을 제기하는 사람들이 있어 순간순간 긴장의 끈을 놓을 수 없었다.

서평 쓰기를 토론수업과 함께 하면서 나를 향한 성찰도 시작되었다. 폴 오스터의 『달의 궁전』(열린책들, 2000)을 읽고, 서평을 쓰면서 이성적이고 무척 논리적인 사람이라고 생각했던 나 자신이 주인공 포그처럼 '감상적인 이상주의자'임을 발견한 것이다. 서평은 책을 평가하는 글이라고 알고 썼는데 쓰다 보니 그 속에 내 모습이 보이고, 나라는 인간의 수준이 비쳐 보였다. 파도 파도 새로운 세계를 끊임없이 발견하게 되는 것을 보니 역시 책은 벌레처럼 파고들어야 그 맛을 제대로 볼 수 있나 보다.

'인간은 경험의 총체'라는 말이 있다. 문학이든 비문학이든 그 인간의 경험에서 나온 소산일 것이다. 그렇기 때문에 인간의 현실이 소설보다 더 '소설'스러울 때도 있다. 인생의 굴곡이 있을 때, 사건 사고로 좌충우돌할 때 나는 책에서 답을 찾으려고 노력한다. 몇 번의 '인도'를 경험했기 때문이다.

다행인 것은 나에게 닥칠 여러 일만큼이나 아직 읽을 책이 너무 많다는 것이다. 오늘도 나는 열심히 책을 읽으면서 살아갈 방편을 찾는다. 찾고 또 찾으면 발견하지 않겠는가? 인생 한판 멋지게 살아갈 길 말이다.

장정윤 잘 다니던 금융회사를 그만두고, 인생 2막을 책과 함께 살고 있다. 좌충우돌 살면서 만나는 인생 문제의 해법을 책에서 찾는다. 혼자서 읽고, 만족하던 책읽기와 글쓰기에서 탈출해 함께 읽고 쓰는 광장독서의 세계로 진출했다. 대학원에서는 열심히 공부하는 학생으로, 밖에서는 아이들과 청소년, 성인을 만나 독서토론과 글쓰기를 가르치는 독서활동가로 이중생활을 하고 있다.

내 인생의
게라심

2014년 9월, 신촌에 있는 한겨레교육문화센터에 강좌를 열었다. 강좌명은 '책읽기 첫걸음'이다. 예비 독서가의 책읽기를 도와주는 '책읽기 관계 회복' 강의쯤이라고 해두자. 책읽기에 겁먹은 예비 독서가에게 자신만의 책을 찾을 수 있는 기회를 주고 싶어 시작하게 됐다. 책을 읽으며 의미 있는 문장 하나를 찾는다면 그 책은 자신만의 정관사 'The'를 붙일 수 있지 않을까? 김춘수의 시 「꽃」처럼 말이다. 이름을 불러주면 이름을 불러준 이의 꽃이 되는 것처럼, 낯선 책에서 의미 있는 부분을 찾고 거기서 자신을 생각하게 된다면 그 책은 이미 나의 것이 되는 거다. 그 책에 정관사 'The'를 붙일 수 있는 거다.

나에게도 'The'를 붙인 책이 있다. 나의 본질을 보게 하고 타인과의 소통을 갈구하게 한 동지와 같은 책이다. '독서는 자기소개서 취미 칸에 적는 식상한 멘트가 아니라 인간이기에 할 수 있는 최고의 정신 활동이다. 울부짖는 동물과 구분되는 인간다움의 상징이다. 독서를 하게 하는 동력은 인간다움을 회복하려는 마음이다.' 나에게 이런 생각을 갖게 한 책, 바로 『이반 일리치의 죽음』(레프 톨스토이)과 『해리 포터』(조앤 K. 롤링, 문학수첩)이다. 지금도 이 책들을 보며 '이 책이 준 의미는 잊지 않았지?'라고 자신에게 묻는다. 그리고 스스로 대답해본다. 이 자문자답은 '나'와 '책' 그리고 '현재'를 끊임없이 연결시켜준다.

나의 '게라심'을 책에서 찾다

"도대체 왜 제게 이런 고통을 주시나요? 왜 저를 이렇게까지 고통스럽게 만드는 겁니까? 왜 도대체 왜 절 이렇게까지 괴롭힌단 말입니까?"
– 『이반 일리치의 죽음』, 레프 톨스토이 지음, 이강은 옮김, 창비, 2012

이 말은 자신이 살아온 삶과 죽어가는 고통에 대해 분노하는 『이반 일리치의 죽음』의 주인공 '이반'이 지르는 절규이다. 이반은 원인도 모르는 병에 죽어갔다. 그 이름 모를 고통에 자신이 잘못 산 것은 아닐까라는 자책을 하며, 자신에게 주어진 고통이 불공평하다고 소리쳤다. 이 불쌍한 이반에게는 무심한 의사와 가족이 있었다. 가족은 고통의 소리만 지르는 이반을 경멸하며 같은 방에 있다는 것조차 싫어했다. "어쩌겠습니까, 환자들이란 원래 저런 어리석은 짓을 가끔 생각해내곤 합니다. 할 수 없는 일이지요." 의사마저 가족의 무심함에 동조한다.

이렇게 외면당한 이반을 그래도 인간으로 대우해준 이가 있었다.

그는 이반의 하인 게라심이었다. "우린 모두 언젠가는 죽습니다요. 그러니 수고를 좀 못할 이유가 뭐가 있겠습니까?" 게라심은 형식적인 위로보다 죽음의 길을 가는 이반을 위해 진심으로 울어주었다. 게라심의 말과 행동은 이반 자신이 존중받을 인생을 산 인간임을 느끼게 했다. 하인 게라심은 죽음 앞에서 이반이 '인간다움'을 잃지 않도록 해준 사람이다. 게라심은 '인간다움'의 상징이다.

사실 내게 『이반 일리치의 죽음』은 몇 번씩 숨을 돌리며 읽어야 할 정도로 고통스러운 책이다. 이반은 고통으로 끔찍했던 7개월간의 병상 생활을 떠올리게 한다. 20대 끝자락, 난 대학병원 중환자실에 있었다. 교통사고로 오른쪽 몸에 붙어 있던 갈비뼈 열 대, 쇄골, 고관절, 골반의 뼈들이 모두 부러져 장기파열로 생사를 오갔다. 뱃속의 태아도 녹듯이 흘러 내려갔다. 살아 있는 것이 기적이라고 의사는 말했지만 나에겐 살아 있음이 죄였고 고통이었다. 난 고통으로 울부짖을 뿐이었고, 병원에서는 『이반 일리치의 죽음』에 나오는 무심한 의사처럼 나의 고통에는 관심이 없었다. 하지만 이런 고통보다 더 힘든 것은 그곳에서 겪은 인격적인 상실감이었다.

왼쪽 팔 외엔 움직일 수 있는 신체 부위가 없었다. 세안, 식사, 배설 등 무조건 타인의 도움을 받아야 했다. 특히 타인의 도움을 받는 배설은 '차라리 굶자'라는 생각을 할 정도로 비참했다. 진찰을 위해 온 의사도 나를 생각과 감정이 있는 인간으로 배려하지 않았다. 나의 웃옷을 훌렁 벗겨 남의 시선에 드러난 알몸을 샅샅이 관찰하고 가버렸다. 진찰을 위해서였지만 수치스럽고 무욕적인 일이었다. 반복되는 이런 일상에 나는 침묵하게 됐다. 그들이 처음부터 나를 인간으로 보지 않았으므로 나는 그들과 소통하고 싶지 않았다. 점점 난 누워 있는 '이반'이 되어 갔다.

그때 나의 주위에 '게라심'은 없었다. 그래서 더욱 게라심을 찾고 싶었다. 인간이기에 갖는 무의식적인 본능이었다. 그리고 난 '게라심'으로 '책'을 찾았다. 처음 책을 잡은 이유는 소박했다. 나를 위한 침묵의 공간이 필요했다. 책이 가져다주는 침묵으로 날 물건으로 보는 비인격적인 시선을 막고 싶었다. 그들을 무시하기 위해 든 책은 적당히 얼굴을 가려주고 그 뒤에서 자유로운 생각을 가능하게 했다. 옆으로 누워 책을 잡을 때마다 오는 고통에도, 뻐딱하게 뼈가 붙는다는 의사의 협박에도 책을 놓을 수 없었다. 책을 잡으면 쑥과 마늘을 먹고 사람이 된 웅녀처럼 내가 고통에 몸부림치는 동물에서 인간이 될 것 같았다. 책을 잡고 있으면 고통도 사라지고 빛을 볼 수 있을 거라는 신화 같은 믿음이 있었다. 이 어이없는 믿음으로 책을 읽었고 책에서 나의 인간다움을 위로받았다.

그런데 생각지도 않은 일이 일어났다. 책을 읽게 된 이후 주변의 대우가 달라졌다. 환자로써의 상태 외엔 관심이 없던 그들이 책에 대해 물어봤고, 책을 주제로 대화를 걸어왔다. "이 책 재미있어?", "나도 읽었는데", "책 읽는 것 좋아하나봐, 전에 무슨 일을 했어?" 책을 들고 있는 내가 고통의 소리만 내는 동물이 아닌 대화가 되는 인간으로 보였을까? 하지만 이미 난 그들이 나를 대하는 태도에는 관심이 없었다. 그들의 태도에 의해 내가 인간이 되고 동물이 되는 것은 아니었기 때문이다.

해리 포터에게 선택을 배우다

병상 생활을 하며 내가 처음 잡은 책은 판타지 소설인 『해리 포터』 시리즈였다. 그 책을 어떻게 읽게 되었는지는 기억나지 않지만 병원 생활 내내 가슴 저미게 읽었다. 해리 포터의 고독이 느껴졌고, 그의 지독한 운명에 울었다. 혼자 헤쳐나가야 하는 역경이 가혹했고 그것에 무심한 가족들에게 분노했다. 아마도 나와 같은 관점으로 『해리 포터』를 읽은 사람은 드물 것이다. 지금 내가 다시 그 책을 읽는다면 그때만큼의 처절함이 느껴질까? 그렇지 않을 것 같다.

그 당시 나는 해리 포터가 나라고 느꼈다. 사고로 내가 현실과 단절되었던 것처럼 낙인처럼 이마에 새겨진 번개자국은 해리 포터를 현실 세계에게 살 수 없게 했다. 그리고 그 번개자국은 마법의 세계에서도 해리 포터를 두려움의 대상으로 만들어 받아들이지 못하게 했다. 두 세계에서 모두 외면당한 해리 포터는 스스로 강해질 수밖에 없었다. '나에게 왜 이러는 거야!'라는 작은 투정도 혼잣말일 뿐이었다. 나 역시 그랬다.

병원 생활에서 내 목소리는 외면당하기 일쑤였다. 건강한 사람들에게 난 소외된 사람이었고 움직이지 못하는 멈춰진 패자였다. 건강한 그들이 사는 세계와 고통과 죽음을 겪는 패자의 세계는 전혀 다른 세계였다. 이 두 세계는 소통이 되지 않았다. 비단 병원에서만 겪은 것은 아니었다. 교통사고 처리 과정에서도 상처는 계속되었다. 사람에 대한 배신감, 육체적 후유증, 정신적 트라우마로 혼잣말하듯 악몽을 꾸었던 나는 해리 포터처럼 스스로 강해질 수밖에 없었다.

사고 전, 나는 나름대로 능력 있다는 소리를 들으며 살아가고 있었다. 하지만 나의 능력으론 사고도 고통도 어찌하지 못했다. 오히려 그 능력이 있었다는 생각이 더 큰 상실감을 가져다주었다. 병원에서 나의 모습은 누가 봐도 능력자의 모습이 아니라 패자였으니까.

하지만 병원에 누워 있는 나에게 능력은 필요하지 않았다. 능력이 있다고 고통이 적게 오는 것도 아니었고, 능력이 있다고 빨리 회복되는 것도 아니었다. 나에겐 선택이 필요했다. 운명론을 운운하지 않고 남 탓을 하지 않으며 이 시기를 헤쳐나가기 위한 긍정의 선택이 필요했다. 온몸을 누르던 고통을 '몸이 회복하는 증거야'라고 착각이라도 할 수 있는 의식의 전환을 원했다. 병원에서의 시간이 '끔찍한' 시기가 될지, 인생의 '거름' 시기가 될지는 나의 능력이 아니라 나의 선택에 달려 있었다. 하지만 막다른 절벽에 서 있었던 나는 선택이란 발걸음을 쉽게 내딛지 못했다. 절망적인 어둠이 지속되었다. 그때 자신의 정체성을 고민하는 해리 포터에게 덤블도어가 해준 말이 눈에 들어왔다.

우리의 진정한 모습은 우리의 능력이 아니라 우리의 선택을 통해 나타나는 거란다.
- 『해리 포터와 비밀의 방』, 조앤 K. 롤링, 김혜원 옮김, 문학수첩, 1999

덤블도어의 말은 날 처절하게 울렸다. 나의 모습은 타고난 능력이 아니고 스스로 선택할 때 나오는 것이라는 그 말. 평생 절음발이가 될 수도 있다는 의사의 말로도, 다시는 아이를 갖지 못할 수 있다는 의사의 말로도 나의 모습은 결정되는 것이 아니었다. 나의 선택으로 충분히 변할 수 있다는 그 말은 내 마음을 다독였다. 내가 절망했던 만큼 해리 포터에게 매달렸고, 불안한 만큼 울었다. 덤블도어의 그 말은 나의 현재와 미래를 비추어주었다. 그렇게 책을 통해 다시 얻게 된 선택의 삶을 실천하고 싶었다. 내가 본 『해리 포터』를 말해주고 싶었다.

나의 '책읽기 첫걸음' 시간

병원에 누워 있는 몸이었지만, 학생들을 가르치는 독서 공부를 시작했다. 그리고 퇴원 후, 다리를 절뚝거리며 어린이책 전문 서점에서 운영하는 '그림책 읽는 어머니 모임'을 찾아갔다. 그곳에서 아이들에게 글쓰기를 가르치게 되면서 새로운 기회를 얻었다. 그로부터 14년이 지난 지금, 나는 독서에 관련된 강의를 하며 전국을 다니고 있다. 올해는 문헌정보학과 학생들에게 전공으로 독서과목을 강의하는 대학 강사 기회까지 얻었다.

되돌아보면 교통사고가 난 그날부터 오늘까지에는 이전의 삶과 다른 삶의 경계가 대나무 마디처럼 그어져 있다. 두 번째 삶에서 나는 책과 '다시' 만났고, 그 시간은 지금의 '나'를 만들었다. 퇴원 후에도 치료와 회복, 그리고 재수술이라는 여러 걸림돌이 있었지만 그때마다 책과 그 시간들을 곱씹었다. 그리고 걸려 넘어질 때마다 책으로 삶을 사는 길을 선택했다. 병원에서의 '책읽기' 시간은 나의 '책읽기 첫걸음'이었다.

대부분 사람들은 독서 강의를 하는 내가 문학소녀나 활자중독자와도 같은 어린 시절을 보냈을 거라 상상한다. 하지만 나는 초등 시절 책을 보기보다는 뒷산에서 개구리를 잡아 한 손으로 개구리를 빙빙 돌리며 놀았고, 중등 시절은 만화방에서 시간가는 줄 모르고 만화책을 보다 부모님께서 파출소에 가출 신고를 하게 만들었던 학생이었다. 그래도 애서가이자 독서가인 아버지 덕분에 방마다 한쪽 벽은 책으로 채워져 있었다. 하지만 그 책들에게서 읽은 것이라곤 『대위의 딸』, 『젊은 베르테르의 슬픔』, 『죄와 벌』과 같은 책 제목뿐이었다. 훌륭한 독서 환경에서도 책에 무관심했던 당시의 나는 활자무중독자라는 말이 더 어울렸다.

그런 내가 마흔을 넘겨 '독서학'을 공부하기 시작했다. 가톨릭 대학원 독서학 석사과정 면접에서 받았던 질문이 생각난다. "왜 독서학을 공부하려고 하나요?" 면접용 흔한 질문이었다. 하지만 내 머릿속에는 이십 대 후반의 교통사고와 병원 생활이 떠올랐다. 어릴 적 책장을 사다리처럼 타고 올랐던 기억, 책등에 적힌 책 제목으로 수수께끼를 하던 기억 등 책을 읽진 않았지만 책이 주는 기억은 따뜻했다. 하지만 그 따뜻함이 다시 공부하게 한 추진력이라고 하기엔 조금 아쉬운 점이 있다. 나의 인생을 흔들어놓았던 그 교통사고, 졸업 후 독서에 무관심했던 내가 다시 책을 읽게 만든 병원 생활, 지금 책과 글쓰기 공부를 할 수 있는 계기가 되었던 그 책들은 나를 여기까지 오게 한 동력이다. 면접관에게 그 시간들을 말해주고 싶은 충동을 느꼈다. 그 흔한 질문에 흔한 대답으로 끝내고 싶지 않았다.

서미경 교통사고 이후 무모한 인생을 살기로 마음먹었다. 언제든지 죽을 수 있다는 교통사고의 경험은 '한 번밖에 없는 인생인데'라는 무모함을 갖게 했다. 여태껏 살며 할까 말까 고민했던 일들을 모두 다 해보고 싶었다. 다양한 경험과 다양한 일을 하며 무모하게 살아보겠다고 다짐하며 지금까지 달려왔다. 그런데 되돌아보니 '책'과 관련된 일만 꾸준히 한 꼴이었다. 이제는 즐겁게 '독서'하는 법을 공유하고 싶다. 아직 지치지 않고 이런 생각들을 실행하는 걸 보니 한동안은 '독서'로 생활을 연명할 것 같다. 하지만 나는 여전히 무모한 삶을 꿈꾸다.

○ 디즈니에서
조르바까지

#1 목공소에 딸린 작은 방, 오후 즈음

내가 아홉 살쯤 되었을 때, 엄마와 나 그리고 두 동생은 목공소에 딸린 작은 방에서 살았다. 아버지의 기억은 희미하다. 아버지는 엄마와 우리 삼남매를 두고 다른 지방에 일하러 가셨던 것 같다. 아니면 뭔가 죄를 짓고 쫓겨 다니는 신세였을 수도. 어쨌든 그 시절의 기억은 건축용 목재의 냄새로 남아 있다. 나무 본연의 향기라고 하기엔 좀 인위적인 목재의 냄새. 목공소에 일이 있는 시간엔 끊임없이 원형톱이 돌아가고 목수들이 서로에게 지시하는 고함소리로 꽉 찼다. 엄마는 우리들이 아저씨들 근처에 얼씬도 못하게 단단히 단도리를 했다.

목공소의 일이 끝난 오후 혹은 초저녁이면 동생들은 대패로 목재를 밀 때 생기는 부산물을 가지고 놀았다. 소꿉놀이에선 국수가 되고 미용실 놀이를 할 땐 근사한 파마머리가 되었던 대팻밥. 그때 나는 방에서 디즈니 명작동화를 읽고 있었다. 잦은 이사의 흔적이 고스란히

42

남은, 가장자리가 낡고 손때 묻은 외형과 달리 책장을 펼치면 화려한 원색이 주는 강렬한 색감, 또렷한 윤곽선의 그림이 나온다. 내가 책과 만난 출발점이다. 책의 왕국에선 아버지의 부재도 크게 중요한 일이 아니었다. 하루아침에 길거리에서 구걸하던 거지도 왕궁의 생활을 누릴 수 있고 청소나 빨래 등 허드렛일만 하던 재투성이 소녀도 멋진 왕자님과 결혼을 하는 달콤한 꿈의 왕국이 아니던가. 일주일에 사흘 이상 수제비 혹은 김치죽을 먹는 현실은 잠시 사라지고 각종 과자와 빵으로 장식된 마녀의 집 앞에 서게 될 때, 아홉 살의 나는 책이 주는 희망에 무한한 감탄을 보냈던 것이 분명하다.

#2 고등학교 교무실 옆 복도, 1월 중순

"은희 너, 법학과에 넣었다가 떨어졌다며? 선생님 생각엔 법학과 보다는 국문학과가 어울리는 것 같은데… 후기엔 국문과로 넣어봐."

　학력고사 마지막 세대인 나는 전기에 떨어졌다. 후기에 지원할 학교를 상담하러 교무실에 들렀다 결론을 못 내리고 나오던 길, 1학년 때 담임이셨던 국어 선생님께서 하신 말씀이었다. 집안 경제 사정은 재수를 용인할 수 없었고, 다음 해 새롭게 바뀌는 입시제도에 부모님은 어떤 조언도 할 능력이 없어 어떻게든 후기엔 합격을 해야 했던 나로서 다른 선택지가 없었다. 그렇게 난 국문학과로 진학했다.

#3 서점 안, 창이 없어 계절은 알 수 없던 2000년

"저어, C.S. 루이스 책들은 어디 있나요?"

"네. 제가 안내해드릴게요. 출판사별로는 홍성사에 많이 있구요, 저자별 코너도 따로 마련되어 있습니다. 여기 『순전한 기독교』부터 보시면 돼요."

대학을 졸업하던 해에 IMF사태가 터졌다. 재학 당시에도 각종 아르바이트를 하느라 따로 취업 준비도 못했는데 나라 사정마저 좋지 않아졌다. 공무원 시험을 준비해보기도 했지만 시험에 단번에 합격할 자신도 없어 공부를 때려 치우려던 참에 신문에 'OO출판사 신입사원 모집'이라는 광고가 났다. 집에서 걸어서 5분 거리에 있었던 그 출판사는 이상하게도 매달 신입사원을 뽑았다. 면접이라는 통과의례를 거쳐 합격 전화를 받기까지 반나절도 걸리지 않았다. 출판사의 상품 설명을 듣는 것으로 교육이 시작되었고 교육이 끝나니 내 앞에 전화 한 대가 놓였다. 아는 사람들에게 책을 팔아오라고 했다.

청춘의 나—청춘이라는 단어는 어리석을 정도의 무모함과 동의어라는 것을 지금에야 깨달았다—는 한 달만 영업을 하면 출판 혹은 영업 관리를 할 수 있다는 부장의 말을 믿고 책 카탈로그가 가득 든 가방을 든 채 거리로 나섰다. 울산에 살던 큰아버지에게도 다짜고짜 세계문학전집을 보냈고 교회에 목사님, 장로님, 집사님들에게는 한국문학전집 혹은 현대교양인백서를 권했다. 대학동문, 후배들에겐 영어책 세트를 팔았다. 심지어 첫사랑 오빠에게도 찾아가 기어코 클래식 시디(당시 78만원 정도였던 것으로 기억한다)를 팔고 올 정도로 집념은 대단했다.

곧 내근을 하면서 관리 업무를 하겠거니 했던 예상과 달리 한 달이 가고 두 달이 가도 계속 팔고 또 팔아야 했다. 더 이상 전화할 곳도 없다고 호소하자 회사에선 이제 학습지를 팔아오라고 했다. 초등학교 앞에서 아이들에게 전단지를 나누어주며 학습지 홍보를 해야 했다. 그런 날들이 7개월에 이르자 원형탈모가 생기고 습관성 위염에 시달리게 되었다. 결국 나는 쓰린 속과 휑하니 비어버린 머리, 그리고 내 방 구석에 쌓아놓은 뜯지도 않은 전집 박스를 안고 출판사를 떠났다.

얼마 후, 내 처지를 딱하게 생각한 교회 선배(그 선배도 내게 어떤 책을 한 질 샀을 것이다)의 추천으로 모 서점에 들어가게 되었다. 또 책이었다. '그 놈의 책'이란 생각이 들 법도 했을 텐데 난 금방 서점이 좋아졌다. 내가 찾아다닐 필요도 없이 손님들이 와서 책을 사가는 모습이 생경하면서도 편안했다. 책 고르는 손님들의 뒷모습을 넋 놓고 쳐다보다가 상사로부터 주의를 들은 적도 있었다. 출판사, 저자, 제목, 총판처, 가격, 책 위치를 외우는 것은 그야말로 적성에 딱 맞았다. 곧 나는 유능한 책장수가 되어갔다. 『기이한 책장수 조신선』(정창권, 사계절 2012)에 나오는 붉은 수염의 조생처럼 손님이 원하는 책을 찾아 척척 안겨줄 뿐 아니라 상황에 맞는 책에 대해 설명하며 권하기까지 했다. 그 시절 내가 읽은 책은 오직 성경뿐이었는데 말이다.

#4 한림대 성심병원 호흡기병동 615호실

시어머님의 정밀검사 결과가 나왔다. 역시 폐암이었다. 폐암 중에서도 원발성 폐암이 아니라 소세포 폐암이라고 했다. 상당히 진행된 것도 그렇지만 원발성 폐암보다 수술이 어렵고 고령이라 수술 예후도 좋지 않다며 선택을 종용했다. 남편과 누이들은 크게 고민하지 않고 수술을 포기했다. 나는 시어머님의 간병을 누가 어디서 해나갈 것인지 함께 의논하고 싶었지만, 전씨 5남매는 '우리 집'에서 '내가' 그 일을 해야 한다고 금방 결론 내렸다. 차라리 효부 흉내라도 내서 처음부터 자청했으면 모양새가 났을지도 몰랐지만 마음 깊은 곳에서 두려움과 동시에 무력감을 느꼈다.

그렇게 목련이 지고 산수유가 필 무렵, 6인실 병동 보조 침대에 걸터앉아 유시민의 『청춘의 독서』(웅진지식하우스, 2009), 김이경의 『마녀의 독서처방』(서해문집, 2010)을 읽었다. 청춘이라 할 수 없는 30대 후반에 굳이 청춘의 독서가 왜 궁금했던가? 책을 읽는 행위가 처방을, 그것도 마녀에게 받아야 할 만큼 전문적인 일일까 의구심도 든 것도 잠시. 책 소개서가 응당 갖출 위엄이라는 듯 저자들은 어마어마한 (산처럼 높게 쌓인 책이 내게 쏟아져내리는 환영을 보았다) 책을 읽었다고 자랑하며 읽으라고 협박했다. 그래야만 지금 닥친 무력의 시간을 이겨낼 수 있다고 말하는 것 같았다.

퇴원을 한 시어머님은 하루하루 그럭저럭 잘 버티셨다. 나도 잘 버텨내려 애썼다. 『마녀의 독서처방』에 쓰여 있는 책들을 한 권씩 꼭꼭

씹어 먹으며 힘을 냈다. 그 중에서 『엄청나게 시끄럽고 믿을 수 없게 가까운』(조너선 사프란 포어, 민음사, 2009)은 내게도 눈물을 흘릴 수 있는 감성이 있다는 것을 알게 해주었다. 주인공 9살 소년 오스카에게 이상하리만치 친근감이 들었고, 그의 짧은 인생에 감정이입을 하게 되었다. 9·11테러로 인해 아버지를 잃은 상실감 때문에 거리를 헤매는 오스카의 작은 발, 무거운 발걸음이 오래도록 기억에 남았다.

시어머님과 함께 산 10년, 막바지 간병을 해야 했던 6개월은 마치 난독증 환자가 책을 읽어야 할 때의 당황과 무능의 시간이었다. 더듬더듬 읽어 나가려 애써도 도무지 무슨 뜻인지 알 수 없던 막막함, 갖고 있다고 생각했던 선한 본성이 자꾸 쪼그라들고 낯선 미움, 화, 짜증, 실망으로 가득 찼던 일상. 그랬기 때문에 놓지 않았던 끈 하나는 독서모임이었다.

아동독서지도 과정을 마친 사람들끼리 꾸린 동아리는 매주 모여 세계사 관련 책부터 읽어나갔다. 어려웠지만 빠지지 않고 나가다 보니 조금씩 생소한 분야의 책에 대한 경계심이 허물어지고 배경지식이 넓어져갔다. 책을 가까이 하는 사람들이어서였을까? 다양한 사람들이 모여도 서로의 의견을 존중하며 경청하는 태도가 편안하게 느껴졌다. 무언가를 새로 알아가는 것도 좋았지만 서로의 일상을 나누는 자리여서인지 스트레스가 풀리기도 했다. 모임을 통해 숨 막힐 듯 답답한 일상에 숨구멍이 뚫린 것은 물론 함께 하는 독서에 점차 관심이 깊어졌다.

#5 중앙도서관 문화교실2, 2014년 우울한 4월 중순

"안녕하십니까? 오늘 독서토론의 진행을 맡은 김은희입니다. 여러분, 다 아시다시피 지난 주 진도 앞바다에 세월호가 침몰했습니다. 대한민국 전체가 엄청난 고통과 슬픔에 잠겨 있는 이 때, 공교롭게도 우리가 함께 읽고 토론할 책은 셸리 케이건의 『죽음이란 무엇인가』입니다. 다들 읽어오셨나요?"

시어머님께서 돌아가신 뒤 나도 날아오를 수 있을 거란 생각이 들만치 가벼웠다. 『꽃들에게 희망을』(트리나 폴러스)에서의 노랑나비가 된 것처럼. 그러나 그것도 잠시일 뿐. 남편의 갑작스런 실직은 현실의 강한 인력으로 나를 붙들었고 나는 불안하고 초조했다. 거기다 세월호 침몰사고까지 겹치니 잠 못 이루는 밤이 계속되었다. 그때 만난 책이 『죽음이란 무엇인가』(셸리 케이건, 엘도라도, 2012)였고 사회자로서 준비하는 동안 죽음이라는 화두에 직면해야만 했다. 500페이지를 넘어 에필로그까지 읽고 나서 드디어 한 매듭을 풀어냈다는 성취감을 느낀 동시에 어떻게 살 것인가에 대한 나만의 기준을 세울 수 있었다. 언젠가 올 죽음을 두려워하는 대신 오늘, 이 순간을 살자. 그냥 그거면 된다. 이렇게 단순하게 생각하기가 그렇게 어려웠던가. 불안을 먹고 자라는 걱정이라는 놈은 거머리보다 더 끈질기게 생각에 붙어 희망을 잠식하고 있었단 말인가.

"오늘 토론은 생동감이 있다고 해야 할까? 찬성과 반대, 두 가지 중에 선택해야 하니까 내 의견을 좀 더 확실히 정리할 수 있었어요."

"전 아버지께서 일찍 돌아가셔서 죽음이란 단어만 들어도 가슴이 아프고 힘들었어요. 그런데 이렇게 같이 얘기하다 보니까 조금은 편해진 느낌이었어요. 언젠가는 오는 게 죽음이니까 준비해서 잘 살았다는 평가를 스스로 내리고 싶어요."

독서모임에 쓸 논제를 준비해서 실제 토론을 진행해보니 죽음에 대한 각자의 이미지와 삶을 살아가는 가치관은 조금씩 달랐지만 현재에 충실한 삶을 살아야겠다는 다짐에는 합의했다. 기존의 방식에 변화를 주어 약간의 시간적 제약을 가함으로써 긴장감이 있는 독서토론 형식에도 다들 만족하는 모습이었다. 3월부터 교육청에서 명예사서를 대상으로 진행한 독서토론 리더 과정에서 배운 것을 과감히 모임에 적용한 것이 유효했다. 그리고 나는 교육과정을 통해 알게 된 숭례문학당에 깊은 끌림을 느꼈고, 실제로 그곳을 찾게 되었다. 그곳에는 책이 좋아 온 사람들로 가득했다. 그들에게는 강한 자기장이 형성되어 옆에만 있어도 독서의 욕구가 전달되는 것 같았다. 독서를 통해 삶이 변화되는 것을 경험하고, 그것을 나누는 것. 그렇게 살고 싶다고 느꼈다.

#6 집, 거실 창에 마주한 앉은뱅이 책상 앞, 겨울 산이 보인다

"보스, 당신은 그 많은 책을 읽었잖아요. 그게 무슨 소용이라고 읽는 거요? 왜 읽습니까? 그런 질문에 대한 대답도 없는데 도대체 뭐가 있다는 겁니까?"

"책에는 인간의 혼란이 있어요. 조르바, 인간의 혼란으로 당신의 질문에
대답할 수 있어요."

– 『그리스인 조르바』, 니코스 카잔차키스 지음, 베스트트랜스 옮김, 더클래식, 2012

실제로 조르바처럼 사는 사람에겐 책이 필요 없을지도 모른다. 그
에겐 삶의 열정과 자유가 넘치고 내딛는 발걸음조차 주저함이 없으
니까 말이다. 하지만 하루하루 아니 매순간 선택의 갈림길에서 헤매
기만 하던 나는 책을 읽으며 바른 선택지를 찾아내야 했다. 또 얽매임
없는 삶이 있다는 것, 그곳을 향해 가는 용기 있는 사람들이 있다는
것을 배웠다. 하지만 누구나 어렵고 외롭고 삶이 무겁다는 점 역시 알
게 되었다. 난 책을 읽으며 이해되지 않는 혼란을 받아들이는 자세를
터득했으며 이것은 내가 찾은 삶의 태도이기도 하다. 디즈니 명작동
화에 나오는 꿈의 왕국을 찾지는 못했지만, 내가 살아가는 세상에서
혼란과 엉켜 있는 사람들의 냄새를 맡을 수 있는 감각은 찾았다. 그것
이면 족하다. 더욱이 함께 가는 길이어서 더 이상 조르바가 부럽지만
은 않다.

김은희 책이 좋아서 책을 읽는다기보다 다른 잘하는 것, 좋아하는 것을 아직 찾지 못해서 책이
라도 붙들고 있는 아줌마, 세 아이의 엄마. 직업상담사2급, 독서논술지도사, 역사논술지도사, 디
베이트코치이자 보드게임지도사까지 나름 다양한 자격증 수집가. 경기도 의왕에서 독서동아리
'책을읽는엄마들의모임(책읽엄)' 활동을 오랫동안 해오고 있다.

● 인생 2막,
책에서 길을 찾다

2014년 12월 31일, 나는 32년의 직장 생활을 마감했다. 종무식 자리에서 다음과 같은 취지의 퇴임사를 했다. "인생의 바퀴를 한 바퀴 다 돌았다. 내일이면 새 바퀴를 돌 것이다. 그 바퀴 역시 예전과 다를 바 없겠지만, 중간쯤 어디선가 멈추고 말 것이다. 그러나, 한 번 돌아봤으므로 지난날처럼 돌지는 않을 것이다."

두 번째 사춘기를 맞이하다

나는 이제 막 예순의 나이에 들어선 전형적인 베이비붐 세대다. 시골에서 태어나 유소년 시절을 보냈고, 도시로 나가 고등학교와 대학교를 다녔다. 연이어 대학원을 마치고 연구소라는 직장을 얻었다. 이내 결혼을 했고, 두 아이를 낳아 기르며 나름대로 충실한 가장의 역할을 했다. 지금까지 큰 어려움 없이 비교적 안정적인 삶을 살았다. 운도 좋았지만, 무난하게 임무를 완수했다는 생각이 든다. 그러나 왜 이리

허전하고, 지난날들이 행복했다고 느껴지지 않는 것인가.

학창 시절, 나는 인생이란 위를 향해 곧게 뻗은 직선 같은 것이라고 생각했다. 성공을 향해서 끝없이 사다리를 타고 올라가야 한다고 배웠다. 사회에서 인정받고 경제적으로 성공하는 것이야말로 내가 가야 할 길임을 의심하지 않았다. 그 시절 나에게도 견디기 어려운 사춘기의 시련이 있었다. 그러나 한참 공부해야 할 시기에 그것은 사치 같은 것이라 여겨졌고, 그래서 그저 빨리 지나가기만을 바랐다. 지금 생각해보면 그것은 나로부터의 도피였다.

직장 생활 역시 크게 다르지 않았다. 경쟁의 틈바구니에서 더 인정받고 더 높은 직급으로 올라가기 위해 고군분투했다. 더 많은 급여를 받기 위해 다른 연구기관으로 이직도 했다. 직장에 다니면서 박사학위도 받고 나름의 성공 가도를 달려나갔다. 수많은 명함을 주고받았으며, 호기롭게 술도 마시고 주말이면 골프도 치러 다녔다. 좋은 스펙을 쌓을수록 고된 연구직보다 편하고 힘센 관리자가 되기를 원하는 관행을 좇아 새 직장에서는 기획조정실장이라는 보직을 맡기도 했다. 그러나 거기까지가 전부였다.

50대 초반을 넘어서면서 나의 한계를 실감하기 시작했다. 더 이상 앞이 보이지 않았다. 갑자기 직선의 막대기 위에서 뚝 떨어진 기분이 들었다. 정년퇴직이 그리 먼 훗날의 이야기가 아닐 것이라는 불안감도 밀려왔다. 어리석게도 대학 입학을 눈앞에 둔 아이들에게 많은 기대를 걸기도 했다. 대리만족이라도 얻고 싶은 심정이었다. 어느새 가정에서는 대화조차 힘든 가장이 되어 있었다. 한밤중 자주 잠에서 깨어나 등줄기에 흐르는 식은땀을 닦기도 했다. 잘못 살아왔다는 생각과 함께 앞으로 살아갈 날들에 대한 고민은 점점 깊어졌다. 나에게 두 번째 사춘기가 찾아온 것이다.

내가 걸어온 길이 나만의 독특한 경험은 아니었을 것이다. 각자 걸어온 길은 달랐어도 거기에는 우리 시대 베이비부머들이 겪은 공통적인 경험이 녹아 있다. 하지만 앞날에 대처하는 방식은 각자 다를 것이다. 힘들지만 그래도 계속 직선의 길로 나아가야 한다고 생각하는 사람들이 여전히 주를 이룬다. 그러나 나는 그런 굳센 소신파가 되지 못했다. 나는 거꾸로 내면으로 향하고 있었다. 거기서 다시 시작하고 싶었다.

믿는 사람에서 생각하는 사람으로

오랫동안 나는 두 개의 끈을 잡고 살아왔다. 종교와 책이었다. 아내와 함께 종교 생활을 부지런히 하면서 종교 서적과 자기계발 서적들을 주로 읽었다. 나를 돌아보는 기회를 가졌고, 많은 위로와 용기를 얻었다. 삶을 바라보는 긍정의 눈도 커졌다. 그러나 시간이 지나면서 조금씩 그것들로부터 벗어나기 시작했다. 나의 내면을 믿음의 언어들로만 채울 수는 없었다. 프랑스의 교육철학자 콩도르세는 사람을 '믿는 사람'과 '생각하는 사람'으로 나누었다. 나는 기질적으로 믿는 사람이기보다는 생각하는 사람 쪽에 가까웠다.

돌이켜보면, 안타깝게도 나는 오랫동안 이 타고난 기질을 억누르고, 믿음에 맹종하며 살았다. 내 생각과 판단은 중요치 않고, 오직 권위에 복종하고 모르면 정답을 외워야 하는 그런 사람들과 책들에 둘러싸여 있었다. 학창 시절부터 직장 생활 내내 나의 책장에는 교과서와 참고서, 그리고 전공서적과 영어교재들만이 자리를 차지하고 있었다. 나이가 쉰이 될 때까지 이런 책들 외에는 별로 읽은 기억이 없다.

책으로부터 지적 자극을 받았던 시절이 전혀 없었던 것은 아니다. 대학 시절에는 전공보다 사회학 공부를 좋아했다. 사회학 수강과 책 읽기가 나의 지적 호기심을 자극했다. 칼 마르크스, 에밀 뒤르켐, 게오르그 짐멜, 막스 베버, 소스타인 베블런 등의 사상을 공부하며 사유의 폭을 넓혀 나갔다. 또한 인간 삶에 대한 상대적 관점을 일깨우는 문화인류학 공부에도 심취했다. 그러나 이러한 공부의 즐거움도 더 이상 이어지지는 못했다. 대학원에 진학하고 연구소에 다니면서 줄곧 저명한 학자들이 정립한 모델의 끄트머리나 잡고 실무적으로 분석하고 응용하는 작업들에 매달렸다.

인문학 서적을 제대로 접하기 시작한 것은 50대 이후부터다. 다행히 책을 가리는 편은 아니었다. 마치 오랜 허기라도 채우려는 듯 지적 호기심을 채우고 사고에 자극을 주는 책이라면 분야를 가리지 않고 읽었다. 그중에서도 특히 철학 분야 책읽기를 좋아했다. 문학과 역사 서적도 마찬가지겠지만, 철학책을 읽으면서 세상과 삶을 바라보는 새로운 관점을 얻는 것이 그 무엇과도 비교할 수 없는 즐거움이었다. 물론 경제나 경영 등 사회과학 분야의 서적도 외면하지 않았다. 하지만 과거처럼 전문적 실무능력을 기르는 책은 거의 읽지 않았다. 한마디로 나는 좁은 전공 공부보다 폭넓은 인생 공부가 좋았다.

직장 생활 후반기의 광범위한 인문사회 분야 책읽기는 연구 방향과 주제를 바꾸는 데도 적잖은 영향을 미쳤다. 말년 연구원이 되었기에 가능한 일이기도 했지만, 더 이상 기술적인 실무분석 연구에만 매달리지 않았다. 지난날 나의 생각과 판단을 유보하고 마비시킨 연구들에 대한 반성이기도 했다. 과감하게 새로운 시각과 비판적 의견을 담은 문제 진단과 처방의 연구 결과물들을 내놓았다. 모두가 동의한 건 아니었지만 나의 실험적 연구가 동료 연구자들에게 신선한 자극을 준 것만은 분명했다. 또한 내가 종사한 산업 분야의 신문에 인문학적 성찰을 요구하는 기고의 글들을 자주 싣기도 했다. 연구자의 마지막 시기를 그렇게 보낸 것을 나만의 자부심으로 간직하고 싶다.

그러나 혼란과 방황은 멈추지 않았다. '안전하게 보호받던 감옥에서 열린 세상으로' 나가게 될 막막한 삶에 대한 방향을 잡기란 쉽지 않았다. 책을 좋아한다고 하지만 그건 기껏해야 책을 통한 결핍 충족 내지 과시욕이라는 생각도 들었다. 서가에 무심하게 꽂힌 책들처럼 독서 기록들만 쌓여갔을 뿐이었다. 틈나는 대로 시니어를 위한 교육기관이나 단체의 문을 두드려 다양한 사회활동과 모임들에 참여해봤지만 크게 흥미를 느끼지 못했다. 무엇보다 비슷한 생각의 동년배들끼리 만나서 함께 격려하고 어울리는 단체 활동이 나에게는 적성에 맞지 않았다.

책과 함께 열린 광장으로

찰스 핸디와의 만남은 단비와 같았다. 『찰스 핸디의 포트폴리오 인생』(에이지21, 2008)을 읽고 그를 은퇴 후 내 삶의 롤모델로 삼아야겠다는 생각을 가졌다. 회사원과 교수 등의 생활을 하다가 49세라는 이른 나이에 자유직업인이 된 그는 경영 분야의 구루로 칭송받는 인물이다. 그는 삶의 목표와 우선순위를 명확히 해야 무엇을 할 것인지 또 어떻게 살 것인지를 선택할 수 있다고 말한다. 찰스 핸디는 자칭 사회철학자로서 공부하고 집필과 강연을 하면서 동시에 집안일도 하는 포트폴리오 인생을 살아가고 있다.

세상에는 가치 있고 좋은 일이 얼마든지 있다. 하지만 그 누구도 이 모든 일을 다 하면서 살아갈 수는 없다. 결국 자신의 적성과 인생관에 맞는 일을 스스로 찾는 수밖에 없다. 하루가 지겹지 않고 즐거운 일이 바로 그런 일일 것이다. 그런 활동을 하면서 적당한 수준의 경제적 혜택을 얻는다면 금상첨화다. 자유를 얻은 이상 설사 기회가 주어진다 해도 또 다시 돈을 위해 나를 속박하는 곳으로 돌아가고 싶지는 않다.

오랜 방황 끝에 지적인 활동이 나에게 그런 일임을 알게 되었다. '과거와 같이 그저 배우고 따르기만 하는 소극적 활동을 벗어나 적극적으로 생각하고 표현하는 열린 활동을 하고 싶다. 그런 활동을 하면서 경쟁이 아닌 공유와 협력의 삶을 실천하고 싶다. 용기를 내어 개인 차원을 넘어 사회의 문제를 직시하고 개선하는 노력들에도 동참하고 싶다.' 책이야말로 나의 이런 꿈을 충족시켜줄 이상적인 도구라 생각한다. 그래서 오늘도 책을 읽고 글을 쓰면서 그 꿈들에 다가가는 중이다. 언젠가는 그 노력들을 모아 나만의 책 쓰기에도 도전하고 싶다.

두 해 전부터 취미로 그림을 배우고 있다. 초등학교 시절 잘했던 그림을 다시 그리고 싶어졌기 때문이다. 작은 유화 작품을 완성한 어느 날 밤, 먼지가 잔뜩 앉은 거울을 닦는 꿈을 꾸었다. 부지런히 거울을 닦고 있는데 갑자기 환하게 웃는 아이가 나타났다. 어디서 본 듯한 얼굴은 바로 어릴 적 '나'였다. 놀랍고 반가웠다. 아무리 나이를 먹고 세상이 변해도 본래의 자기란 결코 사라지지 않는 법인가 보다.

가끔 나의 끊임없이 타오르는 지적 호기심이 어디서 생겨났는지 상상해본다. 아마 어린 시절 교직 생활을 했던 아버지의 영향을 많이 받지 않았나 생각한다. 아버지는 백과사전과 전집류를 사오셔서 서가에 꽂아놓고 자주 읽고는 하셨는데, 나도 덩달아 두꺼운 책을 펼쳐놓고 눈길 가는 대로 읽곤 했던 기억이 난다. 어릴 적 아버지로부터 익혔던 습관이 반백 년이 지난 오늘날 지적 욕구로 되살아난 것 같다. 지금 나는 어린 시절의 나로 돌아가고자 한다. 거기서부터 새 출발하고자 한다. 그런 마음으로 나의 지적 호기심과 꿈을 승화시킬 방법을 찾고 있는 중이다. 그리고 조금씩 그 길로 나아가고 있음을 느낀다.

2014년 가을에는 한겨레교육문화센터의 '서평쓰기 과정'에 문을 두드렸다. 거기서 새로운 독서법의 경지를 발견했다. 총 8회의 짧은 과정이었지만 서평 쓰기를 통해 책을 제대로 읽는 방법을 안내받았다. 서평을 쓰는 행위는 고역이지만 책의 저자와 대화하며 내 생각을 정리하는 훌륭한 방법이다. 요즘 나는 한 권의 책을 온전히 내 것으로 만드는 즐거움에 빠져들고 있다.

　과정을 이수하고 나서는 숭례문학당에서 운영하는 '서평 독서토론' 클럽에 가입하였다. 거기서 독서토론이 제공하는 또 다른 가능성의 세계를 발견하고 있는 중이다. 같은 책을 읽고 다른 생각을 가진 사람들과 토론하면서 나의 지적 세계가 확장되는 느낌이다. 한 달에 한 번 서른 명 정도가 참가하는 토론회에서 나는 단연 최연장자다. 나이든 자에게 가장 무서운 적은 육체의 쇠약이 아닌 정신의 고정관념과 편견이다. 책을 매개로 다른 연령대, 다른 생각을 가진 사람들과 자유롭게 소통하면서 느끼는 감정은 실로 젊음을 되찾는 기분이다.

　요즘 나는 어떤 책이 좋은 책인가를 조금씩 알아가고 있는 중이다. 형식이야 어떻든 글 쓰는 자의 진심을 담아 독자들로 하여금 생각하게 만드는 책이 좋은 책이다. 책 속에서 제공되는 많은 전문지식과 정보들은 이를 위한 것이라 해도 과언이 아니다. 지난날 대충 보다가 팽개친 책들 중에 그런 책들이 있었음을 깨닫고 저자들에게 미안한 생각이 들 때도 있다.

　읽을 가치가 있는 책은 정독하지 않으면 안 된다. 카프카의 말처럼 그런 책은 "우리 안에 있는 꽁꽁 얼어버린 바다를 깨뜨리는 도끼"다. 그런 좋은 책을 한 2년쯤 마음껏 읽으면서 서평을 쓰고, 나 자신을 위한 글쓰기도 꾸준히 실천할 계획이다. 그런 후에 나만의 책 쓰기에 도전할 것이다. 그때쯤이면 내 머리가 무엇을 어떻게 쓸 것인지 가르쳐 주리라 생각한다. 이 글을 쓰는 지금 나는 소로우의 『월든』을 읽고 있다. 이 책 역시 몇 년 전에 반쯤 읽다가 내팽개친 책이다. 가슴을 전율케 하는 이 책을 왜 그때는 제대로 느끼지 못했는지 아찔한 생각이 든다. 2주일쯤 뒤 이 책의 서평을 발표하고 다른 이들의 생각을 들을 기대에 잔뜩 부풀어 있다.

윤영선 대학에서 경제학을 전공하였고, 국내에서 석사와 박사 학위를 받았다. 두 곳의 연구기관에서 32년간의 직장 생활을 마치고 2014년 말 은퇴하였다. 50대 이후 새 출발을 하고 싶어 입문사히 불야이 다양할 채은 접하며 독서 및 저순가르서이 꿈은 키위 ㅏ가고 있다.

난치병과
처방책^冊

병원에 다녀왔다. 언제나처럼 채혈검사, 소변검사를 하고 증상이 나타난 부위의 사진을 찍었다. 이마, 배, 등, 엉덩이, 팔, 다리…. 의사 선생님은 한 달 전에 찍은 사진과 비교하며 내 상태를 진단했다. 특별한 내용은 없었다. 지난 1년간 들어온 이야기의 연장선일 뿐이었다.

"벌써 1년째 약을 먹었는데… 호전될까요?"

내가 묻자 그녀는 답했다.

"그렇다고 확답을 줄 수 있으면 좋겠지만, 아직까진 좀더 두고 봐야 할 것 같네요."

인사를 하고 병원을 나섰다. 하늘은 구름 한 점 없이 맑았다. 공기는 차가웠지만 햇볕은 따뜻했다. 아침에만 해도 어디든 놀러 가고 싶은 마음이었다.

집으로 돌아가기로 했다.

병을 안고 살아가는 것에 관하여

내겐 병이 하나 있다. 영화나 소설 속에 등장할 법한 심각한 병은 아니다. 단지 일상생활이 조금 불편할 뿐인 피부병이다. 이 병을 갖게 된 건 초등학생 때, 그러니까 지금으로부터 약 17년 정도 전이다. 여린 피부에 돋아났던 붉은 반점이 지금까지 내 몸에 나타날 줄은 그땐 몰랐다.

붉은 반점이 하나둘 생겨나던 어느 날, 처음으로 찾아갔던 병원에서는 그것의 이름이 '건선'이라고 했다. 의사 선생님은 어머니와 열 살이 채 안 된 나를 앞에 두고 그게 어떤 병인지 설명해주었다. 어머니는 심각한 표정이었지만, 정작 당사자인 난 별 관심이 없었다. 딱히 아픈 것도 아니고 옷을 입으면 보이지도 않았기 때문이다. 지루했던 나는 딴청을 피우며 의사 선생님의 말씀을 흘려들었다. 그런데 유독 귓가에 걸리는 말 한마디가 있었다. 그것은 "현재로썬 완치할 약이 없다"는 말이었다.

처음 삭발을 한 건 6학년이 되던 해의 일이다. 그즈음 몸에만 있던 붉은 반점이 두피 쪽에도 생기기 시작했는데, 햇볕을 쬐면 좀 나을 거라는 말 때문이었다. 그러거나 말거나. 삭발한 모습으로 학교를 가는 게 너무 싫었다. 어찌나 창피하던지 차마 고개를 들 수가 없었다. 친구들이 물었다. "갑자기 머리는 왜 짧게 잘랐어?" 난 그 질문에 피부병 때문이라고 답하지 못했다. 피부병이 있다고 말하면 친구들이 놀아주지 않을 것 같아서였다. 나를 피할까봐. 그래서 그냥 얼버무렸다.

10대 시절 내내 피부병을 낫게 하려 온갖 치료를 다 하고 다녔다. 이 약 저 약 바꿔가면서 발라보는 건 기본이요, 자외선 기계 앞에서 몇 시간씩 발가벗고 서 있기도 하고, 온몸에 침을 맞은 채 꼼짝없이 누워 있기도 하며, 별의별 민간요법을 동원하는 등 실험 아닌 실험을 거듭했다. 그때마다 난 군말 없이 치료를 받긴 했지만, 속으론 전부 그만두고 싶은 마음이었다. 실망스러운 결과 때문만은 아니었다. 평상시엔 피부병을 잊고 지낼 수 있었는데, 치료를 받는 동안에는 그게 불가능했기 때문이었다. 피부병을 정면으로 마주해야 하는 그 시간을 될 수 있으면 피하고만 싶었다. 병에 대한 자각, 그게 가장 괴로웠던 것이다.

그토록 피하고 싶었던 병에 대한 자각은 스무 살 이후부터 일상을 덮치기 시작했다. 즐거울 줄만 알았던 대학 생활은 오히려 내 정체성과 장래를 흔들었고, 그에 따라 불안감은 점점 커져만 갔다. 그래서였을까. 달라진 생활 때문인지 스트레스 때문인지 피부병은 천천히 제 영역을 넓혀가고 있었다. 두피에 있던 붉은 반점이 확산되어 이마와 목 뒤로까지 번지게 된 것이었다. 그것은 이제 반점이라고 할 수 없는 붉은 피부였다.

피부가 변하면서 아침에 일어나 거울을 보는 게 두려워졌다. 전날보다 심해진 날이면 더 그랬다. 내일은 오늘보다 심해지는 게 아닐까? 이러다 언젠간 얼굴 전체가 붉은 피부로 덮이는 건 아닐까? 그런 생각이 자꾸만 들었다.

주변 사람들은 약속이라도 한 듯 한마디씩 거들기 시작했다. 내 피부병을 처음 본 사람들은 "피부 왜 그래?"라며 관심을 보였고, 피부병을 이미 알고 있던 사람들은 "왜 이렇게 심해졌어" 또는 "전보다 많이 나아졌다"라며 내 상태를 점검해줬다. 그럴 때마다 나는 뭐라고 대답해야 좋을지 몰랐다. 왜 그러냐고 묻는데 그걸 알면 진작에 나았지 이게 무슨 자랑이라고 갖고 있겠느냐고 되묻고 싶었다. 네가 말하기 전까진 잊고 있었는데 굳이 내 상태를 알려줘야겠느냐고 책망하고 싶었다. 사람들의 관심이 불편했다. 내게 필요한 관심은 내가 무관심하고자 하는 것을 함께 무관심하게 바라봐주는 것이었다. 하지만 그걸 아는 사람은 거의 없었다.

피부병이 심해진 이후로 사람들의 눈은 거울이 되었다. 나는 그것을 통해서 상대가 아닌 나를 보았다. 그리곤 사람들이 던졌던 질문을 속으로 되뇌며 스스로 묻고 있었다. 피부 왜 그래? 왜 이렇게 심해졌어? 정작 사람들이 내게 아무런 관심을 쏟지 않을 때도 그랬다. 나는 자꾸만 나를 괴롭혔다. 나는 점점 더 내 안쪽으로 수그러들었다.

책에서 출발해 책으로 돌아온 여행

책을 가까이하게 된 건, 어쩌면 그래서였는지도 모른다. 사람들을 만나는 것보다 책을 읽는 게 마음이 편했다. 책은 나를 보지 않았고 내게 아무것도 묻지 않았기 때문이다.

책 속에는 다양한 사람들이 살고 있었다. 그들은 나와 다른 삶 속에서 저마다의 이유로 아파하고 슬퍼하고 버티면서 어쨌거나 살아가고 있었다. 그러한 사실이 내 피부병을 낫게 해주는 건 아니었지만 적잖이 위로가 되었다. 아니, 오히려 나를 반성케 했다.

박경철의 『시골의사의 아름다운 동행』(리더스북, 2011)은 그 대표적인 책이었다. 외과의사로 살면서 마주친 삶과 죽음을 담은 이 책에는 나로선 도저히 상상할 수 없는 삶의 무게와 가치가 녹아 있었다. 불의의 사고로 한쪽 다리를 잃게 됐음에도 당당히 미니스커트를 입은 아름다운 숙녀, 나병 환자의 자식으로 태어나 세상으로부터 온갖 멸시를 받으면서도 부모님을 극진히 모시며 사람답게 살고자 했던 아들…. 그러한 사연을 읽는 동안 나는 진심으로 부끄러움을 느꼈다. 그들이 느꼈을 고통에 감히 공감한다고 말할 수 없었다. 난 그저 엄살을 부린 것에 지나지 않아 보였다. 지난날 떳떳하게 고개를 들지 못하고 스스로를 괴롭혔던 내가 하릴없이 어리석어 보였다.

미치 앨봄의 『모리와 함께한 화요일』(살림, 2010)은 삶의 자세에 대해 생각해보게 한 책이었다. 루게릭병에 걸려 몸이 마비된 모리 교수는 다가오는 죽음 앞에서 슬픔과 자기연민을 느낀다고 고백했다. 하지만 그런 감정은 잠깐일 뿐, "그 다음에는 내 인생에서 여전히 좋은 것들에만 온 정신을 집중하네"라고 그는 말했다. 자신에게 주어진 긍정적인 것들을 바라보며 죽음 앞에서도 충만한 삶을 이어간 것이다. 아, 그에 비하면 나는 얼마나 많은 시간을 부정적인 것에만 집중하며 지내왔던가. 어쩌면 난 자기연민에 빠져 나 자신을 비극의 주인공쯤으로 생각했던 건지도 몰랐다. 스스로 불쌍하고 안타까운 존재이길 자처하며 누군가가 알아주길 바랐던 건지도 몰랐다. 조금만 시선을 돌리면 내게 주어진 긍정적인 것들이 충분히 많았는데 그것들을 외면하며 지냈던 날들이 아까울 따름이었다.

이렇듯 책은 저마다 다른 방식으로 나를 성찰하게 하고, 앞으로 어떤 삶을 살 것인가를 고민하게 했다. '좀 더 제대로 살고 싶다.' 책은 그렇게 삶의 의지를 북돋아주는 것이었다.

군 생활을 하는 동안에는 전보다 더 많은 책을 읽었다. 책은 군대에서 내 정신 건강을 지켜준 일등공신이었다. 아울러 군대에서의 규칙적인 생활은 내 육체 건강을 함께 지켜주었다. 그 덕분이었을까. 나를 괴롭히던 피부병은 점차 호전되었다. 이에 더해 전역할 즈음 한창 심취했던 한비야의 『바람의 딸, 우리 땅에 서다』(푸른숲, 2006), 류시화의 『하늘 호수로 떠난 여행』(열림원, 1997), 다카하시 아유무의 『LOVE & FREE』(에이지21, 2010) 등의 여행기는 나를 세상 밖으로 나가게끔 부추겼다. 그동안 책이 많은 걸 가르쳐줬으니 이젠 네 삶의 범주 바깥으로 나가 온몸으로 배워보라고 하는 것 같았다.

마침내 전역한 다음 날, 나는 머뭇거릴 것도 없이 곧장 여행길에 올랐다. 가능한 많은 사람들과 부대끼며 온몸으로 배우기 위해 돈 없이, 도보로 전국 일주를 했다. 밥은 음식점에서 일한 후 한 끼 얻어먹고, 잠은 1인용 텐트에서 해결하면서 길 위를 방랑했다. 비록 몸은 고됐지만 정신은 점점 더 살아나는 기분이었다. 그때 만났던 낯선 사람들, 그때 걸었던 길은 모두 삶에 대한 가르침을 아낌없이 베푸는 고마운 책과 다름없었다.

여행이 끝난 후 그것들을 모아 한 편의 글로 정리했다. 글을 쓰므로

써 그간 배운 것들을 가지고 나 자신을 더 정제하고자 했다. 나아가 또 다른 이에게 내 생각과 경험을 나누고 싶었다. 지금껏 세상의 수많은 작가들의 글을 통해 도움을 받아온 나였다. 그들에게 받은 만큼 나 또한 다른 누군가에게 도움이 될 수 있기를 바랐다. 그리고 그 방법이 기왕이면 내가 직접 쓴 책이었으면 했다. 누군가의 책이 내게 그러했듯, 내 책이 누군가에게 그럴 수 있도록 말이다. 그런 바람으로 쓰고 고치고, 쓰고 또 고쳤다. 그 지난한 작업 끝에 내 인생의 첫 책을 출간하게 되었다.

책 읽는 사람들을 만나다

그로부터 몇 년 후 날씨가 제법 쌀쌀해진 11월의 어느 날, 『이젠, 함께 읽기다』(북바이북, 2014)를 읽고 난생처음 독서토론에 참여하게 되었다. 낯선 사람들과 함께 책을 읽고, 서로의 생각을 공유하며 6주를 보냈다.

함께 읽는다는 건 여러모로 즐거운 경험이었다. 같은 책을 읽고도 저마다 다른 생각과 의견을 내놓다 보니 책을 더 깊고 풍성하게 읽을 수 있었다. 또 다양한 분야의 책을 읽음으로써 책과 세상을 보는 시야 또한 넓어졌다. 일상적인 대화에선 잘 꺼낼 수 없었던 생각을 사람들 앞에 꺼내 보이는 즐거움은 덤이었다.

정식 일정이 다 끝난 후, 모임을 함께한 분들 중에는 '함께 읽기'의 즐거움에 빠진 몇몇 이들이 있었다. 물론 나도 예외는 아니었다. 뜻을 모은 우리는 별도로 모임을 이어가기로 했다. 우리끼리 읽고 싶은 책을 정하고 각자 논제를 뽑아 '함께 읽기'를 계속하기로 한 것이었다.

그때 만난 책 중에 장 자끄 상뻬의 『얼굴 빨개지는 아이』(별천지, 2009)가 있었다. 어린이 도서지만 어른이 읽어도 좋은 동화라고 소개를 받은 책이었다. 나는 가벼운 마음으로 책을 펼쳤다.

책 속에는 얼굴이 빨개지는 병에 걸린 마르슬랭이라는 아이가 있었다. 사람들은 그의 빨간 얼굴을 보고 너도나도 한마디씩 거들며 참견했다. 이에 지친 마르슬랭은 외톨이가 되어 혼자 놀게 됐다. 그러던 어느 날, 마르슬랭은 시도 때도 없이 재채기하는 병에 걸린 르네를 만난다. 르네에게 재채기는 마르슬랭의 빨개지는 얼굴과 같은 것이었다. 그런데 둘은 서로의 병을 보고 이렇게 말했다. "너의 재채기하는 모습이 좋아." "너의 빨개진 얼굴이 좋아." 그들은 그렇게 상대의 병을 나아야 할 문제로 보는 대신 있는 그대로 안아주었다. 그러자 둘 사이에서 병은 더 이상 병이 아니었다.

나는 이 책 속에 잠시 머물러 있었다. 서로를 아껴주는 마르슬랭과 르네 사이에 조용히 끼어들고 싶었다. 그들에게서 지난날의 내가 보였다. 그들이 하는 말은 한편으론 내게 건네는 말 같아서 괜스레 뭉클해졌다.

독서토론 모임이 있던 날, 나는 함께하는 사람들에게 내 피부병에 관한 이야기를 했다. 덤덤하게 아무렇지 않은 척 얘기했지만 속으론 조금 떨렸다. 이젠 괜찮다고 생각했는데 사실은 그렇지 못했나 보다. 다행히 사람들은 내 이야기에 그 어떤 위로의 말도 건네려 애쓰지 않았다. 대신 잠자코 들어주었다. 그게 참 고마웠다.

　책과 사람들을 만나면서 그간 피부병 때문에 쌓였던 괴로움이 조금씩 덜어졌다. 책은 피부병 때문에 움츠러들었던 나를 일으켜 세웠고, 사람들은 내 이야기를 들어줌으로써 가슴 속에 굳어있던 응어리를 덜어주었다. 만약 책을 읽지 않았다면 지금쯤 난 어땠을까. 어쩌면 비관적인 생각으로 가득 차 내 안으로 점점 더 수그러들지는 않았을까. 그런 의미에서 책은 피부병으로 얼룩진 내 삶을 낫게 한 최고의 처방이었다. 피부병은 아직 내 몸에 남아 있지만, 예전처럼 그것 때문에 자신을 괴롭히진 않게 되었다. 대신 책이 가르쳐준 것처럼 내 삶이 좀 더 충만해지기를, 나아가 다른 삶에 도움이 될 수 있기를 바랄 뿐이다. 오늘도 나는 읽고 또 읽으며, 책으로 다시 살고 있다.

권인걸　독서토론을 계기로 숭례문학당에서 열리는 대하소설『토지』읽기 모임, 신영복의『강의』낭독공감 등 함께 읽기의 현장에 참여하고 있다. 더불어 20대 친구들과 공저 작업을 진행 중에 있으며, 좋은 생각과 글을 통한 세상과의 소통을 꿈꾸고 있다. 현재 출판소셜벤처 북티크에서 독서 관련 프로그램 기획을 맡고 있다. 저서로는『전역한 다음날 집을 나갔다』(지식과감성, 2013)가 있다.

끝까지 읽지 못한 책이 못내 마음에 걸릴 때

『읽지 않은 책에 대해 말하는 법』 피에르 바야르 지음, 김병욱 옮김, 여름언덕, 2008

근대의 인쇄술은 독서의 대중화를 가져왔고 현대의 정보통신 발달과 정보 대중화는 독서의 권위를 조금씩 흔들고 있다. 이제는 독서 이외의 활동에서도 얻을 수 있는 책에 대한 지식, 정보, 문화는 독서와 비독서의 경계를 모호하게 한다. 책을 읽지 않아도 읽었다는 착각을 하고, 책을 읽어도 읽지 않은 듯 무지를 느낀다면 독서는 더 이상 '책' 그 자체를 읽는 것이 아닐 수 있다. 즉, 독서는 더 이상 책의 '글' 안에 있지 않다. 독서는 독자가 가지고 있는 '내면 도서관'을 통해 주체적으로 읽어 타인과의 소통의 공간인 '잠재 도서관'으로 여러 가능성을 열어두는 '창조적 읽기'를 하는 것이다. 저자 피에르 바야르는 이 책을 통해 이런 '비독서'를 우리가 지향할 '독서'의 한 부분으로 말하고 싶은 것인지도 모른다. (서미경 추천)

짜증나는 일상에서 한바탕 시원하게 웃고 싶을 때

『세상에서 가장 완벽한 남편』 에프라임 키숀 지음, 변상출 옮김, 좋은생각, 2004

 키숀의 책에는 생활상 하나하나를 따뜻하고 긍정적으로 보려는 저자의 강한 의지가 들어 있다. '욱' 하고 짜증이 올라올 법도 한 상황마저 특유의 유머러스한 태도로 한 박자 쉬어가게 만드는 굉장한 힘이 있다. "세상에서 가장 완벽한 남편"은 누구일까? 요새 대세가 '차줌마'라던데, 돈도 많이 벌어다주고 집에선 요리도 척척 해내는 남자일까? 궁금증이 생긴다면 읽어보시라. (김은희 추천)

대중교통을 이동하면서 짬이 날 때

『순간의 꽃』 고은 지음, 문학동네, 2001

 긴 글을 읽기엔 시간이 좀 애매할 때가 있다. 가령, 대중교통으로 짧은 거리를 이동하는 동안 책을 읽으면 어정쩡하게 맥이 끊기거나 몇 줄 못 읽고 덮어야 하는 경우가 많다. 이럴 땐 차라리 장문의 글보단 금방 읽고 오래 음미할 수 있는 시를 한편씩 읽어보는 게 어떨까?

고은 시인의 『순간의 꽃』은 순간순간을 관찰하고 포착하여 담아낸 짧은 시를 모은 시집이다. 시는 어렵다는 편견과 달리, 조금만 마음을 열면 누구나 맛있게 음미할 수 있는 시로 가득하다. 최소한의 언어로 최대한의 상상력을 이끌어내는 고은 시인의 시를 읽다 보면 당신이 무심코 흘려보내던 순간들도 화사하게 꽃피우게 될 것이다. (권인걸 추천)

은퇴 이후의 삶이 고민될 때

『찰스 핸디의 포트폴리오 인생』 찰스 핸디 지음, 강혜정 옮김, 에이지21, 2008

직장을 은퇴할 때가 되면 막상 앞날을 어떻게 헤쳐 나가야 할지 막막해진다. 자신이 홀로 남겨진 느낌도 든다. 이 책의 저자인 찰스 핸디는 끊임없이 질문하고 올바른 방향을 모색하라고 주문한다. 그러면 세상에 우리를 맞추는 것이 아니라 세상이 우리한테 맞춰 돌아가게 할 수 있다고 말한다. "좋고 나쁨을 가려내는 확실한 기준이 없으면 그 많은 시리얼 중에 하나를 고를 수가 없다"라고 그는 말한다. 인생 2막의 출발선에 선 분들께 이 책을 권한다. (윤영선 추천)

위대한 작가를 만나고 싶을 때

『괴테와의 대화』(전2권) 요한 페터 에커만 지음, 장희창 옮김, 민음사, 2008

위대한 작가와 함께할 수 있는 행운을 누린다면 어떨까. 괴테는 위대한 작가이자 신학과 철학에도 깊은 조예를 가진 유능한 관료이자 과학자로 19세기 르네상스맨이었다. 가난한 문학 지망생 요한 페터 에커만은 존경하는 작가 괴테에게 「시학논고」라는 원고를 보냈다. 그것이 인연이 되어 괴테 곁에서 말년 10년 동안 보고 들은 것을 기록할 수 있었다. 그렇게 나온 책이 『괴테와의 대화』이다.

자신이 존경하는 작가와 만나는 것은 개인적 행운이다. 하지만 그 만남이 기록되었다가 출간된 것은 우리 모두에게 행운이다. 이 책은 괴테의

진면목을 보여준다. 위대한 작품들이 어떤 맥락에서 나왔는지 작가의 육성으로 들을 수 있다. (윤석윤 추천)

미래의 세상이 궁금할 때

『멋진 신세계』 올더스 헉슬리 지음, 이덕형 옮김, 문예출판사, 1998

 미래 자신의 모습이나 사회에 궁금증을 가져본 적이 있는가? 미래의 나는 어떻게 살게 될까? 우리는 행복할까? 어떤 새로운 기술과 환경이 등장할까? 그래서 알게 된 세계가 희망적이고 즐겁기만 한 것이라면 얼마나 좋겠는가. 올더스 헉슬리가 1930년대에 발표한 이 풍자소설은 미래사회를 '멋진 신세계'로 표현한다. 그 세계는 분명 '멋진' 세계인데, 그 안에 살고 있는 사람들은 그리 멋져 보이지 않는다. 심지어는 사회로부터 '멋진 행복'을 강요당하기조차 한다. 작가는 문명이 극도로 발달된 사회와 원시사회의 두 세계를 독자에게 펼쳐 보인다. 그리고 묻는다. 어떤 사회가 유토피아인지. 독자가 원하는 것은 어떤 세상인지 말이다. (장정윤 추천)

2장

일과 삶의 균형을 찾다

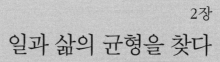

○ 40대 가장,
책에서 용기를 발견하다

늘어나는 뱃살과 반대로 줄어들기 시작하는 머리숱, 평일엔 야근 혹은 술자리, 주말엔 자의반 타의반 골프 약속. 40대를 관통하는 남자 직장인의 전형적인 모습. 그렇게 내 인생은 정처 없이 흘러가고 있었다. 바쁘다는 말을 입에 달고 살았지만 뭐가 그리 바쁜지, 진정 내가 원하는 삶이 무엇인지 알 시간도 없이 지나던 순간들이었다. 어쨌든 내가 선택한 삶이었지만 만족스럽지 않았다. 20대 꿈 많던 시절, 이렇게 되리라고는 상상도 못했었다.

나는 누구일까? 바보 같은 질문을 하루에도 몇 번씩 해보았다. 거울 속에 비친 내 모습, 양복을 단정하게 입은 채 쳐다보고 있었지만 누군지 몰랐다. 거기엔 일상에 길들여진 40대 남자가 날 응시하며 쓸쓸한 웃음을 보이고 있었다.

어린 시절부터 스스로 결정한 인생을 살아보는 것에 서툴렀다. 위로 누나만 3명, 40세 넘어서 늦게 아들을 얻은 아버지와 외아들에게 맹목적인 애정을 보였던 어머니, 그리고 나를 업어서 키운 10년 이상

터울졌던 누나들의 막연한 기대감, 대학도 직장도 모두 평탄한 쪽을 택했다. 도전적이고 원하는 것을 쟁취하는 쪽과는 애당초 거리가 먼 인생이었다. 스스로 그런 열정적인 부류의 인간은 아니라고 애써 결론내리기도 했다.

김승호 찾기 프로젝트

우리나라에서 40대 남자란 사회적으로 가장 소모되는 계층이라고 할 수 있다. 회사에선 일을 많이 하도록 강요받는 위치이고 가정에선 결혼한 남자라면 아이들이 중고등학교에 들어가면서 천문학적인 사교육비를 부담해야 하는 기로에 서는 시기이기도 하다. 그런 여러 가지 역할로 인해 자신을 돌볼 시간은 별로 없다. 부모님 세대보다는 본인을 덜 희생하는 세대라고는 하지만 그때나 현재나 가장들에게 요구되는 항목은 거의 대동소이하다.

"남의 돈 먹기가 쉬운가요?"라는 말이 있다. 나 또한 공감한다. 승진에 대한 조바심과 실적에 대한 스트레스, 회사는 갈수록 삭막해졌고 나는 콜로세움 광장에서 굶주린 사자와 맞닥뜨린 외로운 검투사처럼 느껴졌다. 너를 죽여야 살아날 수 있다는 느낌. 언제든지 내쳐질 수 있다는 불안감, 야근과 주말 특근도 마다하지 않았다. 하지만 승진에 일희일비하면서 비참해지는 나를 발견했고 좋아했던 회사 동료가 적으로 보이는 상황에까지 이르렀다. 그렇게 죽도록 일만 하다가 50대에 회사를 나와서 어찌할 줄 모르는 삶을 사는 선배들을 보면서 그렇게 살고 싶지 않다는 생각을 하게 되었다. 회사는 상실감을 일시적으로 마비시키는 모르핀을 가득 채운 날카로운 주삿바늘같이 느껴졌다.

40대로 접어들기 시작하던 몇 해 전, 열병 같은 마음의 홍역을 겪었다. 불혹이라는 나이에 접어들었지만 자신이 아무것도 아닌 것처럼 느껴졌고 우울했다. "기쁜 우리 젊은 날"은 이제 다 흘러간 듯했고 무기력한 중년의 길로 접어들었다는 상실감이 앞섰다. 오춘기를 겪는 것이었을까? 남들이 언뜻 볼 때는 못 느꼈겠지만 무력감과 불안감으로 스스로 곪아 터지기 일보 직전이었다.

옛말에 궁하면 통한다고 했던가? 울적한 기분이 절정을 치닫던 그 무렵 집 근처 공공도서관에 주말마다 들러서 책을 읽는 습관을 들이기 시작했다. 가까이 있었지만 잘 안 가던 도서관에 발을 들인 건 얼어붙었던 마음을 책의 힘으로 녹이라는 무언의 계시 같았다. 스페인 산티아고 순례길 여행기, 일제강점기 모던보이에 관련된 일화, 짜장면과 돈까스의 유래에 얽힌 비화 등 도서관 열람대를 돌며 아스라이 잊고 살았던 책 읽는 재미에 빠져들었다. 흥미로운 책들을 읽어내려가다 보니 맘의 응어리들이 조금씩 풀려 나가는 느낌이었다.

어린 시절에는 책을 좋아했다. 세계문학전집을 구입한 부모님은 책 읽기를 권했다. 세로로 쓰였던, 지금은 없어진 지성출판사 발간 80권의 '세계문학전집', 헤르만 헤세가 나직히 들려주던 『데미안』과 알베르 카뮈가 무심한 듯 토해내었던 『이방인』이 다시 생각났다. 청소년기의 기억을 복원해나가며 주말에는 골프채와 술병 대신 책을 집어 들었다. 아끼던 신상 골프채는 과감히 처분해버렸다. 몇 년 정도 계속

된 독서 끝에 어느 날인가는 책 속에 박혀 누워 있던 활자가 눈앞에서 일어나 춤추는 듯한 생경한 체험도 했다.

2년 전엔 방통대 영문학과에 편입을 했다. 10대와 20대의 공부가 대학과 직장을 얻기 위한 고통스러운 방편이었다면, 40대의 공부는 하고 싶은 것을 내 뜻대로 할 수 있는 흥미로운 과정이었다. 나의 진로는 20대 길목에서부터 어긋난 선택이었다는 것을 실감하는 데에는 그리 오랜 시간이 걸리지 않았다. 내가 좋아하는 것이 어떤 것인가를 발견했던 것이다. 온라인 수업이라는 한계가 있었지만 오프라인에서 동아리 활동을 열심히 하면서 직장 생활에 매몰되어 잊혀졌던 '김승호 찾기'를 시작했다. 인문학 강좌도 꾸준히 찾아다녔다.

욕망과 현실 사이에서 서성이다

그렇게 좋아하는 것을 조금씩 발견하며 걸음마를 걷기 시작하던 2014년 여름, 한겨레교육문화센터에서 '글쓰기 입문 과정'을 수강했다. 6주간의 짧은 기간이었지만 열정적인 수업에 눈과 귀가 열리는 기분이었다. 수업이 있는 화요일 저녁이면 퇴근시간이 기다려졌다. 매주 제일 앞자리에서 한마디라도 놓칠까봐 열심히 듣고 또 들었다. 끝나고 집에 갈 때는 하루 종일 나를 짓눌렀던 정신적 피로가 사라지는 느낌이었다.

강의가 끝난 후에는 새로운 기회가 찾아왔다. 강사님의 추천으로 서평독토 모임에 합류해 매월 한 권씩 책을 읽고 서평을 써서 독서토론하는 모임에 참여하게 된 것이다. 쳇바퀴 같았던 회사 생활에서는 경험하지 못했던 새로운 신세계였다. 그 모임은 '별에서 온 그대' 같은 사람들로 가득했다. 책과 한몸이 되어서 읽고 쓰고 토론하는 50여 명 회원들의 아우라에 매번 감탄했다. 그러면서 조금씩 달라지고 있다는 사실을 실감했다. 뭔가 꽉 채워나가고 있다는 안도감, 뒤틀렸던 내 인생의 톱니바퀴가 어느 정도 맞춰지고 있다는 느낌. 책을 읽고 쓰는 것이 대단한 치유 능력을 갖고 있음을 알게 되었다.

아내와 딸의 눈에는 그런 내 모습이 무척 신선해 보였나보다. 평일 늦은 밤이나 주말에 집에 있을 때면 흐릿한 눈으로 닳아버린 리모콘을 들고 여기저기 채널을 돌리던 나였다. 아내는 그런 모습을 답답해 했는데 이제는 결혼 전에 보여주었던 패기가 느껴진다며 좋아했다. 반복되는 일상에서 탈피해 도서관에서 책을 읽고 집에서도 TV와 결별하고 활자 속으로 빠져드는 나를 보면서 딸아이는 친구 아빠들과는 조금 다른 모습에 자랑스러워했다. 주말엔 주로 서울도서관에서 같이 책을 읽은 후 시청 인근 맛집에서 외식을 하며 가족 데이트를 즐겼다.

도서관에 갈 때마다 일주일에 네 권씩 책을 빌려와 2주일 동안 어떻게든 다 읽어내고 반납할 때면 무척 뿌듯했다. 차를 끌고 멀리 나가 멋진 풍광을 경험하지 않아도 충분히 기분 전환이 되었다. 널찍한 도서관 열람실에서 많은 책들에 둘러싸여 둥그렇게 앉아서 책을 읽는 기분, 사랑하는 가족들과 공유할 수 있는 소소한 재미였다. 이제 고2가 된 딸도 아빠의 공부하는 모습에 많은 자극을 받았다고 한다. 대학 입시를 위해 딸의 주말 도서관 나들이는 당분간 접어야 했지만 대학에 들어가면 다시 같이 다니기로 약속했다. 아빠의 유쾌한 변심이 가져온 가족의 일체감. 때때로 냉랭해지기도 하는 가족관계 속에서, 우리 가족은 책을 통해 서로의 벽을 헐어내는 방법을 알아나가고 있다. 토론이 있는 가족들의 밥상, 행복은 지근거리에서 우리를 기다리고 있다는 것을 깨달았다.

나에게 선물하고 싶은 것들

중국의 소설가 위화는 『사람의 목소리는 빛보다 멀리 간다』(문학동네, 2012)라는 책에서 이렇게 말했다.

> 누구나 일생을 통틀어 표현하고 싶은 무수한 욕망과 감정을 품게 된다. 하지만 실제 현실과 개인의 이성과 지혜가 이를 억누르고 만다. 하지만 글쓰기의 세계에서는 이렇게 억압된 욕망과 감정을 충분히 표출할 수 있다. 나는 글쓰기가 사람의 심신 건강에 큰 도움이 되고 인생을 더욱 더 완전하게 만들어 준다고 믿는다.

위화의 말을 빌리지 않더라도 책을 읽으며 느꼈던 그 벅찬 감정을 어찌 말로 표현할 수 있을까? 나는 책을 읽을 때마다 나에게 보내는 선물을 예쁘게 포장해서 마음속으로 광속택배를 보내곤 한다. 각박한 사회생활과 계산적인 인간관계에 상처받고 지쳤던 나에게 희망을 보여주는 책이 고맙다.

책꽂이에 빼곡하게 꽂혀 있는 책들을 볼 때면 흐뭇하다. 내 분신 같은 존재들, 이미 내 마음속에 들어와 있는 책들, 한 권씩 읽어낼 때마다 그들은 나에게 크리스마스 선물을 안겨준다. 그 거대한 지식의 보물창고를 조금씩 열어서 알아내는 과정, 생각만 해도 가슴 설렌다. 주말의 향기로운 도서관 열람실이나 햇볕 잘 들어오는 거실 소파, 또는 은은한 카페에서 읽어내려가는 한 권의 책은 마치 그리웠던 첫사랑과 해후하는 듯한 기분을 느끼게 한다.

책을 읽고 그것에 관련된 글을 써내려가는 것 또한 나에게는 지나칠 수 없는 즐거운 순간이다. 독일의 심리학자 에빙하우스의 망각곡선에 따르면, 책을 읽은 지 한 달 정도가 지나면 그 내용의 80%를 잊어버린다고 한다. 하지만 글을 써서 남기면서 그 흐름에 저항하곤 한다. 책에서 얻었던 기억들, 놓치고 싶지 않은 구절들을 한 장의 서평으로 기록해서 종종 다시 곱씹어보는 것이다. 그렇게 쓴 글을 물끄러미 읽다 보면 빙그레 웃음이 떠오른다. 나의 살아온 이력을 기록하는 자서전 같기도 하다. 이런 일련의 과정을 통해서 좀 더 성숙한 인간으로의 변화를 꿈꾸고 있다.

고등학교 시절, 암 투병 중이었던 어머니를 위해 한참 동안 공을 들여서 아버지가 구해오셨던 자연산 상황버섯이 생각난다. 그 효능처럼 나 또한 책을 읽고 글을 쓰면서 불치병 같았던 무기력한 감정에서 조금씩 벗어날 수 있었다. 그 고통은 화려한 술자리나 캐디의 기분 좋은 "나이스 샷" 소리에두 꿈쩍하지 않았던 것들이었다. 한 권의 책으로 마음의 생채기가 아물고 있다는 것이 신기할 뿐이다.

책의 힘으로 개선되고 있는 삶, 그리고 달라지고 있는 나에게서 느끼는 자신감, 바로 책을 여는 그 순간에 매번 경험한다. 오늘도 나에게 작은 기쁨을 주기 위해서 다시 이 지식의 보고를 펼친다. 인류의 역사와 같이한 이 소중한 친구를 새 책을 통해 매번 소개받는 것이다. 그 보물상자 속에는 잃어버렸던 나의 꿈이 온전히 들어 있고 지나쳤던 삶의 궤적의 슬라이드, 그리고 내 인생의 엉킨 실타래를 풀어나갈 삐져나온 끈 한 가닥이 들어 있다.

『마흔 살의 책읽기』(유인창, 바다출판사, 2011)에는 이런 구절이 나온다.

> 마흔 넘은 나이에 일구는 꿈은 그렇게 몸을 달뜨게 한다. 첫 번째 꿈은 흘려보냈기에 두 번째 꿈은 더 애틋하다. 밥벌이에 한쪽 다리를 빼앗긴 사람들도 이제는 안다. 그래도 일어설 수 있다는 것을. 그래도 똑바로 설 수 있다는 것을. 그래도 꿈을 꿀 수 있다는 것을.

어쩌면 난 가장이라는 책임감 속에서 밥벌이에 한쪽 다리를 빼앗겼는지도 모른다. 하지만 남은 한 쪽 다리로도 충분히 일어설 수 있지 않을까? 하고 싶은 것을 해나가며 온전히 살 수 있는 날들이 남아 있다는 것을 깨닫기를, 늦었다는 생각에 조급해하지 말기를, 무소의 뿔처럼 혼자서 씩씩하게 걸어나갈 수 있기를 스스로에게 되물으며 힘을 내보려 한다.

분명 자신이 원하는 삶을 살 수 있을 때 인간은 가장 행복해진다는 사실을 믿는다. 2015년 현재의 나는 직장을 다니며 책을 읽고 글 쓰는 삶을 살고 있다. 주말엔 온전히 나를 위해 시간을 쓸 수 있고, 평일에도 퇴근 후 일상적 여가의 욕심을 내려 놓는다면 가능한 삶이다. 회사를 우직하게 다니고 있지만 언젠가는 좋아하는 독서와 글 쓰는 일을 맘껏 할 수 있지 않을까 하는 기대를 해본다.

『21세기 셰익스피어는 웹에서 탄생한다』(최병광, 책이있는풍경, 2010)는 생기발랄한 책 제목에서도 볼 수 있듯이 다양한 매체와 웹이 발달한 현대사회에서 자신의 진솔한 스토리를 보여줄 수만 있다면 언제든지 사람들과의 소통은 가능한 시대가 되었다. 무엇보다 나의 이야기를 들려줄 수 있는 능력을 키워야겠다는 생각이 든다. 결국 중요한 것은 나 자신, 나를 믿는 것이 아닐까?

김승호 1남 3녀 중 제일 뒤늦게 태어났다. 이런 환경의 남자들이 겪는 통과의례인 가족들의 과도한 기대 속에서 자랐다. 대학에서 경영학을 전공했고 금융회사에 입사해 밋밋하고 재미없는, 전형적인 인생을 살고 있다. 마흔이 넘어갈 무렵 새로운 세상에 대한 열망을 꿈꾸기 시작했다. "늦지 않았을까?"라는 불안감과, "인생 100세 시대에 이제 시작이야"라는 자신감 사이에서 후자에 더욱 접근해가고 있다.

우리는
늘 무엇인가의 시작이다

나는 충남 공주의 한 시골에서 태어났다. 국민학교(당시는 '초등학교'를 이런 이상한 이름으로 불렸다)때 도시에서는 〈어깨동무〉나 〈새소년〉 같은 어린이 잡지를 쉽게 볼 수 있었지만 시골은 사정이 달랐다. 읽을 만한 어린이용 책이 귀했다. 대신에 농협에 다니시는 작은아버지께서 매달 가져다주시던 〈어린이새농민〉을 읽었다. 영농법 기사나 농약 광고가 대부분인 어른들이 보던 〈새농민〉과 달리 아주 재미있는 어린이 잡지였다. '세계명작-암굴왕', '역사만화-어사 박문수', '과학기사-UFO 진짜 존재하나' 등 흥미로운 기사와 재미있는 만화가 가득했다. 지금 와서 돌이켜보면 내 소년기를 풍성하게 해준 지식과 감성의 보물창고였다.

중고등학교에 가서는 '삼중당문고'를 즐겨 읽으면서 본격적으로 책 읽기에 재미를 붙였다. 『그리스 로마 신화』(토마스 불핀치), 『부활』(톨스토이), 『운현궁의 봄』(김동인), 『호밀밭의 파수꾼』(J.D. 샐린저) 등 동서양 고전으로 이루어진 400여 권의 도서목록은 지금 봐도 빠지지 않을 정도로 알차고 풍요로웠다. 거기다 여자 친구의 작고 보드라운 손처럼 한 손에 쏘옥 들어오는 포켓사이즈라 교복주머니에 꽂고 다니며 읽기에도 좋았다. 무엇보다 값이 싸서 적은 용돈으로 사보기에 그만한 게 없었다(한 권에 200~400원 정도 했던 것 같다). 누렇게 바랜 책 종이에 침을 바르며 '삼중당문고'를 읽었던 그 감미로운 추억을 시인이며 소설가인 장정일은 이렇게 노래했다.

열다섯 살,
하면 금세 떠오르는 삼중당 문고
150원 했던 삼중당 문고
수업시간에 선생님 몰래, 두터운 교과서 사이에 끼워 읽었던 삼중당 문고
(중략)
계대 불문과 용숙이와 연애하며 잊지 않은 삼중당 문고
쫄랑쫄랑 그녀의 강의실로 쫓아다니며 읽은 삼중당 문고
여관 가서 읽은 삼중당 문고
– 장정일, 「삼중당 문고」, 『길안에서의 택시잡기』, 민음사, 1988

1960~70년대에는 가장 자유스럽지 못한 시절에 붙여진 이름 치고는 아이러니하게도 '자유교양대회'라는 독서운동이 유행이었다. 전국의 교사와 학생이 '강제'로 동원된 '행사'였다. 전국 각 시도에서 지역예선을 거친 초중고 학생들이 '선수'로 참가했는데, 〈도전 골든벨〉 형식으로 쪽지 시험을 봤던 것 같다. 본선에 입상하면 유영수 대통령

영부인께서 청와대로 초청하여 다과를 베풀어주기도 했다. 교내 백일장에서 심심찮게 상을 탔던 나는 『난중일기』, 『박씨부인전』, 『삼국유사』 등을 읽고 학교 대표로 나가 분전했지만 아쉽게도 본선에서 탈락했다. (그때는 청와대 구경을 못하는 것보다 대회에 참가하러 가는 길에 국어 선생님이 사주시던 짜장면을 더 이상 못 먹는다는 것이 훨씬 아쉬웠다.) 이렇게 〈어린이새농민〉, '삼중당문고', 자유교양대회는 내 소년 시절에 내밀한 양식良識을 제공해준 사건으로 기억하고 있다.

나는 회사원 서평가였다

83학번으로 대학을 들어갈 무렵에도 내가 가고 싶어 했던 국문과는 '굶는과'로 알려졌다. 진학 담당을 맡은 국어 선생님이 간곡하게 말리는 통에 국문과 대신 경상계열로 입학했다. 4년 내내 전공 공부는 등한시하고 주로 문과대 벤치를 지켰지만, 취직이 쉬웠던 시절이라 운 좋게 경제단체라는 괜찮은 직장에 들어갔다. 근무 조건도 비교적 좋은 데다 일단 자료실에 책이 많아 좋았다. 읽고 싶은 책을 마음껏 빌려 보았고, 한동안은 창간 잡지를 사 모으는 데에 취미를 붙이기도 했다.

주말이면 가판대에서 주요 일간지를 몽땅 사서 책 소개 지면을 모조리 훑어보는 것으로 하루를 시작하곤 했다. (당시는 서평이 주로 실린 주말판 북섹션이 지금과 다르게 제법 두툼했다.) 같은 책을 소개하는데도 글쓴이에 따라 글맛이 달랐다. 서평도 글쓰기의 한 장르가 될 수 있다는 사실을 그때 알게 되었다. 그러다가 2008년 무렵에 우연히 숭례문학당과 접속하면서 한겨레교육문화센터에 개설한 '서평 쓰기' 과정을 수강하게 되었다. 서평을 쓰다 보니 책을 헐렁하게 읽는 버릇이 자연스럽게 사라지면서 정교하고 치열하게 읽는 습관이 몸에 배었다. 서평 쓰는 데 약간의 자신이 붙을 무렵, 한 일간지에서 일반인을 대상으로 서평을 공모한다는 기사가 눈에 띄었다. 그때 조경란 소설 『혀』(문학동네, 2007)를 읽고 쓴 서평이 운 좋게 뽑히는 바람에 신문에 인터뷰 기사와 당선 글이 이틀 동안 연달아 나갔다.

> 조경란의 『혀』는 정지원이라는 이름을 가진 서른세 살의 요리사가 주인공으로 나오는 요리소설인 동시에 관능적인 사랑의 이야기다. (중략) "다 읽고 나면 입에 군침이 돌게 하는 그런 소설을 쓰고 싶었다."는 작가의 말처럼 『혀』는 우리의 몸이 기억하고 있는 모든 맛과 향과 추억을 매 순간 불러온다. 그 향과 맛이 얼마나 강렬하고 독특한지 사랑과 욕망의 감정들이 미각의 세계와 어울려 읽는 사람을 좀처럼 식탁에서 떠나지 못하게 한다. 혀로 입맛을 다시고 식탁을 통째로 삼킬 준비를 해도 좋을 듯하다.
> - 「내 혀가 기억하는 모든 맛, 내 몸이 추억하는 모든 사랑」, 〈중앙일보〉 2009년 4월 18일자(당선 서평 일부)

그때부터 블로그를 운영하며 본격적으로 서평 쓰기를 시작했고, 본업 외에 자연스럽게 '서평가'라는 과분한 타이틀을 얹게 되었다. 회사원 서평가가 된 것이다. 책 소개를 하는 방송에 출연하기도 했고, 출판전문잡지인 〈기획회의〉를 비롯한 다양한 매체에 서평을 쓰게 되었다. 몇 권의 서평집에 원고를 보냈고, 문광부 우수교양도서 심사위원을 맡기도 했다. 2015년부터는 네이버에서 매달 '오늘의 책'을 선정하는 일에 참여하고 있다.

독서는 앉아서 하는 여행, 여행은 서서 하는 독서

무라카미 하루키가 처음으로 소설을 쓴 것은 29세 때였다. 그는 1978년에 도쿄 메이지 진구 야구장에서 야쿠르트와 히로시마와의 경기를 보던 중, 데이브 힐튼 선수가 2루타를 치는 순간 포물선을 그으며 날아가는 공을 보다가 소설을 써야겠다는 생각을 했다고 한다. 나에게도 그런 결정적 순간이 찾아왔다.

언제부턴가 무엇인가에 갇힌 듯 단조로운 서평 양식에 갑갑함이 느껴졌다. 색다른 형식의 서평을 쓰고 싶다는 욕구가 점차 커지던 어느 날이었다. 회사 출장으로 인천공항에서 출발하는 비행기의 날개 쪽 자리에 앉아 있다가 비행기가 이륙하는 순간이 눈에 들어왔다. 육중한 동체가 출발선 앞에 선 단거리 육상주자처럼 움츠리고 숨을 고르더니 이내 굉음을 울리며 대지를 박차고 나가 공중으로 날아올랐다. 그때 뭔가 말할 수 없는 강렬한 에너지가 몸 안으로 파고들었다. 그래 '기행 서평'을 쓰자.

여행이 서서 하는 독서라면 독서는 앉아서 하는 여행이다. 여행이 국경을 넘는 일이라면 독서는 경계를 넘는 일이다. 그렇다면 그 둘은 매 한가지가 아닌가. 그때부터 여행 배낭을 꾸릴 때 옷 대신 책을 챙겨

가기 시작했다. 중국에 갈 때는 위화의 『허삼관 매혈기』(푸른숲, 2007)를, 체코로 갈 때는 밀란 쿤데라의 『참을 수 없는 존재의 가벼움』(민음사, 1990)을 배낭에 넣었고, 실크로드에서는 윤후명의 『둔황의 사랑』(문학과지성사, 2005)을 읽었다. 알랭 드 보통의 『여행의 기술』(청미래, 2011)과 장 그르니에의 『섬』(민음사, 1993)은 늘 덤으로 따라다녔다.

　일본의 전설적인 사진가이자 여행가인 후지와라 신야는 내 여행의 사고를 바꾸어놓은 장본인이다. 그가 쓴 『티베트 방랑』(작가정신, 2010)이 2010년 5월에 나오자마자 사서 읽고 그해 여름에 티베트로 갔다. 칭짱열차로 북경에서부터 이틀을 달려 세계에서 하늘과 가장 가까이 맞닿아 있는 티베트 고원지대를 지나 수도 라싸에 닿았다. 한때는 지상 최후의 금단의 영역이었던 티베트가 이제는 일상이 되어버렸다. 중국은 라싸를 통과하는 급행열차를 따라 맥도날드 햄 패티와 야심을 품은 한족들을 부지런히 실어 나르고 있었다. 여름휴가는 그리 길지 않았다. "다음 생이 먼저 올지 내일이 먼저 올지 우리는 아무도 알지 못한다"는 티베트 속담을 기억하며 아쉬운 발길을 돌렸다.

　언젠가 사주명리를 공부하다가 내 사주의 지지地支에 '역마살驛馬煞'을 뜻하는 사巳와 인寅이 있는 것을 알게 되었다. 티베트를 다녀오고 2년쯤 지나자 몸이 근질거리며 몹쓸 병이 다시 도졌다. 언제부턴가 남루한 일상과 지리멸렬한 삶에 회의가 들기 시작했다. 어중간한 존재로 사는 쓸쓸함과 피로감이 미역줄기처럼 온몸을 휘감았다. 이대로 어제를 표절하며 오늘을 살다가는 '늙은이'가 되기 전에 '낡은이'가 먼저 될지 모른다는 생각이 들었다. 인생 후반전을 위해서 결단을 해야 한다는 초조함이 나를 압박했다. 나는 후지와라 신야의 『인도 방랑』 (작가정신, 2009)을 다시 집어들었다. 『인도 방랑』은 여행기의 백미이자 인도 여행기의 지존으로 사람들 입에 오르내리는 책이다. 이 책을 읽고 3일 만에 회사를 그만두고 인도로 떠났다는 일본 젊은이들의 고백이 지금도 인터넷에 떠돌고 있다.

결국 마흔 아홉이 막 시작되던 봄에 회사에 사표를 쓰고 인도로 한 달 동안 배낭여행을 떠났다. 꿈은 도망가지 않는데 늘 도망치는 건 자신이었다는 걸 아는 데 오랜 세월이 걸렸다. 『인도 방랑』, 『그리스인 조르바』(니코스 카잔차키스, 열린책들, 2009), 『입 속의 검은 잎』(기형도, 문학과지성사, 1989) 같은 책들을 배낭에 담았다. 인도 여행은 자주 멈추고 자꾸 뒤돌아보게 만든다. 그럴 때마다 길 위에서 책을 꺼내 읽었다.

> 세계는 좋았다. 대지와 바람은 거칠었다. 꽃과 나비는 아름다웠다. 좋게도 나쁘게도, 모든 것은 좋았다.
> – 『인도 방랑』, 후지와라 신야

인도에서 마주친 새로운 세계와 낯선 일상은 다른 빛깔의 희열이고 충만함이었다. 한 달쯤 지나자 입고 있던 옷들의 단추가 떨어지기 시작했다. 돌아갈 때가 된 것이다. 자주 멈추고 자꾸 뒤돌아보긴 했지만 세상 속에서 나와 사람 속으로 걸어가서 새로운 세계와 낯선 일상과 조우했던 시간이었다. 때로는 고독감, 불안감, 또는 권태감으로 얼굴을 바꾸며 나타나긴 했지만 그건 다른 빛깔의 희열이고 충만함이었다. 후지와라 신야의 말처럼 세계는 좋았고, 대지와 바람은 거칠었고, 꽃과 나비는 아름다웠다. 여행은 무언의 바이블이었다.

책은 나를 발명한다

나무에 앉은 새는 나뭇가지가 부러지는 것을 두려워하지 않는다. 그건 나뭇가지를 믿어서가 아니라 자신의 날개를 믿기 때문이다. 인도에서 돌아온 후 정독도서관에 베이스캠프를 차렸다. 회사로 가기 위해 도서관에 다니는 사람들 틈에서, 도서관으로 오기 위해 회사를 다녔던 사람처럼 도서관 생활자가 되었다. 회사 이메일 대신 개인 이메일 계정을 열었고, '회사원 서평가'에서 회사원을 지웠다.

책은 자신을 발견하게 해주는 것은 물론 때로는 자신을 발명하게도 한다. 아일랜드 극작가 브래던 비언은 문학적 재능이 모자라 창작을 포기한 사람들이 서평을 쓴다면서 어깃장을 놓기도 했다. "비평가들은 할렘의 환관과 같다. 매일 밤 그곳에 있으면서 매일 밤 그 짓을 지켜본다. 어떻게 해야 하는지는 알고 있지만 그 자신은 그걸 할 수가 없다." 브래던 비언이 그러건 말건 서평은 여전히 내게 매력적인 글쓰기 장르다.

우리는 모두 무엇인가의 시작이다. 나는 작가가 되어 문학과 '결혼'하는 삶을 살지는 못했지만, 책읽기가 춤이 되는 삶, 서평을 쓰며 책과 아름다운 '연애'를 하는 삶을 살고 싶다. 도서관 생활자로 살며 2014년에 쓴 『끌리거나 혹은 떨리거나』(현자의마을)가 그 첫 결실이다. 인도를 여행하면서 읽은 책과 찍은 사진에 기대 쓴 기행 서평집이다. 끌리기는 하는데 떨리기까지는 안 하는지 많이는 안 팔렸다.

지금까지는 살다가 남는 시간에 읽고 썼지만, 이제부터는 읽고 쓰다가 남는 시간에 살 것이다. 니체의 말대로 "저쪽으로 건너가는 것도 위험하고 줄 가운데 있는 것도 위험하며 뒤돌아보는 것도 멈춰 서는 것도 위험하다." 저편 물가를 향해 동경의 화살은 이미 날아가고 있다.

박일호 서평가. '네이버 오늘의 책' 선정위원. 노동경제학을 공부했고, 20년 넘게 경제단체에서 교육연수 관련 일을 했다. 숭례문학당과 조우한 것이 인연이 되어 오랫동안 회사원 서평가의 삶을 살았다. 〈기획회의〉를 비롯한 다양한 매체에 서평을 연재하고 있고, 문광부 우수교양도서 선정심사위원을 지냈다. 공부공동체 감이당에서 고전과 의역학을 공부하고 있으며, 인도 기행 서평집 『끌리거나 혹은 떨리거나』 등의 책을 냈다.

독서토론,
기업 교육의 대안이다

"송 차장, 스스로 할 일을 찾아보세요. 나를 도우면서 회사에도 득이 되는. 회사 오래 다녔으니 이것저것 보이는 것들이 있겠지요. 손님들 차 대접이나 소소한 일들은 내가 직접 하면 됩니다."

13년째 CEO의 비서로 일하면서 세 번째 사장님을 모시는 첫날. 외국영화 속 할머니 비서처럼 무탈하게 정년을 맞이하기를 바라던 나의 꿈이 사라지는 순간이었다. 도전과 혁신? 새로운 역할에 대한 비전? 귀에 못이 박히도록 들어온 그 말들은 나와는 참 상관없다 여겼었는데…. 인생의 큰 그림을 그리지 못하고 그저 주어진 대로 시간의 노예처럼 살던 나에게 사장님의 일침은 위기이자 도전, 새로운 변곡점의 출발이었다.

비서업무와 교육업무를 병행하다

중소기업의 인력구성은 빡빡하다. 1인 1역은 물론, 1인 2, 3역도 다반사다. 우리 조직도 그렇다. 마침 채용 및 교육 담당자가 퇴사하면서 인력 충원이 아닌 업무 분장이 이루어졌고, 내가 비서 업무와 교육 업무를 병행하게 되었다. 선택의 여지없이 당연히 내가 해야만 했다.

'그런데 교육은 뭘 해야 하는 거지?' 새로운 업무를 맡았지만 할 줄 아는 게 없었다. 관련 지식은커녕 회사를 10년 넘게 다녔지만 나에게 필요한 역할이나 역량에 대한 교육을 받아볼 기회도 없었다. 대체 무엇을, 어디서부터 시작해야 하는 것인지 밤잠을 제대로 이룰 수 없는 날들이 시작되었다.

우선 기업 교육 전공도서를 읽기 시작했다. 외부의 교육담당자 양성과정도 이수하고 장소가 어디든 무료로 진행하는 교육 관련 세미나가 있으면 닥치는 대로 찾아다녔다. 그렇게 교육 업무에 대한 기본 개념을 알아가면서 그나마 깨달은 것은 기업 교육은 내가 그리 단숨에 파악할 수 없는 아주 복잡하고 거대한 세계라는 것. 조직과 구성원들의 역량 향상은 물론, 일과 삶의 병행을 위한 다양한 과정들이 수도 없이 많고 예산만 있으면 당장 도입할 수 있는 과정들이 흘러넘쳤다. 이러한 풍요 속에서 우리 조직에 당장 필요한 것은 무엇일까.

타사의 사례, 논문, 기사 등 수많은 자료들이 나의 책상을 뒤덮기 시작했다. 퇴근 시간은 점점 늦어지고, 주말에도 쉴 수 없었다. 도대체 내가 무슨 일을 해야 하는지 스스로 자료들과의 전쟁을 치렀던 것이다. 다행히 언제부터인가 당최 종잡을 수 없던 개념이나 용어들에 점점 익숙해졌고, 한 쪽을 넘기기도 힘들었던 전공도서들의 내용이 서서히 머릿속에 들어왔다. 아예 마음을 비우고 스펀지처럼 흡수하기 시작하니, 오히려 속도와 재미가 붙으면서 해야 할 일들, 하고 싶은 일들이 정리되기 시작했다. 그래도 갈 길은 참 멀게만 느껴졌다.

가장 먼저 해야 할 일은 교육 체계 수립이었다. 4개월간의 대장정을 거쳐 우리 조직에 최우선적으로 필요한 교육들을 뽑아냈고, 이듬해에는 사내에 9개의 집합교육을 개설하여 운영했다. 이외에도 이러닝, 외부교육, 도서 스터디, 학회나 세미나 참석 등 구성원들이 학습에 참여할 수 있는 다양한 형태의 교육 기회를 열어두었다.

기업에서는 왜 이러한 노력과 투자를 하는 것일까. 이는 교육이 곧 성과로 연결되기를 바라고, 장기적으로는 우수한 인력을 확보하여 우리만의 핵심 역량을 갖추기 위함이다. 문제는 몇 번의 교육만으로는 조직과 개인이 원하는 성과를 기대하기가 힘들고, 학습자 개개인의 성향에 따라 교육의 효과도 천차만별이라는 것이다. 조직이 기대하는 효과와 개인이 체감하는 효과, 그 간극을 좁혀야 한다는 압박감 속에서 나의 마음은 점점 무거워져갔다. 어떻게 하면 학습자들이 자발적으로 몰입하고 참여할 수 있는 학습의 장을 만들 수 있을까. 답이 없는 고민의 회오리에 점점 말려들기 시작했다.

놀라운 독서토론의 재미에 푹 빠지다

평소 내가 애용하는 매체는 TV나 스마트폰보다는 라디오다. 매일 잠자리에 들기 전, 나의 몸과 마음을 평온하고 의미 있게 정리하는 시간, 바로 라디오의 인문학 방송을 듣는 시간이다. 특히 신성원 아나

운서가 진행하는 KBS1라디오 〈문화공감〉의 신간 소개 코너는 나에게 정말 유익한 정보원이 되어주었다. 숭례문학당의 『이젠, 함께 읽기다』(북바이북, 2014)를 만난 것도 바로 이 프로그램을 통해서다. '골방 독서에서 광장독서로, 폐쇄적인 독서모임의 위험, 정답 없는 독서토론 신나게 발표해봐' 등의 책 내용과 함께 읽기의 즐거움을 추구하는 독서공동체 숭례문학당의 소개를 듣는 순간, 바로 책을 주문하였다. 다음 날, 책을 받아 보고 밥알 하나하나를 음미하며 씹어 먹듯이 한 장 한 장의 내용에 고개를 끄덕이고 밑줄을 긋고 박수를 쳐가며 책에 흠뻑 빠져들었다. 그러고는 숭례문학당의 독서토론 입문 과정에 주저 없이 등록했다.

교육담당자로서 답이 없는 고민의 회오리에 말려든 무렵 만난 숭례문학당의 독서토론은 그야말로 신세계였다. 대학생에서 50대 중년까지 다양한 연령대와 직업을 가진 사람들, 공감대라고는 전혀 찾을 수 없을 것 같은 사람들이 모였다. 처음으로 토론한 도서는 『아낌없이 주는 나무』(셸 실버스타인)라는 동화책이었다. 독서토론에서 '논제'라는 것이 그렇게 매력적인 역할을 해낸다는 것을, 50쪽도 안 되는 동화책으로 12명의 어른들이 2시간이 넘도록 다양하고 진솔한 이야기들을 주고받을 수 있다는 것을 온몸으로 체험했다.

더욱 놀라운 것은 다른 의견을 가진 사람들을 불편해하지 않고 '아, 그럴 수도 있겠네' 고개를 끄덕이며 공감하는 나의 모습이었다. 여느 토론에서는 나의 의견이 수용되지 않으면 얼굴을 붉히며 핏대를 세우기도 하고 분한 마음이 며칠 동안 응어리로 남아 있기도 했다. 나만의 잣대로 상대방을 폄하하기도 하고 깊이 들여다보지 않고 속단하여 내 쪽에서 미리 소통의 차단막을 치기도 했다.

한 권의 책과 단 2시간의 토론으로 나에게 일어난 놀라운 변화. 앞으로 뭔가 재미있어지겠다는 기대감으로 가슴이 두근거리기 시작했다. 그렇게 숭례문학당에서의 첫 번째 독서토론을 마치고 온 날, 나는 한겨레교육문화센터의 독서토론 입문 과정에도 등록했다. 두 군데 독서토론 과정을 다니면서 독서 분량에 대한 압박감이 상당했지만, 책을 읽는 시간만큼은 행복하고 즐겁게 느껴졌다. 빨리 읽어도 다음 모임까지 완독하기가 쉽지 않은데, 한 장 한 장을 가벼이 넘길 수가 없었다.

성석제의 『투명인간』(창비, 2014)을 읽다가는 학교 폭력에 못 이겨 자살을 선택하는 태석이의 독백 장면에서, 너무도 몰입하여 오열 수준의 눈물을 쏟아냈다. 김찬호의 『모멸감』(문학과지성사, 2014)을 읽을 때는 내가 그동안 당했던 모멸감, 나도 모르게 남에게 주었던 모멸감을 떠올리며 난 왜 이렇게 쿨하지 못할까 자책하고 반성했다. 박웅현의 『책은 도끼다』(북하우스, 2011)를 통해 아름답게 묘사된 표현들을 접하면서 그동안 무심코 지나쳤던 주변의 소소한 존재들이 새삼 고맙게 다가왔다. 이렇게 한 권의 책을 읽고 토론할 때마다, 멈춰버린 마음의 성장판이 조금씩 열리는 기분이었다.

이제껏 만난 적도 없는 사람들 틈에서 나의 생각을 스스럼없이 말하고 그들의 생각도 경청하며 공감한다. 누구도 정답을 강요하거나 내세우지 않고, 오로지 책과 토론을 통해 서로가 서로에게서 배운 점들을 취한다. 경청과 코칭의 기술을 이론적으로 습득하지 않아도 자연스럽게 체득하게 된다. 이런 독서토론의 매력에 빠져들면서 그동안 찾아 헤매던 교육담당자로서의 고민의 실마리도 드디어 풀려가고 있었다.

기업 교육, 독서토론에서 실마리를 찾다

독서토론 입문 과정이 끝나갈 무렵, 팀장님에게 독서토론 리더 과정의 교육비를 지원해주십사 요청드렸다. 두 곳의 입문 과정은 기꺼이 자비로 수강한 터였다. 사실 입문 과정을 신청할 때에는 회사 교육과 어떻게 연결해볼까 하는 사심이 조금 있었지만 자신이 없었다.

그런데 이제는 확신이 생겼다. 모든 교육과정에 독서토론과 같이 충분한 소통 모듈을 반드시 도입해야 한다는 것. 직무 역량만을 위한 교육 외에도 순수한 독서토론 과정을 통해 구성원 누구나 자유롭게 생각을 공유하고 서로를 건강하게 긍정해줄 수 있는 조직문화의 기틀을 만들어보고 싶다는 제안도 드렸다. 이를 위해 숭례문학당의 리더 과정을 제대로 수강하여 교육비가 아깝지 않도록 몇 배의 효과를 내보겠노라고 말씀드렸다. 흔쾌히 승낙을 받았다.

사내에서의 첫 번째 독서토론은 2015년 공채 신입사원들과 함께 하게 되었다. 숭례문학당의 독서토론 리더 과정을 겨우 1강만 마치고 급하게, 신입사원들과 함께할 독서토론 논제를 발제하게 되었다. 독서토론 입문 과정에서는 첫 번째 토론 책으로 누구나 쉽고 재미있게 접근할 수 있는 동화책으로 시작하지만, 신입사원들에게는 학생 신분에서 사회인이 되는 인생의 전환기에 다소 어렵더라도 좀 더 의미 있는 독서토론을 경험하게 하고 싶었다. 그래서 고른 책이 『나는 누구인가』(강신주 외, 21세기북스, 2014)였다. 현시대를 대표하는 석학 7명의 묵직한 철학을 다룬 책인데, 솔직히 나에게도 쉽지 않은 책이었다. 참여 인원도 진행자인 나를 포함하여 18명이나 되었다.

처음에는 서로 눈치만 보며 입을 떼지 못하던 친구들이 이 논제에서 저 논제로 넘어가면서 손을 번쩍번쩍 들고 자신의 이야기를 끄집어내기 시작했다. 쑥스럽지만 자신의 경험담을 진솔하게 풀어내는 과정에서 때로는 폭소를, 때로는 공감의 눈길로 서로에게 집중하는 모습을 볼 수 있었다. 다른 친구들의 생각을 듣고 나서 자신의 처음 생각을 바꾸기도 하고 반대 의견이지만 고개를 끄덕이며 진지하게 경청한다. 유창하게 말로 표현하지 못하여 수줍게 말꼬리를 흐리기도 하지만 깊이 사색하고 있음이 역력했다.

토론을 마치며 신입사원들은 "인문학과 더불어 타인의 생각을 이해할 수 있는 경험이었다", "그동안 고민해온 것들에 대해 한 번 더 정리할 수 있는 시간이었다", "인문학이 어렵다는 편견을 깨고 인생의 본질적인 문제에 대해 고민해보는 시간이었다" 등의 후기를 남겼다. 이러한 모습이 참 아름답고 기특했다. 아, 토론 진행자는 이런 귀한 맛을 보는 호사를 누리는구나. 어설픈 실력으로 논제를 뽑아야 했던 고뇌의 시간을 단숨에 잊게 하는, 세상 어디서도 맛볼 수 없는 독서토론 진행의 귀한 맛이란!

평생 잊지 못할 나의 첫 독서토론 진행으로 인해 나의 확신 에너지는 더욱 충전되었다. 독서토론이야말로 자신을 돌아보고 성찰하며 타인과의 소통 속에서 주도성과 공감 능력을 키울 수 있는 셀프 리더십 과정이 될 수 있다는 것. 그리고 이렇게 내적으로 건강하게 성장하는 리더들이 바로 우리 조직의 핵심 역량이 될 수 있다는 것을.

좀 더 박차를 가하여 올해부터 CEO와 팀장들이 함께 하는 리더급 독서토론, 사원부터 부장까지 전 직원이 자유롭게 참석하는 팀원급 독서토론의 2개 과정을 필수과정으로 운영하게 되었다. 이전과는 전혀 다른 교육의 형태가 구성원들에게는 많이 낯설 것이다. 나 역시 결과를 예측할 수 없는 새로운 시도에 두려움이 앞서지만, 독서토론이 기업 교육의 새로운 대안이 될 수 있음을 믿어 의심치 않는다.

송진희 중소기업에서 15년째 CEO 비서업무를 맡고 있다. 3년 전부터 교육 업무를 병행하면서 강의식의 수동적 교육에서 벗어나 학습자 스스로 몰입하고 즐거운 배움을 실천할 수 있는 학습의 장에 대해 고민하던 중, 숭례문학당의 독서토론 과정을 알게 되었다. 독서토론의 재미에 흠뻑 빠지면서 기업 교육의 한 형태로 독서토론의 필요성을 절감하였고, 현재 조직의 필수 과정으로 도입하여 새로운 시도를 실천해나가고 있다.

건축과 인문학, 사이에서 길을 찾다

알몸의 모델을 빠르게 그려야 했다. 건축학과에 이런 수업이 있을 거라고는 상상도 못했다. 학생들 얼굴에는 야릇한 흥분과 긴장감이 번졌다. 하지만 모델이 담요를 내리고 포즈를 취하자 스튜디오 공기는 단숨에 바뀌었다. 사뭇 엄숙한 분위기가 흘렀다. 모델이 포즈를 바꿀 때마다 학생들은 손을 바쁘게 움직였다. 안타까운 건 내 크로키 실력이었다. 볼륨감 있는 여성의 나체가 앙상한 고목이 되어 스케치북 위에 서 있었다. 쌀쌀한 날씨에 애써준 모델에게는 미안하지만, 내 크로키에 인체의 비례와 아름다움은 없었다.

눈앞에 누드모델이 어른거리는 와중에 만들었던 '스파게티 브리지 Spaghetti Bridge'는 또 다른 세계였다. 스파게티 면으로 다리 모형을 만든 다음, 중간에 추를 달아 어떤 것이 더 튼튼한지를 보는 실습수업이다. 여기에 아름다움은 없다. 오직 중력과 스파게티라는 구조부재만 있을 뿐이다. 학생들은 치열하게 계산하고 실험한다. 단 1그램이라도 더 많이 매달아야 이길 수 있다. 결정의 순간, 주별로 만든 다리에 추를 하나씩 매달 때 스튜디오를 채우던 서늘함. 그건 이성이 내뿜는 차가운 합리였다.

미학과 공학, 예술과 기술, 감성과 이성 사이에 건축이 있다. 건축가는 태생이 회색분자다. 여러 직업이 망라되어 있다는 결혼정보업체 신상정보란에도 건축가는 없다. 디자이너와 엔지니어를 놓고 고민한 끝에 회사원을 선택했다는 우스갯소리도 있다. 건축가는 중간 지대에서 양쪽을 오가면서 작업하는 사람이다. 누드 크로키와 스파게티 브리지를 잇는 줄 위에서 곡예를 넘는 재주꾼이 바로 건축가다. 다만 그들 손에는 부채가 아닌 책이 들려 있다는 게 다를 뿐이다.

독서의 시작, 『철학의 눈』

책을 좋아하는 사람이고 싶었다. 하지만 열망과는 다르게 책 읽는 대학생이 되는 건 어려웠다. 스무 살까지의 독서량이 턱없이 부족한 탓이었다. 그런데도 무작정 이름난 책만 집어 들었고, 결국 몇 쪽 못 읽고 놓아버리는 일이 반복됐다. 독서 실패 경험이 쌓이다 보니 책을 더 멀리하게 됐다. 더욱이 건축학과는 전공서도 따로 없다. 수업마다 다른 분야의 책을 알아서 읽어야 했고, 갈수록 헤맸다. 내 생각이 영그는 느낌이 없었고 지적 공허를 마주할 때면 무기력증이 덮쳐왔다.

그러다가 우연히 한 철학자를 만났다. 그를 통해 내 독서는 새로운 전기를 맞았다. 그를 만나지 못했다면, 자크 데리다의 『해체』(문예출판사, 1996) 정도에서 백기투항하고 끝났을지 모른다. 『해체』는 건축에서 해체주의가 유행하면서 많이 언급된 책이었다. 읽고 이해한다면 분명 좋을 책이다. 문제는 이 책이 내 빈약한 독해력으로는 도저히 오를 수 없는 철학적 고원이라는 데 있었다. 책으로 허세 부리는 것도 가려가면서 할 일이었다. 그런데 그의 철학은 쉬웠다. 철학의 다른 지평에 들어선 기분이었다. 일상에서 길어 올린 글은 예리하고 통렬했다. 그의 책을 읽으며 지금 내게 절실히 필요한 건 철학적 개념이 아닌 철학적 행동이었음을 깨달았다.

"무엇보다도 삶은 그저 즐거움을 누리는 재미 때문이 아니라 장애물을 돌파하고 한계를 뚫어 나가면서 조금씩 변해가는 자신과 주변을 음미하는 것이기 때문에 가치가 있습니다." 마음 한 켠이 늘 긴박했던 나는 김범춘의 『철학의 눈』(한울, 2005)을 통해 비로소 스스로를 굽어보게 되었다. '철학하기'를 시작한 셈이다. 그렇다고 사는 모양새가 한순간에 바뀌지는 않았다. 여전히 삶이 변하는 속도는 더뎠고 청춘의 방황은 예외 없이 나를 흔들었다. 하지만 책을 통해 생각하는 힘을 기를 수 있었고, 이제 책은 지식이 아닌 생활의 차원에서 영향력을 발휘했다. 그러다 문득 주위를 돌아보니 도서관은 우주보다 더 넓어 보였고 읽을 책은 셀 수 없이 많았다.

철학과 건축, 『소피의 세계』

"비행기는 날기 위한 기계이다. 배는 항해를 위한 기계이다. 주거는 살기 위한 기계이다."『건축을 향하여』(동녘, 2007)에는 근대건축의 거장인 르 코르뷔지에의 유명한 아포리즘이 담겨 있다. 집을 기계로 간주하겠다는 문장이 인상적인데, 사실 이 명제를 이해하려면 근대철학자 데카르트까지 거슬러가야 한다. 하지만 나는 건축과 철학이 만나는 이 지점에서 더 들어가지 못했다. 몸풀기 없이 본 경기에 들어가듯 곧장 『방법서설』을 읽다 놓아버렸기 때문이다. 책의 지도를 못 그리는 내게 필요한 건 전문서가 아니었다. 폭넓은 인문학 공부가 먼저였다.

바로 이런 책으로 말이다. "그는 철학적 진리를 어느 정도 수학 명제와 같은 식으로 증명하려고 했다. 데카르트는 우리가 숫자로 계산할 때 이용하는 똑같은 도구를 철학에 적용하려고 하였는데, 그게 바로 이성이다. 이성만이 우리에게 확실한 인식을 줄 수 있기 때문이지. 감각에 의존하는 것은 전혀 확실치 않단다." '소설로 읽는 철학'이라는 부제가 붙은 『소피의 세계』(현암사, 1996)는 모두를 위한 철학 입문서다. 저자인 요슈타인 가아더는 서양의 주요 철학자와 개념을 소설 형식으로 버무려 흥미롭게 전개한다. 소설은 주인공 소피가 철학적 질문과 해설로 가득 찬 편지를 받으면서 시작한다. 소피의 스승 크녹스도 그녀와의 대화에서 어려운 철학 개념을 쉽고 재미있게 풀어준다. 철학 입문자로서는 이보다 더 알차고 즐거운 철학 수업을 만나기 어려울 정도다.

건축가의 손에 들려 있는 가장 두꺼운 책은 철학서일 듯하다. 개념과 현실 사이에서 길을 잃을 때 건축가는 철학책을 꺼내 든다. 사람이 늘 궁금한 건축가는 철학자처럼 질문하며 세상을 바라본다. 건축에서 철학의 자리는 크다. 건축가의 생각하는 힘은 철학을 통해 강화된다.

무겁더라도 쉬운 책이라면 읽어볼 만하다. 철학적 사유가 부족한 건축가는 독선과 불통에 빠지기 쉽다. 그의 줄타기는 위험한 곡예일 수밖에 없다.

동서양 건축의 이해, 『생각의 지도』

한국 건축가라면 다른 차원의 줄을 하나 더 타야 한다. 바로 동서양을 잇는 줄이다. 나는 대학에서 '고건축학술연구회'라는 학회에서 활동했다. 우리 고건축의 역사와 미래가치를 연구하는 학생연구모임으로, 40년에 가까운 역사를 자랑한다. 그런데 최근에는 학회의 존폐를 걱정할 정도로 신입생이 확 줄었다. 후배들이 고건축 공부의 필요성을 못 느끼는 듯했다. 그들에게 왜 우리 고건축을 공부해야 하는지 유인할 말이 궁한 건 나도 마찬가지였다. 이 줄타기, 참 어렵구나 싶었다.

한국 건축과 서양 건축의 차이를 따져 묻는 건 한국 건축가의 숙명과도 같다. 서현이 『건축, 음악처럼 듣고 미술처럼 보다』(효형출판, 2014)에서 말했듯 "건축은 우리의 가치관을, 우리의 사고 구조를 우리가 사는 방법을 통하여 보여주는 인간 정신의 표현"이기 때문이다. 우리가 일상에서 보는 건축 대부분은 서구에서 수입한 개념과 기술, 재료로 세워진다. 한국 건축이지만 거기에 우리 정신이 담겨 있다고 단언하기 어려운 이유다. 먼저 동서양인의 서로 다른 세계관을 이해해야 했다.

"현대의 동양인들은 고대의 동양인들처럼 세상을 종합적으로 이해한다. 그들은 전체 맥락에 많은 주의를 기울이고 사건들 사이의 관계성을 파악하는 데 익숙하며, 세상이 복잡하고 매우 가변적인 곳이라 믿는다. (중략) 이와는 반대로, 현대의 서양인들은 고대의 그리스인들처럼 세상을 보다 분석적이고 원자론적인 시각으로 바라본다. 사물을 주변 환경과 떨어진 독립적이고 개별적인 것으로 이해하고, 변화가 일어난다면 한 방향으로 일정하게 진행될 것이라고 믿는다."

『생각의 지도』(최인철 옮김, 김영사, 2004)의 저자 리처드 니스벳은 중국인 제자로부터 "동양인은 세계가 원이라고 생각하는 반면 서양인들은 직선으로 여긴다"는 의견을 듣는다. 모든 사람은 동일한 사고체계를 갖는다고 믿던 저자는 곧바로 광범위한 실증 연구를 수행한다. 그 결과 동양인은 전반적인 상황을 보고 사태를 파악하는 반면, 서양인은 부분들의 인과적인 관계를 더 중요하게 여긴다는 사실을 밝혀낸다. 나로서는 대단한 지적 충격이었다. 건축을 하면서 늘 답답하게 짓누르던 의문이 일소되는 기분이었다. 그리고 언뜻 새로운 길이 보였다. 동서양을 잇는 줄타기 비법, 이 책이 준 선물이다.

역사와 건축, 『이것이 인간인가』

"우리는 처음으로 우리의 언어로는 이런 모욕, 이와 같은 인간의 몰락을 표현할 수 없다는 것을 깨달았다. 순식간에, 거의 예언적인 직관과 함께 현실이 우리 앞에 고스란히 정체를 드러냈다. 우리는 바닥에 떨어져 있었다. 밑으로는 더 이상 내려갈 곳이 없었다. 이보다 더 비참한 인간의 조건은 존재하지도 않았고 상상할 수도 없었다."

『이것이 인간인가』(이현경 옮김, 돌베개, 2007)는 아우슈비츠 강제수용소에서 살아 돌아온 프리모 레비의 참혹한 증언록이다. 인간 이하의 취급을 받으며 일상적인 폭력과 죽음의 공포 속에서 살아남은 그의 처절한 생존기다. 수용소에서 해방된 이듬해 그는 이 믿을 수 없는 기록을 세상에 내놓았다. 그리고 60여 년 후, 독일 베를린 한복판에 홀로코스트 추모관이 들어섰다. 책은 역사를 기록하고, 열람 가능한 역사는 현재를 움직인다.

건축가 피터 아이젠만이 설계한 이 추모관은 커다란 관을 연상시키는 콘크리트 박스 2,711개로 방문객을 아우슈비츠로 몰아넣는다. 공포에 질식된 자들이 겨우 내뿜는 뜨거운 숨이 차가운 콘크리트 사이를 채운다. 평균 무게는 8톤에 이르고 높낮이가 모두 다른 이 박스는 그것 자체로 역사적 사실이 된다. 피라미드보다 굳건히, 스톤헨지보다 유구하게 학살의 기록을 후대에 전할 것이다. 건축가의 역사의식이 만든 걸작이다. 역사란 사람의 기록이다. 책이라는 지도에는 사람과 사람이 오고간 길이 세밀하게 그려져 있다. 우리가 어디서 온 누구이며 어디로 가는지 길을 찾는 건축가, 그의 작업실에는 늘 역사책이 놓여 있다.

'전화 건축가'라는 우스갯말이 있다. 건축가들이 하도 전화통만 붙잡고 있어서 생긴 말이다. 건축가의 일은 결국 조율로 수렴된다. 모든 건축주가 멋있고 튼튼하며 값싸면서도 재빠르게 지을 수 있는 건물을 원한다. 이 방정식을 풀기 위해 건축가는 끊임없이 관련자들과 대화하며 밀고 당기기를 반복한다. 그래서 건축가의 핵심 역량은 소통 능력이다. 그리고 소통은 세상을 이해하고 타인에 관심을 갖는 것부터 시작한다. 인간이 어떤 무늬를 그리며 사는지 무지한 건축가는 나르시시즘에 빠지기 쉽다. '사이'를 오가는 건축가의 한 손에는 마치 통행증처럼 책이 들려 있어야 한다.

사이에서 건축하기

내 인생의 책을 꼽으라면 책이 아닌 신문을 꼽는다. 어릴 적 큰누나가 퇴근하면서 가져다준 신문은 세상을 보는 나만의 창이었다. 동화책 한 권도 귀했던 시절, 1면부터 신문을 차근차근 봤다. 그 습관은 지금도 여전하다. 그렇지만 신문에 없는 것이 책에 있다. 바로 '감정'이다. 화난 저자, 행복한 저자, 슬픔에 빠진 저자 등. 그들의 글을 읽을 때 아이디어가 솟고 자주 위로받으며 가끔 희망을 발견한다. 마음이 담긴 저자의 이야기를 듣기 위해 책을 읽는다.

지금 난 '사이'에 있다. 전형적인 회색분자 꼴을 하고 작업실과 숭례문학당을 오가고 있다. 건축가와 토론진행자 사이에서 길을 잃을 때도 있다. 건축을 놓칠까 겁나고 글이 힘든 날이면 울면서 키보드를 두드릴 때도 많다. 그래, 지금 난 두렵다. 사이에서 내 길을, 나만의 영토를 만드는 일은 고통스럽다. 하지만 책이 알려준 길을 믿기로 했다. 지도에 없는 길을 가라던 그 글귀를 따르기로 했다. 내게는 책이 있고 함께 읽을 친구가, 생각을 나눌 이웃이 있다.

눈을 감으면 터널 안에 있다. 늘 같은 위치다. 오가는 차량 한 대 없고 터널 등도 모두 꺼져 있다. 전에 이곳에 와본 적이 있다. 그때는 이 터널에 끝이 있다는 걸 믿지 않았다. 그래서 늘 되돌아나갔다. 하지만 지금은 본다. 이 터널 끝에 강하게 비쳐드는 빛을. 돌아나가고 싶지 않다. 눈 감는 것도 싫다. 이 터널 끝까지 눈을 뜨고 걷고 싶다. 가본 적 없는 세계가 나를 향해 손짓하고 있다.

이원형 대학에서 건축을 전공하고 설계사무실에서 일하다 최근 독립했다. 숭례문학당의 여러 공부 모임에서 독서토론과 글쓰기 내공을 쌓고 있다. 네이버 '오늘의 책' 선정단, 건축/도시 책 전문 서평가로 활동 중이며 한겨레교육문화센터에서 '건축 글쓰기' 강좌를 맡고 있다. 블로그 blog.naver.com/wonystudio

○ 서평 쓰는
김 과장의 25시

"영화를 보면 되지, 왜 책까지 읽어?"

2012년 초, 『레 미제라블』(전5권, 민음사, 2012)과의 즐겁고도 힘겨웠던 씨름을 막 마친 내게 친구 놈은 물었다. '그걸 말이라고!' 욱하는 마음이 들었지만 바로 이유를 대기가 쉽지 않았다. 젊은 시절을 지켜본 20년 지기로서 두꺼운 책 5권을 읽고 서평까지 썼다는 내 모습이 의아해 보이기는 했을 것이다. "너도 읽어보면 알게 될 거야"라는 막연한 대답을 했을 뿐이다.

집으로 돌아와 다시 펼쳐본 『레 미제라블』 1권. 은그릇을 훔쳐 잡혀온 장 발장에게 은촛대마저 건네주는 미리엘 주교가 나타난다.

그는 무슨 일이고 조급하게 비난하거나, 주위의 사정을 참작하지 않고 비난하는 법이 없었다. 그는 곧잘 이렇게 말했다. "그 과오가 지나 온 경로를 보자." (중략) "여자와 어린이, 하인, 약자, 빈자, 무식자들의 과오는 남편과 아버지, 주인, 강자, 부자, 학자들의 탓이다." (중략) 사회는 스스로 만들어 낸 암흑에 책임을 져야 한다. 마음속에 그늘이 가득 차 있으면 거기에서 죄가 범해진다. 죄인은 죄를 범한 자가 아니라, 그늘을 만든 자다.

- 『레 미제라블』, 빅토르 위고 지음, 정기수 옮김, 민음사, 2012

노래로 치장된 영화에선 그 참된 의미를 구현하기 힘든 장면이다. 관객은 독실한 주교가 전과자에게 베푼 과감한 선행, 그 이상의 모습을 발견하기 어렵다. 책을 읽은 독자만이 그것이 미리엘 주교가 평생을 거쳐 체화한 숭고한 신념의 실천임을 느낄 수 있다.

"그 과오가 지나 온 경로를 보자"는 이 짧은 글귀에 미리엘 주교의 삶과 인간 가치의 본질이 담겨 있다. 장 발장으로 하여금 양심의 각성과 거룩한 희생을 가능하게 한 원천이다. 긴 시간 책과 마주하며 진정한 구원이란 무엇인지 고민한 자만이 이 문구의 참 의미를 알 수 있다. 읽지 않았으면 지나쳤을 감동이고, 쓰지 않았으면 잊어버릴 깨달음이다. 150년간 '글'로 전해진 이 위대한 고전의 가치는 '글'로써 읽혀지고 다시 자신의 '글'로 새겨져야 한다는 것을 다시 한 번 느꼈다. 친구에게 전할 대답은 그렇게 쉽고도 명쾌하게 정리되었다.

살아오면서 제도권에서 권장할 만큼의 책은 읽었다. 어린 시절에는 위인전, 중고등학생 시절에는 입시용 현대문학, 그리고 대학 시절에는 역사소설류와 전공서들. 몇 권의 책은 울림을 주었으나 손에 꼽을 정도이고 대부분은 제목조차 희미하다. 읽었다는 것 자체가 낯 뜨거운 조잡한 자기계발서도 몇 권 있다. 취직을 위해 자기소개서에 쓴 '인생의 책'은 지원하는 회사의 입맛에 따라 여러 번 바뀌었다. 직장에 들어가서는 실무경험을 쌓네, 인맥을 다지네, 하며 바빠서 1년에 소설책 몇 권 읽기가 쉽지 않았다. 서른 중반까지 책은 상황에 따라 필요한 지식 쌓기 이상의 것은 아니었고, 여가시간을 보내는 여러 대용품 중 하나였다.

책과 어정쩡한 관계를 유지한 채 보낸 직장 생활 10년차였다. 때는 2011년 초, 술자리와 야근이 잦던 부서에서 업무 부담이 적은 부서로 이동하게 되었다. 정상적인(?) 생활이 가능해지자 주변 세상을 들여다볼 여유가 생겼다. 그러나 어렵게 찾은 관심은 곧 자괴감으로 이어졌다. 신자유주의의 확산과 한미 FTA 타결, 박원순 시장의 당선과 〈나꼼수〉라는 시민언론. 비판에서도 찬동에서도 뚜렷한 내 목소리를 갖기 어려웠다. 두 아이의 아빠로서 가져야 할 삶의 철학과 주관이 부족하다는 생각이 들었다. 어느 때보다 다급한 심정과 목적으로 책을 읽기 시작했다. 장하준과 김어준, 조정래와 유시민 등 경제와 정치로 시작된 관심은 문학과 역사로 넓혀졌다. 그리고 당시의 대표 정치철학서 『정의란 무엇인가』(마이클 샌델, 김영사, 2010)를 읽게 되었다.

책 읽기의 기쁨이 서평 쓰기의 환희로

"나 자신이든 다른 어떤 사람이든, 인간을 절대 단순한 수단으로 다루지 말고, 언제나 한결같이 목적으로 다루도록 행동하라."(『정의란 무엇인가』, 171쪽) 책에서 발견한 칸트 철학의 핵심 문장이 삶의 지표로 다가왔다. 수많은 인생의 문제에서 흔들리지 않을 잣대를 찾은 기분이었다. 그 외에도 숙고할 만한 내용들이 책에 가득했다. 줄을 긋는 수준으로는 부족했다. 애써 컴퓨터에 문장을 옮겨 그 밑에 의견을 적기 시작했다. 책을 읽고 자발적으로 무언가를 써보기는 그때가 처음이었다. 책을 오래 붙드는 느낌이 색달랐고, 인상과 감명을 쏟아내는 재미가 쏠쏠했다. 뭐라 표현하기 힘든 벅참이었다. 사람들에게 책을 소개하고 싶다는 마음마저 생겼다.

2011년 10월, 개점휴업 상태였던 블로그에 「서른 중반, 진정한 지적 유희를 찾다」라는 제목으로 최초의 서평을 올렸다. 이후 블로그 타이틀을 '준솔파파의 북북^{BookBook} 읽기'로 바꾸고 서평을 여러 편 더 올렸다. 그러나 쓰면 쓸수록 수준 높은 서평에 대한 갈망은 커져갔다. 처음에는 초라한 글솜씨만 탓했는데, 책을 읽어내는 능력 자체에 의구심이 일었다. 제대로 읽고 제대로 쓰기 위한 획기적인 변화가 필요했다. 전문적인 교육이 절실했다.

그런 바람으로 인터넷 서핑을 하던 중 서평 글쓰기 강좌를 알게 되었다. 찾고자 한 세상을 발견한 경이와 함께 꼭 필요했던 노하우와 조언들을 수업을 통해 접했다. 서평이라 부를 만한 서평을 처음 작성하는 뿌듯함에서 소소한 칭찬이 주는 짜릿함까지, 수업이 있는 목요일을 손꼽아 기다렸다. 그렇게 보낸 8주는 80세까지 하고 싶은 일을 명료하게 만들어주었다.

불광불급^{不狂不及}이라고 했던가. 어느 수준에 미치려^及 한 것은 아니었지만 즐겁게 미치는^狂 일들이 이어졌다. 이후 2년 여간 150여 권의 책을 읽고 120여 편의 서평을 써서 블로그에 올렸다. 이웃 블로거들의 서평을 공유하고 다시 또 그 책의 서평을 써냈다. 회사에서는 직접 사장님을 설득하여 300여 권의 인문서와 고전 등을 갖춘 도서관을 설립하고 독서동아리를 신설한 후 20여 명의 회원을 모았다. 매달 사보에 서평 칼럼을 연재하며 전 직원의 책읽기 운동을 장려하기도 했다.

바쁜 일상 속에서도 끊임없이 서평을 쓴 것은 책과 서평이 만들어내는 신나는 시너지 때문이었다. 지금 읽는 책이 다음 서평의 글감이 되고, 방금 쓴 서평이 또 다른 책을 찾게 하는 이유가 되었다. 책을 읽고 다듬어낸 생각이 글로 형상화되고, 그 글이 다시 독서력을 높이는 '지적 유희'가 새로웠다. 지적 유희는 삶의 철학과 주관을 형성하고 좋은 책을 고를 수 있는 든든한 원천이 되었다.

책을 관통하는 서평 제목을 끄집어내고, 문장의 리듬을 살리는 대구와 문장의 맛을 살리는 은유를 뽑아내는 언어적 유희도 즐거웠다. 비슷한 의미의 단어가 가진 특별한 뉘앙스를 곱씹으며 문장에 여러 번 대입해보는 고민도 꽤나 유쾌했다. 『위대한 개츠비』(스콧 피츠제럴드)를 읽으면서는 인상 깊은 문장의 원문을 찾아보는 기행을 저지르기도 했다. 그러나 무엇보다 가장 큰 즐거움은 같은 책을 읽은 다양한 사람들의 서평과 생각을 접하는 '만남의 유희'였다.

서평독토, 홀로 서평에서 함께 서평으로

서평 블로그를 운영하며 책을 좋아하는 사람들과 온라인으로 교류하는 재미에 푹 빠졌다. 20명에 불과했던 블로그 이웃은 어느덧 400명에 육박하게 되었다. 내가 쓴 서평을 보고 책을 읽게 되었다는 댓글은 감동을 안겨주었다. 그러나 온라인상으로는 채울 수 없는 실제적 교류가 아쉬웠다. 함께 모여 이야기하는 살아 있는 소통의 장이 필요했다.

2012년 2월, 『레 미제라블』을 완독하고 서평을 쓰고 있던 즈음에 숭례문학당의 서평독토 모임을 알게 되었다. 마침 그달의 책이 바로 『레 미제라블』이었다. 책을 지극히 좋아하는 사람들과 각자의 서평을 낭독하고 책에 대한 이야기를 나누었다. 비슷한 생각은 책의 의미를 되새기게 했고, 특별한 의견은 사고의 폭을 넓히게 했다. 깊은 내공은 자극이 되었고, 좋은 글귀는 감동을 주었다. 책이 여러 개로 쪼개지고 다시 합쳐지더니 더욱 크게 다가오는 기분이었다. 혼자 읽고 쓰는 것으로는 얻을 수 없는 값진 즐거움이었다. 오랜 친구를 만난 양 함께 하는 시간은 항상 이야기로 넘쳐났다. 『안나 카레니나』(레프 톨스토이)와 『롤리타』(블라디미르 나보코프), 『괴테와의 대화』(요한 페터 에커만)와 『디어 라이프』(앨리스 먼로) 등 매달 한 권의 책을 읽고 서평을 쓰고 토론에 참여했다. 모임이 20회를 넘어가는 사이 회원 수는 계속 늘어났고, 그만큼 얻게 되는 다채로움도 늘어났다. 그리고 어느 순간 나는 서평독토의 넘버3 원로가 되었다.

서평독토 원로 멤버는 지금의 나를 표현하는 소중한 위치이다. 금융기관 인사부 과장이라는 현실의 명함과 두 아이의 아빠라는 삶의 명함과는 다른 특별한 정체성이다. 이 정체성이 현실의 삶을 이끌어가는 중요한 버팀목이 되고 있는지도 모르겠다. 서평독토를 준비하고 참여하는 시간은 일상의 구심점이 되고 한 달을 설레고 품요롭게 하는 원천이 된다. 학생과 주부, 회사원과 프리랜서, 모두들 각자의 위치에서 시간을 쪼개 빚어낸 글들이 서로 어우러진다. 그렇게 서평독토는 나와 그들이 원한 충만한 삶의 증거가 된다.

과유불급過猶不及이라고 했던가. 현실에 충실하면서도 열정을 유지하는 서평독토 멤버들의 모습은 불광불급에서 나를 제어해주는 좋은 장치가 되었다. 꾸준히 서평을 쓰면서도 사회생활을 위한 술자리는 빠지지 않았고 주말은 되도록 아이들과 함께 했다. 운동과 문화생활도 소홀히 하지 않았다. 방법은 숨겨진 시간과 밤이었다.

'책읽기는 시간 나는 대로', '서평 쓰기는 밤 10시부터'라는 나름의 법칙을 세웠다. 그러자 보이지 않았던 시간들이 튀어나왔다. 버스를 멍하니 기다리고 타면서, 화장실에서 핸드폰을 만지작거리면서, 습관적인 TV 시청을 하면서 보낸 의미 없던 시간들이 책과 글을 위한 소중한 시간으로 바뀌었다. 특히 온전히 나를 바라볼 수 있던 밤의 시간은 밀도가 높아 소중했다. 종종 한두 시를 넘기기도 했지만 값진 결과물을 확인하는 기쁨에 아침에 겪는 피곤함은 참을 만한 것이었다.

책과 서평 쓰기로 보낸 시간들은 회사 업무와 사회 생활에도 큰 도움이 되었다. 회사 홍보담당자이기에 축사나 보도자료, 사보 소식까지 업무상 글을 쓸 일은 수시로 생겼다. 점점 애쓰지 않아도 글이 쉽고 편하게 써졌다. 활용할 만한 책 속의 문구가 쏟아져 나왔다. 상사들로부터 글이 좋아졌다는 평이 많아졌다. 직원들로부터 칭찬의 메일을 받기도 했다. 업무상 기자들과의 잦은 만남에서 책에 대한 대화는 그들과의 거리를 좁히는 좋은 화제가 되었다. 책과 글에 대한 열망을 서로 확인하며 친구가 되기로 한 기자도 있었다. 얼마 전에는 〈기획회의〉에 이병률 시인에 관한 글을 기고하는 기회를 얻기도 했다. 쟁쟁한 다른 필진들의 글에 비하면 많이 부족하지만, 매체 데뷔는 큰 자신감을 심어주었다. 이 모든 것이 꾸준한 서평 쓰기가 만들어준 값진 결과물이었다.

아리스토텔레스는 "행복은 마음상태가 아닌 존재방식이며, 미덕과 일치하는 영혼의 활동"이라고 정의했다. 행복은 일시적인 쾌락이 아니라 개인과 사회 모두에게 이로운 가치를 줄 때 얻을 수 있음을 강조하는 말이다. 책과 서평은 나를 행복하게 하는 존재방식이며, 나를 둘러싼 사회에 좋은 영향력을 줄 수 있는 영혼의 활동이다. 언젠가는 한 권의 책을 내겠다는 소망을 가지고 있지만 어느 경지에 오르겠다고 욕심 부리지는 않으려 한다. 지금처럼 재밌게 미쳐 좋은 책을 꾸준히 읽고, 공감을 주는 서평을 쓰고 싶다. 무엇보다 불혹이 되기 전 평생 하고 싶은 일을 찾았다는 것이 정말 다행이고 진정 행복하다.

> 자선을 베푸는 범죄자, 동정심 많고, 온화하고, 돕기를 좋아하고, 관대하고, 악을 선으로 갚고, 증오를 용서로 갚고, 복수보다 연민의 정을 선호하고, 적을 파멸시키기보다 자신을 파멸시키기를 좋아하고, 저를 때린 자를 구조하고, 덕 위에서 무릎을 꿇고, 인간보다 천사에 더 가까운 징역수! 자베르는 이런 괴물이 존재한다는 것을 자인하지 않을 수 없었다.
> – 『레 미제라블』, 빅토르 위고

냉혹한 추격자 자베르의 의식 변화는 책이 전하는 중요 메시지이다. 하찮은 범죄자 장 발장이 행한 용서는 그의 가치체계를 흔들어놓았다. 자베르의 눈에 장 발장은 선^善의 괴물로 비춰졌다. 그리고 구원에 대한 진정한 의미를 깨친 순간 자신은 그냥 괴물이었음을 알게 되었다. 자베르로 대표되는 사회 규범에의 맹신은 장 발장으로 상징되는 근본적 인간애 앞에 무너져버렸다.

- 필자의 『레 미제라블』 서평 중

앞서 영화를 보라고 했던 친구에게 보여줄 문구이다. 두세 시간의 영화로는 빅토르 위고가 전하고자 한 깊숙한 의미를 찾기 어렵다며 운을 뗄 작정이다. 술 한잔하며 책과 서평에 대한 이런저런 이야기를 나누다 헤어질 때쯤 두껍지 않은 책 한 권도 선물할 계획이다. 여행을 좋아하는 친구이니 이병률의 여행에세이가 좋을 듯하다. 그리곤 집으로 들어가면서 조용히 기대해볼 참이다. 조만간 책을 읽고 서평을 쓰는 회사원이 한 명 더 늘어나기를.

김태영 대학에서 역사학을, 대학원에서 경영학을 전공했으나 책을 통한 진짜 공부는 서른 중반에야 시작했다. 금융회사에서 홍보업무를 담당하나 책동아리와 도서관 운영에 더욱 열심이다. 숭례문학당을 만나 서평과 독서토론에 눈을 뜨고, 서평독토의 초기 멤버이자 온라인 서평가 준솔파파(blog.naver.com/tyworld76)로 오늘도 열심히 읽고 쓰고 있다. 5년 안에 서평 관련 책을 내는 것이 목표다.

미생未生에서 완생完生으로

"이왕 들어왔으니까, 어떻게든 버텨봐라. 여긴 버티는 데가 이기는 데야. 버틴다는 건 어떻게든 완생으로 나아간다는 거니까. 우린 아직 다 미생이야."

2014년 대한민국을 사로잡은 『미생』(윤태호, 위즈덤하우스, 2013)의 한 대목이다. 11세에 바둑에 입문하여 한국기원의 연구생으로 컸지만, 프로입단에 실패한 주인공 장그래는 대기업에 계약직으로 입사하게 된다. 고졸 검정고시 출신인 그는 낙하산이라는 이유로 외톨이가 되기도 하고, 복사 한 장조차 힘든 업무능력으로 어려움을 겪는다. 하지만 노력 하나로 버티며 조직의 일원으로 성장한다. 『미생』이 인기 있는 이유는 현실감 때문이다.

"지옥철을 겪으며 출근하고, OK 전화 한 통을 받기 위해 해당국 업무시간까지 밤을 새워 대기하기도 하며, 그 과정에서 초라해지기"까지 하는 사람들, 『미생』은 그런 평범한 사람들의 이야기다. 나 역시 그들처럼 특별할 것 없는 대한민국의 일반 직장인이다.

끝인 줄 알았더니, 시작이었다

나는 청년 실업의 초기 세대다. 대학 입학 후 캠퍼스의 낭만을 즐긴 것도 잠시, 학점과 토익점수를 위해 도서관과 토익학원에서 학창 시절을 보냈다. 휴학 후 낮에는 논술과 상식 스터디를, 밤에는 자격증 시험준비를 했다. 그러던 2004년, 졸업을 앞두고 '청년백수'라는 말이 우리 사회에 등장했다. 경기가 악화되어 사회에 첫발을 내딛어야 하는 청년들이 취업하지 못한다는 것이었다. 사회의 구성원이 되리라는 막연한 희망 대신 '실업'이라는 단어가 주는 공포감이 우리를 덮쳤다. 취업 시장은 듣던 대로 냉랭했다. 자기소개서와 토익, 인적성 검사를 마치고 나니 영어회화와 한자시험, 토론 및 임원 면접 등이 기다리고 있었다. 바늘구멍 같은 관문들을 앞에 두고, 간절한 마음에 생전 하지 않던 기도까지 했다.

마침내 입사한 대기업. 그러나 현실은 "끝인 줄 알았더니, 시작이었다"는 『미생』과 놀랍도록 닮아 있었다. "합격하고 입사하고 나서 보니까 말이야. 성공이 아니라 그냥 문을 하나 연 것 같은 느낌이더라고. 어쩌면 우리는 죽을 때까지 다가오는 문만 열면서 살아가는 게 아닌가 싶어." 사원증을 목에 걸고 빌딩 로비에 첫발을 내딛으며 나는 이제 '고생 끝 행복 시작'이라며 안도했다. 하지만 정말 대단한 착각이었다. 나는 단지 문 하나를 연 것뿐이었다.

"여직원은 두 부류로 나뉘어. 남에게 짐이 되는 사람과 남을 이끌어주는 사람. 그중에서 어떤 사람이 될 건지는 네가 선택해." 입사교육 후 배치받은 부서에서 처음 들었던 환영 인사다. 나는 1년에 1명만 뽑는, 특수직군의 엔지니어였다. 한국 최고의 엘리트로 구성된 선후배들 사이에서 홀로 성^性과 적^籍이 달랐다. 이렇게 시작하게 된 회사 생활은 결코 녹록치 않았다.

"체면도, 위신도, 자존심도 뭣도 생각할 때가 아니다. 그런 건 닭한테나 던져주라지. 난 오리다." 오리는 태어나서 처음 보는 것을 엄마라 생각하고 따른다. 나 역시 마찬가지였다. 회사라는 조직에 잘 적응하고 싶었고 짐이 되지 않는 팀원으로 인정받고 싶었다. 그래서 오리처럼 무작정 선배 말을 따랐다.

첫 시작은 복사였다. 오래되어 제대로 작동되지 않는 복사기를 열심히 달래가며 어깨너머로 일을 배우기 시작했다. 입찰과 예산작성, 설계, 현장지원 등 전문적인 지식과 능력이 필요한 업무들은 배우기도, 하기도 어려웠다. 설계 검토를 위해 새벽까지 혼자 남아 있었으며, 입찰 때는 사무실에서 밤을 지새우기도 했다. 또한 현장 지원을 위해 하루에 부산과 전라도 광주를 오가기도 했다. 열심히 했다. 인정받기 위해서. 또 살아남기 위해서.

"자존심과 오기만으로 넘어설 수 없는 차이란 분명히 존재하니까요. 부끄럽지만 일단 내일은 살아남아야 하니까요." 『미생』의 문장처럼 체면과 위신, 자존심은 내게 없는 단어였다. 자존심은 출근할 때 집에 두고 왔으며, 체면과 위신도 필요하면 주머니 속에 넣어두었다.

현장에서는 발에 불나게 돌아다니고 사무실에서는 땀나게 일했다. 하루하루 주어지는 일을 해내기에 바쁜 날들이었다.

하지만 가끔 의문이 들었다. 내가 지금 여기서 잘하고 있는지, 제대로 하고 있는지 말이다. 드라마 〈미생〉에서 장그래 역을 맡은 배우 임시완은 장그래에게서 자신을 보았다고 한다. 그 역시 내가 이곳에 있어야 하는지 고민했으며, 자신의 필요성과 존재감에 대해 갈등했다고 한다. 나도 똑같았다. 잠깐이라도 여유가 생기면 이곳에 있는 것이 맞는지, 과연 나는 행복한지에 대한 고민이 여지없이 수면 위로 떠올랐다. 내세울 것도 없고, 다가올 미래도 불안한 삶. 하지만 눈을 씻고 주변을 돌아봐도 모두가 그렇게 사는 것 같았다.

이때 나를 지탱해주었던 것은 다름 아닌 책이었다. 책은 내가 이 세상과 소통하는 유일한 통로였다. 갑갑하고 팍팍한 세상, 어렵고 치열한 회사가 아닌 다른 어딘가. 책을 펼치기만 하면 새로운 세상이 열렸다. 나는 더 이상 피곤에 찌든 직장인 A가 아닌, 페르세우스를 기다리는 안드로메다가 되기도 했고, "오 마이 캡틴"을 함께 외치는 키팅 선생의 제자가 되기도, 히스클리프와 사랑과 갈등을 반복하는 캐서린이 되기도 했다. 현실과 전혀 다른 신비롭고 재미있는 세상. 그것이 나의 책 세상이었다. 책은 내게 위안이었다.

나아가지 못하는 길은 길이 아니다

"길이란 걷는 것이 아니라 걸으면서 나아가는 것이 중요하다. 나아가지 못하는 길은 길이 아니다."

그렇게 걸어온 6년. 쉽지 않은 여정이었다. 월급과 진급이라는 보상이 있었지만, 나는 점점 지쳐갔다. "먼지 같은 일을 하다 먼지가 되어버린" 느낌이었다. 그러던 어느 날, 책이 내 인생을 바꾸는 사건이 발생했다. 2010년 당시 회사는 '책을 통한 창의경영'을 지향하던 경영 방침에 따라, '책 읽는 문화'를 조성하기 위해 노력했고, 이런 기업 문화는 언론에도 이슈가 되었다. 이때 나는 사내 독서왕으로 선정되어 언론사와 인터뷰하게 되었다. CEO 인터뷰와 함께 자그마하게 실린 독서왕 황선영에 대한 기사. 작은 사건이지만 내게는 큰 의미로 다가왔다. 더구나 그 기사를 보고 한 출판사에서는 나의 이야기를 책으로 쓰자고 제의해왔다. 나처럼 평범한 직장인에게 '작가'라니. 상상조차 하지 못한 일이었다. 하지만 무언가 운명적인 기회가 왔다는 느낌이 들었고, 나는 동아줄을 굳세게 잡았다.

비록 작가의 꿈은 출판사 사정으로 불발이 되었지만, 내게는 인생을 돌아보는 하나의 계기가 되었다. 6년차 직장인으로서 나의 적성과 이상, 한계에 대한 고민이 많던 그때, 언론사 인터뷰와 출판사의 집필 제의는 새로운 일을 할 수 있을 것이라는 자신감을 불러일으켰다. 무엇이든 간절하게 원하면 이루어진다는 『시크릿』(론다 번, 살림Biz, 2007)의 법칙이 내게도 통할 것이라는 강한 믿음과 함께 말이다.

사실 그동안 업무를 진행하며 나는 '홍보'에 대해 관심이 많았다. 사무실에서 기획하고 개발해 현장에서 만들어진 상품이 최종적으로 포장되어 소비자에게 전달되는 곳이 바로 '홍보'였기 때문이었다 ㄱ

래서 관련 책들을 찾아보며 혼자 공부해왔다. 이제 『시크릿』의 힘으로 생긴 용기로, 새로운 길을 탐색해보고 싶었다. 몇 달간의 고민 끝에 나는 A4 넉 장의 회사 홍보 제안서를 준비하여 일면식도 없던 홍보실장님 방문을 두드렸다. 생애 최고의 용기를 내었던 행동은 운 좋게 원하던 방향으로 결정되었고, 마침내 그토록 바라던 '홍보맨'이 되었다.

책은 내게 스승이 되었다. '홍보'라는 새로운 분야를 정복하기 위해, 경영에서 디자인 서적까지 섭렵하였다. 또한 깊이 있는 전문지식을 갖추기 위해 언론홍보대학원에 진학했다. "증명해보이고 싶었다. 나 자신을." 무한한 가능성과 능력을 가진 홍보맨으로서 말이다.

야간대학원의 학생들은 대부분 나와 같은 직장인이었다. 우리는 샐러던트Saladent라는 공통분모 아래 가방 가득한 전공서적과 두 손 가득한 숙제, 그리고 호프 한 잔을 나눴다. 직장이라는 전쟁터 안에서 겪는 일들은 어느 곳이나 비슷한 모습이었고, 우리는 생존을 위해 한 수 한 수를 두며 살아오고 있었다. 그렇게 책과 사람들과 함께 보낸 3년. 나는 대학원을 졸업하고 과장이 되었다.

누구나 자신만의 바둑이 있다

입사 10년차 과장. 신입사원 때는 과장이 되면 무엇이든 잘할 수 있을 줄 알았다. 하지만 거저 얻을 수 있는 것은 하나도 없었다. 매순간 끊임없이 노력해야 했다. 대학원이라는 전문 교육과정을 거쳤지만 그

것으로는 부족했다. 사람들의 마음을 읽고, 움직여야 하는 '홍보'는 사람에 대한 이해가 필요했으며, '과장'이라는 직함은 책임자다운 면모가 필요했다. 그래서 나는 더욱 공부에 목말랐다.

이때 한 커뮤니케이션 전문가가 '독서토론'을 추천해주었다. 독서토론을 하면 첫째로 콘텐츠가 많아지고, 둘째로 책을 심도 있게 읽는 방법을 알게 되어 생각의 깊이가 달라진다고 했다. 또 여러 사람들 앞에서 말하는 연습을 통해 생각을 조리 있게 전달하는 것에 숙달된다고 했다. 우연한 기회에 나는 숭례문학당의 독서토론 모임에 참여하게 되었다.

독서토론의 논제로 선정된 책들은 인문학이라는 낯선 분야였다. 그동안 내게 독서란 업무 분야의 지식을 쌓아 내 발밑을 탄탄하게 다질 수 있는 생존의 독서, 그리고 답답한 현실을 잊고 다른 세계로 갈 수 있도록 도와주는 위안의 독서였다. 하지만 독서토론을 통해 만난 독서는 바로 '나'였다. 문학 속 인물에 나를 대입하여 나에 대한 진지한 성찰이 가능했고, 사회, 철학책을 통해 내가 살고 있는 사회를 고찰하며 나의 처지를 체계적으로 파악할 수 있었다.

독서토론은 내게 자신감을 주는 '힐링캠프'였다. 항상 발언에 대한 평가가 수반되는 회사와 달리, 서로의 다양성을 존중하고 공감하는 토론은 신선한 충격이었다. 독서토론을 통해 생존에 치여 잊고 있던 나를 찾게 되었고, 좀 더 사랑해주게 되었다.

회사에 들어간다면 누구나 겪게 되는 힘든 시간이 있다. 모자란 업무능력 때문일 수도 있고, 억울한 오해일 수도 있다. 그래서 때로는 움츠러들기도 하고, 자신이 미운 오리새끼인지 자책하기도 한다. 그런 이들에게 나는 『미생』을 추천한다. 그럴싸하게 포장하여 멋있게 말하는 회사 생활이 아닌 "살아 있기 위해서, 자신의 한 판 바둑(삶)을 승리하기 위해 터벅터벅 한 수, 한 수 돌을 잇는 사람들의 이야기" 속에는 하루하루 살아남기 위해 고민하는 사람들이 있다. 사회학자 엄기호는 저서 『단속사회』(창비, 2014)에서 "그 문제가 한 사람만의 것이라면 개인사라 할 수 있으나, 두 사람의 공통된 문제라면 사회과학적으로 의심해볼 필요가 있으며, 만약 적어도 세 사람 이상이 동일한 문제를 겪고 있다면 이는 공공의 문제라 할 수 있다"고 했다. 현재의 『미생』 열풍은 많은 직장인들이 그를 통해 공감과 위로를 얻고 있다는 사실을 보여준다.

또한 독서토론을 추천한다. 항상 누군가를 평가하고 누군가에게 평가받는 회사에서는 회사의 이익이 되는 '정답'이 아니라면 입을 열기조차 어렵다. 이렇게 갑갑한 현실 속에서 자신의 생각과 의견을 마음껏 말할 수 있는 곳이 필요하지 않은가. 독서토론은 시원하게 소리를 지를 수 있는 대나무숲이 되어줄 것이다. 또한 조직을 이끌어나가는 관리자들에게는 그들의 리더십을 키울 수 있는 훈련소가 될 것이다. 심도 있는 독서와 토론을 통해 자신에 대한 객관적인 성찰을 하는 것은 물론이거니와 타인의 의견을 귀 기울여 듣는 연습, 그리고 자신의 의견을 체계적으로 이야기하는 연습을 통해 리더십의 기본인 주고받기, 즉 소통을 체득하게 된다.

『미생』의 주인공 장그래는 "누구에게나 자신만의 바둑이 있다"며

고군분투하는 우리를 격려한다. 나는 나의 한 수를 두기 위해 충실하게 책을 읽고, 독서토론에 참여한다. 이런 한 수는 결국 나의 삶을 살아 있지도 죽어 있지도 않은 미생에서 완생으로 발돋움시켜줄 것이라 확신한다.

황선영 책을 사랑하는 엔지니어 출신 홍보 전문가. 조경을 전공, 인테리어 엔지니어로 활동하다 홍보인으로 변모하여 현재 낮에는 기업에서 홍보를, 밤에는 책과 씨름하는 샐러던트로 살고 있다. 어린 시절부터 '책은 밥이다' 라는 믿음으로 사탕처럼 달콤한 유희의 독서에 빠져 있다가 숭례문학당을 통해 맛과 영양을 갖춘 진정한 독서를 만나게 되었다. '독서토론'이라는 파티를 사랑하며, 언제가 자신마의 '책요리'를 대접하는 것이 꿈이다.

공부에 지칠 때

『공부의 달인, 호모 쿵푸스』(개정증보판) 고미숙 지음, 북드라망, 2012

"대학만 가면, 취업을 하면, 돈을 모을 때까지, 그 다음엔 다시 아이들이 대학에 갈 때까지. 결국 죽을 때까지 참아야 한다. 그럼 대체 언제 인생의 이치를 배우고 세계를 탐구한단 말인가?"

대한민국에 태어난 숙명. 거의 모든 사람들은 어릴 적부터 주입식 공부라는 것에 내몰린다. 나를 위한 공부, 배움이라는 것은 분명 기쁜 일인데 언제부터 우리는 돈벌이에 공부를 이용했던 것일까? 오롯이 나를 찾아 나서기 위한 공부, 고로 공부해서 남주자! 라는 작가의 일성이 계속 귓가에 맴도는 유쾌 상쾌 통쾌한 책이다. 공부가 힘겹게 느껴질 때 옆에 놓고 책장을 넘기다 보면 진정한 공부를 외치는 작가의 혜안에 위안을 받으며 공부라는 것을 다시 생각해보게 된다. (김승호 추천)

금주 약속을 못 지켜 자책감이 들 때

『사물의 안타까움성』 디미트리 베르휠스트 지음, 배수아 옮김, 열린책들, 2011

새해부터는 꼭 금주를 실천하리라 결심하고 도서관에 갔다가 만난 벨기에 소설이다. 5분 단위로 터져 나오는 웃음을 주체할 수 없어 집으로 자리를 옮겨 방바닥을 뒹굴며 읽었다. 막장 인생을 살면서도 '왕'처럼 군림하며 거침 없는 삶을 살았던 아버지와 삼촌의 폭죽 같은 인생에 대한 따뜻한 회상을 담고 있다. 특히 갓 태어난 디미트리를 자전거 앞에 싣고 담배 연기 자욱한 술집을 순례하며 탄생 축하 쇼를 벌이는 장면을 맨송맨송한 정신으로 읽는 것은 불가능했다. 결국 편의점에 들러 벨기에 맥주 호가든을 사들고 왔다. 금주가 절주로 바뀌는 순간이었다. 한마디로 전 세계 애주가들에게 복음 같은 소설이다. 세계금주협회가 있다면 예산의 절반 이상을 이 소설의 절판을 위해 써야 한다. (박일호 추천)

비즈니스맨이 읽으면 좋을 책

『생각의 지도』 리처드 니스벳 지음, 최인철 옮김, 김영사, 2004

지금 우리는 '세계화'라는 말이 무색할 정도로 통합된 세상에 살고 있다. 완벽하게 다른 동서양인이 함께 하기 위해서는, 동양의 고맥락 문화와 서양의 논리 문화를 이해해야만 한다. 이론 공부부터 비즈니스에 이르기까지 우리는 여러 분야에 거쳐 교차되고 있기 때문이다. 그러므로 서양의 문물을 접하는 이라면, 특히 서양인에 대한 이해가 바로 필요한 비즈니스맨이라면 누구나 한번쯤 일독하기를 바란다. 적을 알고 나를 안다면, 백전백승을 거둘 수 있을 테니 말이다. (황선영 추천)

카톡은 쉴 새 없이 울리지만 마음 한 구석이 허전할 때

『단속사회』 엄기호 지음, 창비, 2014

 세상과 소통할 수 있는 방법은 갈수록 다양해지고 기회는 언제나 열려 있다. 과연 그럴까? 소통의 기회가 많을수록 소통으로 인한 상처는 깊어지고 치유는 오롯이 상처받은 자의 몫이다. 어딘가에 늘 접속해 있지만 내키지 않으면 단번에 차단하거나 차단당하는 냉랭한 사회.

책은 이러한 사회를 '단속사회'라고 하며, 애써 외면해왔던 아픈 이야기들을 끄집어낸다. 따끔따끔 아프지만 다 듣고 나니 차라리 후련해진다. 이제 '곁'을 만들어보아야 하지 않을까 작은 결심도 선다. 이런 작은 결심들이 통하는 조금은 따뜻해질 세상을 그리며 차단했던 마음을 열어 볼 용기를 주는 책이다. 특히 조직에서의 리더들에게 꼭 권하고 싶다. (송진희 추천)

쉬운 건축 이야기를 듣고 싶을 때

『구본준의 마음을 품은 집』 구본준 지음, 서해문집, 2013

회사를 다니며 대체 뭐하고 사는지 스스로 회의감이 들 때마다 구본준의 책을 읽었다. 우연처럼 그의 책이 내 손에 닿았고, 편안하고 위트 있는 그의 글을 읽으며 힘을 얻곤 했다. 책과 글로 건축하기를 시도하기까지 저자의 안내가 큰 힘이 되었다. 갑작스럽게 하늘로 간 그가 그리울 때마다

꺼내 읽는다. 저자는 모든 건축에는 감정과 표정이 있다고 말한다. 그러면서 건축물을 '희', '노', '애', '락'으로 나눠 이야기한다. 건축전공자의 분석적이고 치밀한 글과 대별되는, 구본준 기자만의 쉽고 여백 있는 설명을 들을 수 있다. 건축은 사회적 자산이라는 사실을 독자 스스로 수긍하게 만드는 힘이 담겨 있는 책이다. "건축은 미술도 디자인도 아닌 인간의 모든 것을 담은 그릇이다." (이원형 추천)

내성적인 성격이 마음에 안 들 때

『콰이어트』 수전 케인 지음, 김우열 옮김, 알에이치코리아, 2012

중학교 2학년 때 반 대항 합창대회. 어쩌다 독창 파트를 맡게 되었는데, 매일 밤 가사와 음정을 망쳐버리는 악몽에 시달렸다. 꿈은 결국 현실이 되어 무대 위에서 가사를 잊는 실수를 저지르고 말았다. 실수 그 자체보다 내가 그리 통 큰 남자가 아니라는 사실이 충격이었다. 아! 왜 나는 외향적이지 못한 것일까? 『콰이어트』는 이 오랜 트라우마를 말끔히 털어내게 한 책이다. 저자는 외향적으로 보이려 애쓰지 말고 내향성의 미덕을 감싸 안으라 강조한다. 내향성과 외향성은 기질의 문제이지 우열의 차이가 아님을 다양한 예시와 논리로 보여준다. "삶의 비결은 자신의 성격에 맞게 적절한 조명이 비치는 곳으로 가는 것이다"라는 주장이 어찌나 든든하고 맘에 들던지! 사교는 선택이지 결코 목적이 될 수 없다. 상황에 맞게 외향성을 빌려오고 재주껏 발휘하면 충분하다. (김태영 추천)

3장

함께 읽기의 즐거움에 빠지다

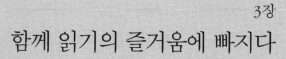

○ 스마트폰 대신
책을 손에 쥔 아이들

"우리 아이가 스마트폰, 컴퓨터 게임만 해요. 중독되면 어쩌죠."

학부모들의 단골 하소연이다. 어찌 보면, 아이들이 스마트폰이나 컴퓨터 게임에 빠지는 건 당연하다. 아이들은 바쁘고 화나고 지쳐 있다. 시험, 수행평가, 선행학습, 또래 집단에서 소외될지 모른다는 불안감, 숨 돌릴 틈 없는 스케줄이 사춘기 아이들을 짓누른다. 수업시간이면 절인 배추처럼 늘어졌다가 쉬는 시간 종이 울리는 동시에 로켓 발사하듯 날뛴다. 아이들은 정신줄 놓을 시간을 원한다. 스마트폰, 컴퓨터 게임은 '빠른 중독성과 파급력'을 무기로 아이들의 삶에 파고든다. 화려한 시청각 효과와 자극적인 콘텐츠로 말초신경을 자극해 스트레스를 날려준다. 목마르다고 바닷물을 마시는 꼴이지만 그 굴레를 끊을 수 있는 아이는 많지 않다.

엄마 말 잘 듣는 순둥이는 괜찮은 걸까? 내 대답은 NO. 이 아이들에겐 '자기 의견'이 없다. 공부를 못하면 잘하기 위해, 잘하면 더 잘하기 위해 노력해야 한다고 생각할 뿐이다. '내가 어떤 사람인지, 무엇을 할 때 가장 행복한지' 알지 못한다. 어려서가 아니다. 경험하지 못했기 때문이고 '다른 데로 눈 돌리면 안 된다'고 배워왔기 때문이다.

입시 위주의 교육은 자신의 생각보다 출제자의 의도를 파악하라고, 옳은 길이 아닌 빠른 길을 찾으라고 종용한다. 그 종착역은 '사회 부조리에 적응한 인간'이거나 '나만 살아남으려는 인간'이다. 교육을 통해 길러야 할 인간상은 '더불어 사는 인간', '자기 의견을 갖고 사회에서 제 목소리를 내는 시민'인데 말이다. 지금 아이들에게 필요한 건 '사유'와 '토론', '스트레스를 해소할 수 있는 건전한 취미'다.

초등학교 6학년 담임이었던 나는 학급 운영 목표 중 하나로 '책 읽고 토론하기'를 꼽았다. 그런데 어떻게 아이들 손에 책을 쥐어줄까? 그것이 문제였다.

아이들을 독서의 세계로 인도하기 위해선 물밑 작업이 필요했다. 첫째, 아이들이 닮고 싶어 하는 사람이 될 것. 둘째, 항상 책을 가까이 하는 모습을 보여줄 것. 셋째, 아이들의 삶에 책이 자연스레 녹아들게 할 것.

아이들의 마음에 인 작은 파동

수학 시간이었다. 한 남자아이가 수업이 시작한 지 15분이 지나도록 만화책을 읽고 있었다. "기영이, 그거 이리 가져와." 흥미 위주의 만화책이겠거니 했는데 웬 걸! 청소년용 『레 미제라블』(빅토르 위고, 문학동네, 2012)이었다. "세상에, 『레 미제라블』을! 정말 훌륭한 책을 보고 있었구나. 선생님의 지루한 수학 수업보다 훨씬 가치 있는 책을 보고 있었으니 봐줄게. 그런데 이 책은 만화로 되어있는 데다 청소년용이라 생략이 많구나. 원래는 5권 정도의 분량이란다. 나중에 크면 꼭 도전해봐." 깊이 생각하고 뱉은 말이 아니라 무의식적으로 책에 대한 가치관이 입 밖으로 나온 것이었다. 그 순간의 작은 파동을 감지하지 못한 채 수업을 이어갔다.

신기한 건 그 다음부터였다. 교실에 『레 미제라블』 품귀 현상이 일어났다. "야, 그거 다 보면 나 줘", "안 돼, 내가 이미 예약했어." 책 보기를 돌같이 하던 아이들이 책을 예약하다니! 몇몇 아이들은 내 책상으로 쪼르르 달려와 "선생님, 자베르 경감이 왜 자살했는지 이해가 안 가요"라며 질문도 했다. 나는 크게 칭찬하며 몇 번이고 몇 번이고 『레 미제라블』에 대해 설명해주었다.

몇 달 뒤, 우리 반에 도둑이 들었다. 누군가가 교실에 침입하여 PC, TV, 스피커의 전선을 모조리 잘라놓고 간식과 문구류를 털어갔다. 책상과 바닥엔 흙 발자국과 가래침투성이었다. 학교 측에서는 당연히 신고를 했다. 범인은 인근 중학교의 가출 청소년으로 밝혀졌고 미성년자인 탓에 훈방조치로 풀려났다. 우리 반 아이들은 실망했다. "선생님, 그 형들 왜 감옥 안 가요? 도둑질을 했잖아요.""맞아, 그날 우리가 청소하느라 얼마나 힘들었는데." 나는 뭐라고 설명하면 좋을지 한동안 고민하다가 『레 미제라블』 얘기를 다시 꺼냈다.

"얘들아, 『레 미제라블』에서 미리엘 신부가 했던 말 기억하니? '죄인은 죄를 저지른 자가 아니라 영혼 속에 그늘을 만든 자다', '과오를 탓하려거든 그 사람의 과거를 보아라'라고 했지. 실컷 책을 읽어놓고 실천하지 않는다면 무슨 의미가 있겠니. 그 형들은 너희보다 고작 2살 더 먹은 아이들이야. 얼마나 삶이 고달팠으면 도둑질을 하고, 얼마나 화나는 일이 많았으면 그렇게 너희들 책상을 발로 밟아놓았겠니. 잘못은 그 아이들을 보듬어주지 못한 사회에 있는 거야. 그 아이들이 우리보다 더 힘든 아이들이야."

분위기가 숙연해지는 것이 느껴졌다. 한 권의 책이 아이들 삶에 녹아든 순간이었다. 학년 말, 기억에 남는 에피소드를 물었을 때 많은 아이들이 저 두 사건을 이야기했다.

선생님, 다 읽었는데 하나도 모르겠어요

『그 사람을 본 적이 있나요?』(김려령, 문학동네어린이, 2011)를 아이들과 함께 읽을 때였다. 소외된 아이들에게 대가 없는 선행을 베푸는 '건널목 씨'의 이야기를 담은 이 책에 대한 소감을 나누던 중, 아이들의 절반 정도가 소설 속 화자인 '오명랑'을 남자로 착각하고 있다는 걸 깨달았다. 오명랑이 남자처럼 그려진 삽화 때문이었다. 게다가 3분의 1 정도의 아이들이 책을 끝까지 읽었음에도 내용을 전혀 모르겠다고 말했다. 책을 쥐어주는 것보다 제대로 읽게 하는 것이 더욱 어렵다는 것을 실감하는 순간이었다. 독서 습관이 형성되지 않은 아이에게 까만 건 글자요, 흰 건 종이일 뿐. 그 아이들은 '활자 구경'으로 독서를 끝낸 것이다. 눈에 들어오지도 않고 이해도 안 가는 책을 읽으며 얼마나 괴로웠을까… 안타깝고 미안한 마음이 들었다.

그런데 독후 활동을 하면서 재미있는 일이 발생했다. '도무지 모르겠다'며 백기를 들었던 아이들이 다른 아이들의 독후감을 들으면서 조금씩 책을 이해하기 시작한 것이다. "건널목 씨의 선행은 자신을 위해서일까, 타인을 위해서일까?"라는 논제로 토론을 할 때는 책이 지루했던 아이들도 적극 참여했다. "이렇게 지겨운 책을 왜 읽어야 해요?"라고 묻던 지성이는 독후 활동이 끝날 무렵, "생각보다 훨씬 좋은 책이었네요!"라고 말했다. 이해가 안 간다며 짜증내던 은지는 "선생님, 속이 시원해요"라고 말했다.

독후 활동은 힘이 셌다. 독서토론은 책을 깊이 읽게 하고 다양한 시각을 경험하게 하며 오독을 방지하고 소통의 즐거움을 선사한다. 독후감 쓰기는 생각을 정리해주고 문장력과 논리적 사고를 길러주며, 한 권의 책이 온전히 내 것이 되었다는 충족감을 준다. 이 즐거움을 경험한 아이들은 나중에 더 두꺼운 책, 더 어려운 책에도 과감히 도전하는 것이다. 가슴 깊은 곳에서 올라오는 벅찬 보람을 경험한 아이들은 즉각적인 쾌락의 충동에 쉽게 흔들리지 않는다.

『그 사람을 본 적이 있나요?』의 성공적 실패(?) 후, 고심 끝에 『프레드릭』(레오 리오니, 시공주니어, 1999)이라는 그림 동화를 골랐다. 다른 들쥐들이 겨울나기를 위해 곡식을 모을 동안 '프레드릭'이라는 들쥐는 햇살과 이야기를 모은다는 단순한 내용이다. 이번엔 특별히 『프레드릭』과 『개미와 베짱이』를 비교하며 읽으라는 미션을 주었다. "선생님, 알쏭달쏭해요"라는 귀여운 투정에 이렇게 답했다. "고민하는 것을 귀 찾아해선 안 돼. 네이버에게 묻지 말고 너희 자신에게 물어야 해. 그 생각들이 너희를 성장시키는 양분이야."

『프레드릭』 독후 활동 시간, 우선 프레드릭의 행동에 대한 생각을 자유롭게 말하게 했다.

"이기적이에요. 일도 안 하면서 남의 양식을 축냈어요.""마을에서 추방해야 해요!" 순식간에 프레드릭 성토대회 분위기가 되었다. 반에서 조용한 편에 속하던 유정이가 쭈뼛거리며 말했다. "프레드릭도 일을 했어요. 다른 들쥐들이 힘들 때 기쁨을 줬잖아요." 이 말에 프레드릭의 변호인들이 하나 둘 생겨났다. "프레드릭은 남을 따라하지 않고 자기가 잘하는 일을 한 거예요.""제가 다른 들쥐였다면 프레드릭에게 화를 냈을 거예요. 프레드릭을 존중해준 들쥐들도 대단해요." 아이들은 어느샌가 자연스럽게 자신의 생각을 말하고 있었다.

"베짱이는 놀기만 했지만, 프레드릭은 자신의 적성에 맞는 일을 해서 친구들에게 도움을 주었어요.""어쩌면 베짱이는 가수가 되려고 노래 연습을 한 건데, 우리가 노는 걸로 오해한 걸지도 몰라." 아이들은 소위 빵빵 터졌다. 나는 그저 "너도 옳다, 너도 옳다"며 황희 정승처럼 칭찬해주기만 하면 되었다.

의미를 찾다 보면 재미는 저절로 따라 올 거야

『프레드릭』의 흥행에 용기를 얻어 스파이크 존즈 감독의 단편영화 〈아임 히어I'm here〉로 영화토론에 도전했다. 〈아임 히어〉는 '셸든'과

'프란체스카'라는 두 로봇의 사랑 이야기로, 영화판 '아낌없이 주는 나무'라고도 할 수 있다. 자극적 영상과 막장 전개에 익숙한 아이들이 행여나 지루해할까봐 미리 밑밥을 깔았다. "〈아임 히어〉는 선생님이 엄선한 아주 훌륭한 작품이야. 영화 속에서 의미를 찾아봐. 의미를 찾다 보면 재미는 절로 따라올 거야."

영화 감상 후 논제에 따라 모둠별로 이야기를 나누고 이를 간략히 기록하게 했다. "내가 프란체스카라면 셸든의 다리를 받겠다, 받지 않겠다"라는 선택 논제에, 희수는 "내가 편하기 위해 셸든의 삶을 망칠 수 없다"라고 대답했다. 다현이는 "프란체스카가 행복해야 셸든도 행복할 것 같다. 셸든을 위해서도 받는 게 좋다"고 답했다.

"나에게 영화 〈아임 히어〉가 준 메시지는 무엇인가?"라는 논제에는 기상천외한 대답들이 쏟아졌다. "프란체스카는 관종(관심이 필요한 종자)이다", "퍼주기만 하면 인생 망한다"라는 말에 아이들은 자지러졌다. "있을 때 잘하자", "무엇이든 주고 싶은 게 사랑이다", "누구나 자신의 존재를 인정받고 싶어 한다" 등 주옥같은 이야기들이 쏟아졌다. 단 한 명도 같은 말을 뱉어낸 아이는 없었다.

그 밖에도 1년 동안 『꽃들에게 희망을』(트리나 폴러스), 『어린 왕자』(생텍쥐페리) 등을 아이들과 함께 읽었다. 학년이 끝날 때 '독서학습'에 대한 아이들의 소감은 감동적이었다. "친구들의 진지한 모습에 놀랐다", "생각보다 재미있었다", "친구들마다 생각이 다르다는 걸 실감했다"고 답했다. 어른들은 "요즘 아이들은 생각이 없다"고 쉽게 말한다. 하지만 아이들은 생각이 없는 것이 아니라 생각할 기회가 없었던 것은 아닐까? '답'이 아닌 '생각'을 묻는 질문, 지적·문화적 자극은 아이들을 진지하게 만든다. '생각보다 재미있다'는 대답 역시 큰 의미를 지닌다.

독서와 독서토론의 즐거움을 발견한 아이들은 책의 세계로 한발 크게 내딛은 것이나 다름없다. 남은 건 공동체 내에서의 꾸준한 실천과 격려다. 또한 독서토론은 '생각이 다르다고 해서 어느 한쪽이 틀린 것이 아니며, 모든 의견은 존중받을 가치가 있다는 것'을 가르친다. 이는 '배려'와 '관용'으로 가는 첫 단추이며 교우 관계에서의 다툼을 해결할 수 있는 열쇠다. 아이들은 독서토론을 통해 배움과 소통의 기쁨을 동시에 얻는다.

입시 터널을 통과한 아이들을 기다리는 것은 새로운 경쟁이다. 더불어 사는 법을 배워야 할 아이들이 적자생존의 세계에 내몰려 있다. 아이들에게 필요한 건 '적응력'이 아닌 '자생력'이다. 그것을 기르기 위해서는 읽고, 생각하고, 쓰고, 토론하는 것 만한 게 없다. 나는 우리 반 아이들의 성장에서 희망을 보았다. 문제집은 아이의 성적을 올려주지만 책은 아이의 자존감을 올려준다. 영어단어는 경쟁사회에서 이기는 힘을 줄지 모르지만, 책은 경쟁의 홍수에서 자신을 지켜낼 저력을 준다. 책을 함께 읽고 토론하자. 책 읽는 아이들이 희망이다.

정소연 책, 영화, 글쓰기를 사랑하는 초등교사. '나로 살기'와 '더불어 살기'를 동시에 추구하며, 아이들에게도 이를 전하고 싶다. 숭례문학당의 학습모임인 서평독토, 평전독토, 영화토론에 열정적으로 참여하고 있다. 언젠가 글 쓰는 일을 업으로 삼고 싶다.(블로그: http://blog.naver.com/eoakdhkd6)

○ 탈북 대학생과의 독서토론

부모님 고향이 경기도 파주라 명절마다 불광동에서 시외버스를 타고 할아버지 댁으로 향했던 기억이 난다. 통일로를 따라가다 보면 필리핀 군 6.25 참전비와 검문소를 만나고, 거의 다 왔을 때쯤 "판문점 20km"가 적힌 표지판이 보였다. 그래서인지 자연스레 판문점 너머의 세계에 관심이 갔다. 그때부터 〈통일전망대〉 같은 북한 보도 프로그램을 자주 봤다. 지금은 탈북민이 직접 출연해 북한의 모든 것을 알려주지만, 당시에는 조선중앙TV를 인용한 보도가 전부였다. 보면 볼수록 알 수 없는 그들의 사상과 생활에 나도 모르게 빠져들었다. 같은 언어를 쓰는 민족임에도 그들에게 갈 수도, 만날 수도 없다는 사실에서 오는 호기심 때문이었다.

미디어가 발달하고 탈북민이 증가하면서 요즘에는 그들의 목소리로 북한을 접할 수 있다. 특히 한 종합편성채널에서 방영하는 〈이제 만나러 갑니다〉는 매주 보는 프로그램이다. 생사를 넘나든 탈북 과정에 눈물 흘리기도 했고, 주민들의 참혹한 생활상과 대비되는 간부들의 호화로운 삶에 분노하기도 했다. 이 중 나의 의식 전환을 이끈 것은 새터민이 겪는 남한 생활의 어려움이었다. 그들은 자본주의 사회에 적응하느라 힘겨워했다. 자유를 얻었지만 북한 출신이라는 차별과 싸워야 했고, 능력 중심의 취업시장에서 어떻게 해야 할지를 몰랐다. 이런 사실을 알았지만 나는 선뜻 탈북민을 돕는 활동에 참여할 수 없었다. 그들과 내가 다르다는 고정관념 때문이었다. 그들과 쉽게 가까워질 수 없을거라 생각했다.

책으로 탈북 대학생과 만나다

탈북민에 대한 마음의 빗장을 푸는 기회는 우연히 찾아왔다. 탈북민 취업센터에서 탈북 대학생을 대상으로 하는 독서토론 강의를 맡게 된 것이다. 독서토론 리더를 양성하는 과정은 일반 성인도 버거워한다. 매주 한 권씩 책을 읽고 토론하는 것은 물론이고, 논제를 만들어 직접 토론을 진행해야 하기 때문이다. 탈북 대학생들의 가장 큰 고민은 어휘력과 독해력 부족이었다. 남한 학생에 비해 그들이 읽고 쓴 양은 턱없이 부족했다. 과연 토론이 가능할까 의심스러웠다.

하지만 강의를 기획한 탈북민취업지원센터장의 생각은 확고했다. 그는 책을 읽고 논리적 사고로 연결시키는 힘을 길러야 학생들이 취업활동에서 자신감을 가질 거라 믿었다. 기업 인사부장 시절 탈북 청소년 멘토 활동을 한 것을 계기로 퇴사해 탈북민 교육에 전념한다는 사실도 놀라웠지만, 우선 그 자신부터 책을 매달 몇십 권씩 읽는 책벌

레였다. 그동안 많은 교육 담당자를 만났지만 표정부터 '책을 읽어야 살아남는다'는 결연한 의지를 보이는 사람은 많지 않았다. 그의 눈빛에서 탈북 대학생의 모습이 비치는 것 같았다. 학생들을 빨리 만나고 싶었다.

개강일에 찾은 강의 장소는 생각보다 좁고 복잡했다. 그곳에 남녀 학생 10명이 앉아 있었다. 그들이 나에게 던진 첫마디는 "식사하셨어요?"였다. 도시락이 있다며 함께 먹자는 것이다. 낯선 사람에게 경계 어린 눈빛을 보내기보다 식구처럼 스스럼없이 대하는 모습은 그들에 대한 우려와 편견을 무너뜨렸다. 남한 학생들에게서는 발견하기 힘든, 사람을 향한 관심이랄까. 오랜만에 느낀 인간미였다.

탈북 대학생의 진가는 첫 강의부터 드러났다. 성석제의 소설집 『황만근은 이렇게 말했다』(창비, 2002) 중 단편 「책」으로 진행한 독서토론에서 책 소감부터 아주 구체적이고 논리적으로 말했다. 누가 먼저랄 것 없이 골고루 참여해 발언에 공백이 전혀 없었다. 90분이라는 시간이 짧게 느껴질 정도였다.

「책」은 3만 권의 책을 모은 수집광 당숙의 삶을 통해 책이 갖는 의미를 들여다보는 1인칭시점의 단편소설이다. 책에 빠진 당숙이 정작 어렵게 모은 3만 권의 책에는 왜 집착하지 않는지 질문을 던지자 "당숙은 읽지만 책 소장엔 집착하지 않는다. 오히려 화자가 집착한다. 화자를 통해 독서광이나 지식인을 대하는 사람들의 지적 허영심을 비판하려는 저자의 의도가 있다고 본다"는 대답이 돌아왔다. 실제 작품의 의도가 어쨌든 간에 스스로의 생각을 자신 있게 드러내는 점이 인상

깊었다. 다른 학생은 당숙과 친해지고 싶다며 "저는 남들에게 이해받지 못하는 당숙에게 공감과 위로를 주고 싶어요. 그러면 저에게 당숙이 많은 지식을 주지 않겠어요?"라는 재치 있는 대답으로 모두를 웃게 만들었다.

책이 갖는 의미와 다양한 해석을 환기시키려고 이 작품을 골랐는데, 그들은 이미 정답이 없는 독서토론을 하고 있었다. 책과 삶을 연결하는 진지하고 날카로운 시선은 이날 참여한 강사들의 마음을 앗아갔다. 토론이 얼마나 뜨거웠는지 강의 후 카페에서 감동과 흥분을 쏟아내느라 바빴다. 그 자리에서 우리는 다짐했다. 이렇게 배움에 열정적인 그들에게 읽고 쓰고 말하는 법을 열심히 가르쳐서 사회에 적극적으로 나서도록 돕자고 말이다.

사회의 일원이 되고 싶다는 꿈

독서토론이 진행될수록 탈북 대학생들은 스스로를 옭아매던 틀을 벗어나 자신의 말을 하기 시작했다.

『프레임』(최인철, 21세기북스, 2007)이라는 책을 놓고 독서토론을 할 때였다. 이 책은 프레임(가치관)에 따라 세상을 보는 마음이 달라지는 것을 이해하고, 행복한 삶을 위해 어떤 프레임을 가져야 하는지 알려주는 자기계발서다. 실생활 속 다양한 사례를 제시하고 읽기가 쉬워 독서토론 초심자에게 알맞다. 학생들은 자신의 프레임을 이해하고, 잘못된 프레임은 없는지 돌아보도록 돕는 책이라고 평했다.

다음 질문으로 넘어가려 했는데 고개를 숙이고 있던 한 학생이 손을 들었다. 이 강좌에서 유일한 남학생이었다. 말수가 적은 그가 드디어 말문을 열다니, 어떤 소감일지 궁금했다. "저는 탈북하자마자 검정고시를 보고 바로 대학생이 되었습니다. 그래서 그런지 남한 사회에 적응하지 못하고 우울증으로 힘들었는데, 'CCTV효과' 부분을 읽고 저 자신을 이해할 수 있었습니다. 혼자라는 생각에 주변을 극도로 의식해왔는데, 제 스스로가 마음을 얽어매왔던 거 같네요. 이제는 좀 편안해지고 싶어요."

CCTV효과는 타인이 자신을 주시하고 있다고 착각하며 주위 시선에 신경을 쓰는 심리를 말한다. 그는 평소 날카롭고 비판적인 발언을 하고 타인의 말을 잘 듣지 않으며, 쉬는 시간에는 주로 음악을 듣고 있던 학생이었다. 알고 보니 마음을 터놓을 사람이 없어 스스로에게 극도로 신경을 집중해온 것이다. 하지만 독서토론 이후 그는 달라지기 시작했다. 점점 토론에 활발하게 참여하고 다른 의견을 들으려 했다. 쉬는 시간에는 사람들과 이야기를 나누기도 했다. 이러한 변화를 보며 탈북민에게 책 한 권을 함께 읽는 것만으로도 삶에 큰 힘이 될 수 있음을 깨달았다.

학생들은 스피치, 논제 발제, 토론 진행 등 강의의 모든 과정에 '의미'를 부여했다. 그 중 스피치 시간은 가장 열기가 뜨거웠다. 학생들은 이 시간을 최대한 활용해 자신의 것으로 만들려 했다. 판서를 하며 강의 시연을 하는가 하면, 말하기 시험을 준비하거나 모의면접 시 자기소개도 했다. 스피치 내용도 대부분 훌륭하다 못해 감동적이기까지 했다. "저는 물을 무서워했습니다. 탈북하려 두만강을 건너다가 급류에 휩쓸렸고, 자꾸 머리가 물속으로 잠기는 겁니다. 이제는 죽었다고 생각했을 때 머리가 강물 위로 나와 간신히 살았습니다. 이후 물 공포증이 생겼고 얼굴에 물을 뿌리기도 두려웠습니다. 하지만 이조차 이겨내지 못하면 아무것도 할 수 없다는 생각에 수영을 배우기 시작했습니다. 처음에는 물에 들어가는 것도 힘들었지만 이젠 무섭지 않다고 최면을 걸고 또 걸었습니다. 용기를 내 물에 들어갔고 결국 공포를 이겨냈습니다. 이렇게 한계를 뛰어넘었듯이, 더 높은 꿈인 의사를 향해 용기 있게 도전하고 싶습니다."

학생들은 보완할 점을 알려주면 바로 수정했다. 부자연스럽게 발음을 하거나 불안정한 자세로 제한시간을 넘기던 학생들은 10주 후 기승전결을 갖춘 흥미로운 이야기를 시간 내에 척척 펼쳐내며 일취월장해갔다. 질문도 많이 하고 글 첨삭을 요청하는 등 아주 적극적이었다. 목숨을 걸고 사선을 넘었기에 그보다 어려운 일은 없는 것처럼 보였다.

탈북 대학생들은 대부분 결핍이 누구보다 큰 이들이다. 자유를 찾아 남으로 내려왔지만 오히려 삭막한 사회 모습에 압박을 받을 때가 많다고 했다. 어떻게 살아야 할지 막막해하던 그들에게 독서토론은 스스로를 바라보고, 남한 사회에 조금 더 다가설 수 있는 기회가 되었다. 『생각의 좌표』(홍세화, 한겨레출판, 2009)를 읽으며 자기 생각의 원류를 찾고, 북한에서는 상상치도 못할 정치적 의견의 다양함을 경험했다. 카프카의 『변신』으로 자본주의 사회 속에 처한 자신의 존재를 들여다봤고, 『반 고흐, 영혼의 편지』(예담, 2005)에서 예술을 향한 열정과 치열함을 체험했다. 학생들은 독서토론을 통해 학벌, 능력 중심의 현실에 좌절해도 다시 일어설 수 있다는 힘을 얻었다고 했다. 그들은 남한 사회에 대한 막연한 환상에 젖어 살지 않는다. 다만 여기 사람들처럼 사회의 일원이 되고 싶을 뿐이다.

그들과 함께 읽고 토론해야 하는 이유

탈북 대학생 가운데는 가족과 떨어져 홀로 이 사회에 정착한 이들이 많다. 그래서 토론 중에 '소외감', '외로움', '고향' 같은 단어가 많이 나왔다. 한 학생은 학교 생활을 하면서 가끔씩 자신이 남한 사람도 북한 사람도 아닌, 이방인이라 느낀다며 북한 출신임을 밝히는 것에 고민이 많다고 했다. 그들은 수업을 따라가기도 바쁜 와중에 북한에서 왔다는 이유만으로 차별까지 받는 이중고를 겪고 있었다. 고민을 털어놓거나 위로받을 여유도 없이 그들은 정체성의 혼란을 겪으며 점점 마음의 문을 닫게 된다.

이렇게 자신을 드러낼 기회가 적은 탈북 대학생들에게 독서는 반드시 필요한 삶의 여정이다. 책읽기로 다양한 세계를 간접경험하며 그 속에서 스스로를 발견해야 한다. 자신만의 세계를 넘어 사회학, 역사와 철학, 문학 등 인문학 서적으로 타인과 사회에 다가서야 한다. 또한 책을 통해 지식을 습득하는 것은 물론 언어감각과 소통 능력을 키워야 한다. 남한에 오자마자 경쟁에 짓눌려 삶을 진지하게 고민해볼 기회조차 없었던 탈북 대학생들에게 독서는 새로운 환경인 자본주의 체제에서 주체적으로 살아갈 수 있게 하는 힘이 되어준다.

여기에 더해 독서토론은 같음을 찾고, 다름을 좁혀가는 일이다. 학생들은 북한에서 내려온 사람들끼리 책을 읽고 토론한 것이 처음이라며, 서로의 생각을 진지하게 듣고 깊이 있게 이해하는 시간을 가진 것만으로도 큰 경험이 되었다고 말했다. 그간에는 남한에서 생활하는 요령을 알려주는 데만 집중했지, 그들이 자신과 사회, 세상이 돌아가는 방식을 공부하고 민주시민으로서의 교양을 쌓을 기회는 주지 않았다. 그들은 교육 수준이 낮은 사람들도 아니다. 아직 남한 생활에 적응할 시간이 필요할 뿐이다.

몇몇 학생은 "남한 사람들에게 먼저 다가가려 하고 그들의 이야기에 공감하니 그들이 마음을 열기 시작했다"고 말했다. 그런 의미에서 탈북 대학생에게 독서토론은 남한 사람과 사회를 이해할 수 있는 작은 소통의 시작인지도 모른다. 남한 사람들에게도 탈북 대학생과 함께하는 독서토론은 충분한 가치를 지닌다. 생사의 경계를 넘은 그들이 가진 삶의 경험과 의지, 열정은 그동안 우리가 얼마나 자유롭고 풍요로운 삶을 살아왔는지, 그간 우리가 잃었거나 잊어버린 것은 무엇인지 돌아보도록 만든다. 또한 함께 책을 읽고 생각을 나누는 자체로도 탈북민에 대한 오해나 선입견을 없앨 수 있다.

10주간의 독서토론을 마치며 발견한 중요한 점은 탈북 대학생들이 자신의 이야기를 남한 사람들과 함께 나누고 싶어 한다는 것이다. 하지만 그럴 기회가 거의 없다고 했다. 고향만 다를 뿐, 같은 말로 우리는 서로 대화할 수 있지 않은가. 통일의 기반을 마련하는 일은 탈북 대학생들과 진지하게 토론하며 그들이 우리 사회에 제대로 정착할 수 있도록 생각을 나누는 일이 아닐까. 다름과 차이에서 오는 상상력과 창의력은 또 얼마나 클 것인가. 이 글을 빌어 남한 대학생과 탈북 대학생이 함께 책을 읽고 토론하는 기회가 많아지기를 소망한다. 남북이 함께 읽고 토론하면서 만들어가는 공감과 소통이야말로 통일의 시작이라고 믿는다.

한준 하고 싶은 일이 읽고 쓰고 말하는 것임을 깨닫고 직장을 그만둔 후 숭례문학당에 합류했다. 현재 독서토론과 스페인어 강사로 활동하고 있다. 책을 읽으면서 가족과 타인을 이해하고, 철이 드는 중이다. 평생 도전과 열정이 가득한 삶을 살고 싶다. 글쓰기를 미루지 않는 것이 올해의 목표다.

북콘서트에서 '사람책'을 만나다

조명이 조금씩 밝아오는 무대 한 켠, 전주가 흐르고 가수는 노래를 시작한다. 객석은 기다리는 동안의 어수선함을 정돈하며 음악에 몰입한다. 콘서트장이다. 노래가 끝나고 무대가 더 밝아지면 책들이 가득 놓인 작은 테이블 너머 작가와 내가 앉아 있다. 여기는 북콘서트장이다. 작가는 객석을 향해 말문을 연다.

"어머니는 말씀하셨죠. '꾀꼬리 울음소리 듣고 참깨가 나고, 보리타작하는 도리깨 소리 듣고 토란이 난단다.' 저는 어머니의 이야기를 받아 적었는데 그게 바로 시가 되었지요. 어머니와 함께 살아온 삶을, 살아내는 소리를 그대로 옮겼을 뿐이지요."

어머니 없이 세상에 온 자식이 없듯이 어머니의 영향으로부터 완전히 자유로운 사람이 있을 수 있을까? 북콘서트에서 만난 김용택 시인도 예외가 아니었다. 그의 이야기 속에는 언제나 이름 없는 농부요, 진짜 시인인 어머니가 등장한다.

칭얼대는 아이에게 옛날 이야기 한 대목 들려주듯 시인은 어머니와의 추억 속으로 관객들을 데리고 간다. 툇마루 끝에 앉아 도란도란 이야기를 나누는 어머니와 아들, 호기심 가득한 얼굴로 무언가 적고 있는 젊은 시인을 떠올려본다. 관객도 시곗바늘을 돌려 각자의 어린 시절로 가 있는 듯하다. 아련히 떠오른 기억 속에서 그립던 어머니를 만났는지 입가에 엷은 미소가 머무른다.

책과 이야기와 음악이 어우러지는 자리

북콘서트에 초대된 저자들은 '재미'와 '의미'를 넘나들며 이야기를 풀어간다. 과함도 모자람도 없이 푸근하고 정감이 넘친다. 어머니 이야기며, 어릴 적 이야기, 책과 삶을 통틀어 강렬하고 희망적인 메시지를 관객의 눈높이에 맞춰 펼쳐놓는다. 이쯤 되면 관객들도 집에서만 책을 보지 않고 북콘서트에 오길 잘했다는 생각이 드는 것 같다.

어찌 보면 책은 격식을 갖춘 문장이 내는 단정한 소리다. 그런데 북콘서트장에서는 그 책이 작가의 입을 통해 격식을 벗어던지고 포장마차에서 친구에게 건네는 듯한 편안한 말로 관객에게 전해진다. 거기에서 관객은 책에서 느끼지 못했던 '더 인간적인' 어떤 것을 피부로 느껴보는 것이다. 관객의 호응이 따라오면 작가는 자신이 쓴 책보다 더 큰 '사람책'이 되어 살아 있는 활자를 쏟아내기 시작한다. 이것은 혼자 책을 읽을 때는 얻기 힘든 결과물이다.

나는 그날의 주제 도서를 꼼꼼히 분석하여 관객이 궁금해하는 것들에 대해 작가에게 질문을 하고, 작가는 이런 저런 이유로 미처 책에

다 담지 못했던 것들을 여과 없이 이야기한다. 관객이 주제 도서를 읽고 왔든 안 읽고 왔든, 그날 더 두꺼운 한 권의 책을 독파하고 가는 셈이다.

한참 대담이 열기를 더해가면 조금 식혀줘야 한다. 관객의 오감을 두드리기에는 아무래도 텍스트보다는 음악이 좋다. 음악으로 책을 풀어내는 시간으로 이어진다. 북뮤지션 제갈인철 씨는 한 달여 전에 정해진 주제 도서를 읽고, 오직 그 책이 독자에게 들려주고 싶어 하는 소리를 만들어온다.

이 테마곡은 몇 가지 중요한 의미를 가지는데, 첫째는 독자로 하여금 활자가 아닌 소리로 책을 읽게 한다는 점이다. 똑같은 책도 누가 읽어주느냐에 따라, 소리 내어 읽느냐 눈으로만 읽느냐에 따라, 심지어 읽는 장소에 따라 다르게 읽힌다. 그러니 활자로만 읽는 것은 책이 건네는 말을 일부만 듣는 일인지도 모른다.

둘째, 테마곡은 작가에게도 매우 뜻 깊은 선물이 된다. 그동안 북콘서트를 함께했던 작가들은 테마곡을 작가 생활에서 얻은 최고의 선물 중 하나라고 감탄을 아끼지 않았다. 한 작가는 "내 분신(작품)이 내 품을 떠난 뒤 세상과 부대끼며 얻어낸 소리"라고 하며 자신의 작품이 목소리를 갖게 된 것을 무척이나 기뻐했다.

셋째, 테마곡은 그 책을 읽지 않은 독자들에겐 '노래를 들으니 이 책을 꼭 읽고 싶어지네?'라는 마음을 불러일으킨다. 이는 북콘서트 현장에 왔던 많은 관객들이 하나같이 남긴 말이다.

텍스트는 소리와 함께할 때 오래, 그리고 깊이 남는다. 책은 혼자

고요히 읽는 것도 좋지만, 여럿이 함께 모여 소리 내어 읽거나 마음에 담긴 문장을 노래로 흥얼거릴 때 그 작품의 생명력은 한껏 증폭된다. 바로 북콘서트가 그 증폭의 현장이다.

북뮤지션의 얘기를 들어보면, 테마곡 창작은 그리 호락호락한 일은 아닌 것 같다. 가사를 뽑기 위해 책을 적어도 서너 번을 읽어야 하고, 가사로 쓰일 만한 문장을 꽤 많은 분량으로 필사하고, 거기에서 압축해 가사로 뽑은 뒤 마지막으로 곡을 입힌다고 한다. 작곡자에게 책을 읽을 때 그 책이 내주는 음이 들리는 건 아닌지 농담 삼아 물어봤더니, 들릴 때가 있다고 한다. 정말로 그런지 궁금하다.

작가의 개인사를 듣는 재미

주제 도서에 대해 듣는 것도 좋지만, 작가의 개인사에 관한 이야기를 듣는 시간은 더욱 재미있다. 어떤 부분은 책보다 유익하기까지 하다.

대한민국 부모에게 사춘기 자녀의 교육에 대한 고민은 그야말로 산 너머 산이다. 나 역시 교육 방법에 대한 고민을 해결하기 위해 나름 꽤 많은 책과 논문을 읽었지만 도무지 현실에 적용할 만한 답을 찾기가 어려웠다. 고미숙 작가와의 북콘서트는 그간의 고민들을 단번에 내려놓게 했다.

"어머니의 늪에서 벗어나세요. 자식과 부모는 상극입니다. 밥 먹이고 학교만 보내주면 돼요. 그렇게 해도 인연이 안 끊어집니다." 이런 위트 넘치고 명쾌한 답변이라니! 나도, 관객들도 무릎을 탁 쳤다. 물론 집에 와서 적용은 쉽지 않았지만, 항상 그 말을 되새기고 있다.

관객 상당수가 주부거나 어머니이기에 작가들의 자녀 교육 경험담이나 성장담을 특히 반겼다. 책 읽는 습관을 길러주기 위해 동기부여를 해준 어머니, 당면한 문제를 책으로 해결하도록 적극적으로 책을 소개해준 어머니, 신뢰와 지극한 사랑으로 인내해온 어머니들이 오늘의 저자들을 있게 했다.

『내 짝꿍 최영대』(재미마주, 2012)의 채인선 작가가 북콘서트에서 들려준 일화는 내게도 비슷한 경험이 있어선지 퍽 정겨웠다.

"초등학교 때였어요. 어머니께서 월부로 책을 사주셨는데, 책값을 못 내자 판매원이 가져가겠다고 했어요. 저는 뺏기기 싫어서 책을 이불 속에 감춰놓고 학교에 갔지요. 학교에서 돌아오자마자 어머니는 읽고 싶은 책 몇 권만 고르고 나머지는 반납하자며 타이르셨어요. 어떤 책을 고를지 몰라 정말 오랜 시간을 이 책 저 책을 들고 망설였던 기억이 있어요. 그때부터 책만 보면 그 자리에서 끝까지 다 읽는 버릇이 생겼고, 자라면서 자연스럽게 작가가 된 것 같아요."

작가는 어머니에 대한 그리움과 고마움을 관객의 눈높이에 맞춰 풀어놓았다. 작가의 얼굴에서 인자했던 어머니 모습이 잠시 보이는 듯했다. 나만 그랬을까. 많은 관객들이 작가를 통해 자신의 어머니를 만났을 것이다.

작가의 미덕은 인간과 시간을 향해 뻗은 예리한 더듬이와 커다란 바구니를 가진 것이라고 생각한다. 그들은 우리가 일찍이 놓아버렸던 소중한 과거와, 현재에도 생각 없이 흘려보내는 진실의 주파수를 잡아채 책이라는 바구니에 담아내고 있다. 그 바구니에는 분명 작가 개인의 흔적이 담겨 있지만, 우리가 손을 넣어 꺼낼 때 그것은 내가 간직해야 할, 내 이름표가 달린 삶의 진실로 변하는 것이다.

정말 작가는 우리와 같으면서도 다르다. 그러므로 작가의 개인사를 듣는 것은 우리의 개인사에 묻은 먼지를 털어내어 인생을 빛나게 하는 의미 있는 작업이다. 그걸 위해 북콘서트만큼 좋은 기회가 있을까 싶다.

관객과 함께 만들어가는 북콘서트

작가와 뮤지션, 진행자만이 북콘서트를 만들어가는 게 아니다. 북콘서트는 일방적인 강연이 아닌 관객이 참여하는 방식으로 진행되니 언제나 주인공은 관객인 것이다. 관객은 저자나 책에 대한 궁금증을 질문하고 인상 깊은 장면을 무대에서 낭독하며 책에 대한 감상평이나 소감을 나눈다. 진행자의 역할은 전체적으로 지루함이 없도록 질문 내용과 시간을 고르게 구성하고 양쪽의 이야기가 서로 조화를 이루도록 하는 것인데 회를 거듭할수록 나는 그 매력에 빠져들고 있다. 한 공간에서 독자와 저자 양쪽의 의견을 듣는 것도 좋고, 저자의 진솔한 이야기를 통해 지녔던 편견을 허물 수 있어서 좋다. 진정한 소통은 바로 이런 것이 아닐까 싶다.

관객들이 작가 못지않게 뜻밖의 감동을 만드는 일도 많다. 주제 도서가 어른을 위한 책이어서 그 연령대에 초점을 맞추어 대본을 열심히 준비해갔더니, 엄마 손을 잡고 따라나온 아이들이 가득하다. 또 한

쪽에는 왕성한 지적 호기심에 친구들과 함께 나온 중고생들이 객석을 넓게 차지하고 있다. 그럴 때면, 작가도 진행자인 나도 당혹감을 느끼게 되고 돌발 상황이 벌어지기도 한다.

고미숙 작가가 한 시간 동안 『고미숙의 몸과 인문학』(북드라망, 2013)에 대해 이야기를 한 후였다. 객석 뒤편, 어른들에게 가려 잘 보이지도 않던 초등학교 저학년 어린이가 질문을 던졌다. "철학은 왜 답이 없어요?"

관객들은 한바탕 크게 웃었다. 그리고 이어서 힘찬 박수를 보냈다. 같이 박수를 보내던 작가는 활짝 웃으며 어린이가 알아듣기 쉽게 답변을 해주었는데, 그 답변은 신기하게도 모든 관객들에게 명료하고 시원하고 딱 기억하기 좋은 문장으로 건너갔다. 그렇다. 북콘서트는 세대의 벽을 허물어버리는 축제가 될 수 있다. 가족이 산책하듯 콘서트장에 나와서 지적 탐구를 나누고, 책을 매개체로 뜸해졌던 가족과의 대화도 되살릴 수 있다. 저자의 사인북을 들고 기념촬영을 하는 아이는 훗날 어른이 되어 자신의 어머니를 어떻게 회상할까? 어릴 적 갔던 북콘서트의 기억을 떠올리면서 행복해할 것은 분명하다.

이뿐만이 아니다. 직장인은 속도와 경쟁이 지배하는 세상 속에서 잠시 숨 돌릴 여유를 찾을 수 있으며, 매일 '정답'의 강박관념에 허덕이는 학생들은 '다른 많은 답'이 있다는 사실을 깨우치는 시간이 될 수 있다. 책이 골방에서 광장으로 나와 사람들의 목소리로 읽히고, 노래의 후렴구처럼 흥얼거리는 북콘서트 현장은, 또 하나의 거대한 책이 탄생하는 곳이다.

내 삶은 책으로 더 아름다워질 것이다

2012년 가을부터 고미숙, 김용택, 정호승, 정혜윤, 박상률, 김애란, 황선미, 김영하, 김탁환, 고정욱 등 국내 유명 작가와 그들의 작품을 북콘서트에서 만났다. 저자들은 책과 대담을 통해 감동과 함께 삶의 방향성, 우리가 놓치고 있는 것들을 환기시켜주었다. 몇몇 작가들은 인상적인 만남이 계기가 되어 그들의 전작을 읽기도 했다.

관객들에게 보다 자연스럽고 밀도 있게 작가의 메시지를 전달하기 위해서는 질문 구성에 세심하게 신경을 써야 했다. 그러다 보니 자연스럽게 나의 독서 습관에도 변화가 생겼다. 반복해서 주제 도서를 읽고 곱씹었다. 저자의 다른 작품도 읽었다. 기본적인 질문을 제외하고는 관객의 궁금증에 초점을 맞추었고 독자들의 관심도를 알아내기 위해 SNS를 활용하기도 했다. 나보다는 타인의 느낌과 의견에 더욱 귀를 기울이다 보니 '시선이 매우 따뜻해졌다'는 칭찬도 받았다.

『삶의 위한 철학수업』(문학동네, 2013)의 이진경 작가와의 북콘서트에서는 나의 미래를 다시 한 번 확인하는 계기가 됐다.

"누구나 좋아하는 일을 하며 살아가길 바라지만 좋아하는 일을 찾기도 어렵습니다. 만약 그 일을 찾았다면 그 자체로도 부러움의 대상일 수 있습니다. 진정 원하는 삶이 무엇인지조차 모를 때는 여러 가지 경험에 도전하고 부딪혀야 합니다."

그동안 '무엇을 하며 어떻게 살까?'라는 고민으로 수없이 방황했었다. 책 욕심이 많았던 나는 책에 둘러싸여 일한다면 행복할 것 같다는 생각이 들어 부모님의 반대를 무릅쓰고 문헌정보학을 전공했다. 졸업 후 규모가 꽤 큰 도서관에서 일했는데 생각했던 것과 현실의 차이는 컸다. 고심 끝에 사직서를 내고 오로지 책만 읽기 위해 도서관으로 나갔다.

방송 직에 몸담기 전까지 짧은 백수생활을 자유로운 책읽기로 보냈으니 즐거운 백수생활을 한 셈이다. 각계각층의 다양한 사람들을 만나고, 해당 분야의 지식과 정보를 빠르게 얻기 위해 자료를 검색하고, 읽고 쓰고 말하는 방송 일이 적성에 잘 맞았다. 방송 리포터, 음악방송 진행자, 구성작가, 방송기자로 방송국을 옮겨가며 여러 가지 일들을 경험했다. 그러던 차에 이번엔 독서와 관련된 일을 하고 싶다는 미련이 서서히 고개를 들었고 때마침 육아로 인해 자연스럽게 방송 일을 그만두게 되면서 독서 교육으로 방향을 바꾸었다. 그리고 좀 더 깊은 공부를 하고자 늦깎이로 대학원에 진학했다.

독서와 소통, 북콘서트 진행자로 서기까지 무수한 방황을 했지만 그동안 동분서주하며 보낸 시간이 헛되지 않았다는 것이 내겐 위안이다. 다른 누군가에겐 대수롭지 않은 일일 수 있지만, 무엇보다 소중한 만남들이다. 책의 감동을 관객들과 함께 나누고, 책 속에서, 저자들의 인생 이야기 속에서 귀한 지혜를 발견해내는 데 최선을 다하고 싶다. 삶을 향한 태도에서도, 사람과의 관계에서도 늘 책을 통해 소통의 길을 모색하고 실천하려고 한다. 내 삶은 이 일을 통해 가장 아름다울 거라고 확신하기 때문이다.

미디어의 발달로 책 읽을 시간이 줄어들었다. 책은 점점 후순위로

밀리고 있다. 아마 이런 현상은 더욱 심해질 것이다. 하지만 디지털은 홀로 영원성을 확보하지 못한다. 디지털은 그 자체로 충돌한다. 더 소비적이며, 소모적이다. 디지털의 편리는 아날로그의 진실을 아주 조금, 정말 아주 조금밖에 담지 못한다. 그걸 느끼면서도 우리는 디지털 문명에 이끌리고 있다. 오직 인간만이 만들거나 누릴 수 있는 것들을 회복해야 디지털 문명을 다스릴 수 있다. 책은 인간 문명의 영원한 선지자다. 좋아하는 책이나 작가가 있다면 북콘서트에 꼭 한번 가보라고 권하고 싶다. 책 속의 지혜를, 인생이야기를, 아날로그적 감성을 그곳에서 만나고 느껴보길 바란다.

황정의　전직 방송인. 현재는 북콘서트 진행자로 활동하고 있으며, 부천대와 대림대에서 학생들에게 의사소통을 가르치고 있다. 대학에서는 문헌정보학을, 대학원에서는 언론학을 전공했다. 다년간 초중고 학생과 학부모를 대상으로 독서토론 논술 교육을 진행했으며, 서강대 미디어교육연구회를 조직해 미디어 읽기와 활용을 통한 창의 인성 교육에도 관심을 쏟고 있다.

○ 나의
수업시대

독일의 문호 괴테가 마흔 중반에 쓴『빌헬름 마이스터의 수업시대』는 '교양소설'의 전범으로 알려져 있다. 시민계급의 한 젊은이가 편협한 시민세계의 틀에서 벗어나 정신적으로 성장하며 자신을 찾아가는 과정을 그린 작품이다. 소설 속 주인공은 이 과정에서 여성 편력을 거치다가 우여곡절 끝에 사랑에 골인한다. 동시에 사회 개혁을 꿈꾸는 단체에 입단함으로써 가치 있는 일에 동참하게 된다.

'나의 수업시대'는 독일문학을 공부하기 위해 한국을 떠난 1980년대 중반에 시작되었다. 한국에서 대학을 졸업하고 대학원에 입학했지만 한 학기를 마치고 독일로 떠났다. 지식에 대한 갈증과 미지의 세계에 대한 호기심과 모험심이 함께 작용했을 터다. 독일에 처음 도착했을 때의 기억은 회색빛 거리와 정체를 알 수 없는 매캐한 냄새로 남아 있다. 여름에도 자주 비가 내리고 긴소매 옷을 걸쳐야 할 정도로 스산한 날씨가 계속되는 북독의 한 대학에 입학했다. 독일어 시험을 통과하고 곧바로 수업을 듣기 시작했지만 교수가 하는 말의 절반은 알아듣기 어려웠다.

　이런 상황에서 독일 대학의 수업 방식은 내게 더 큰 고역으로 다가왔다. 교수가 혼자 떠드는 강의라면 차라리 이해하기가 좀 더 쉬웠을 것이다. 대체로 교수들은 정제된 언어로 내용을 체계적으로 훑어내려 가니까. 정 못 알아들으면 친구의 강의 노트를 빌릴 수도 있었다. 하지만 대학 수업의 대부분은 세미나식이었다. 강의실 구조부터 달랐다. 사각형으로 배치된 책상 주위로 교수와 학생들이 빙 둘러앉아 동등한 위치에서 토론을 했다. 한국에서 대학 4년을 다니면서 그런 수업은 한 번도 해본 적이 없었다. 교수의 일방적인 강의나 간단한 질의응답 형태가 주를 이뤘다. 토론은 독일에서 처음 알게 된 수업 방식이었다. 그러니 그게 쉽게 될까. 자신의 생각을 논리적으로, 근거를 들어 얘기하는 방식은 독일어가 100퍼센트 내 귀에 들리고 난 후에도 쉽지 않았다.

　한국의 대학 교육은 그사이 국제화 추세에 맞춰 영어 강의가 늘고 외국인 교수가 더 많아진 것 외엔 별반 달라진 게 없어 보인다. 독서 토론을 진행하면서 만난 젊은이들이 토론을 처음 해본다는 말을 들으면서 그 실상을 확인할 수 있었다. 물론 다 그렇진 않겠지만 대부분의 대학 교육 방식은 예전과 크게 다르지 않다. 게다가 초중고 교육이 더 치열해진 입시경쟁으로 인해 주입식, 시험대비식 공부로 치닫고 있는 상황에서 토론식 수업은 여전히 한국사회에서 뿌리를 내리지 못하고 있다.

　독일에서는 토론이 일상의 자연스러운 한 부분이었다. 기숙사에서

학생들이 모여 파티를 하거나 함께 둘러 앉아 식사를 하거나, 사람들이 모이는 곳에서는 항상 열띤 토론이 벌어졌다. 늘 격렬한 논쟁 형태는 아니지만 어떤 이슈에 대해 모두가 한마디씩 거들고, 꽤 진지하고 열정적으로 몰입해서 토론하는 식이었다. 그런 자리에서 침묵하는 사람은 '무뇌아'로 취급받을 정도였다. 동양적 정서로 점잔을 빼서도 안 되고, 귀 기울여 들어주는 미덕 역시 주관 없는 사람의 침묵으로밖에 인정되지 않았다. 실로 교양시민의 전통을 이어온 독일사회의 면모를 엿볼 수 있는 경험이었다. 자신을 드러내고 생각을 주장하는 일에 익숙하지 않았던 나에게 모임이나 파티는 한동안 긴장과 좌절을 톡톡히 맛보게 했다.

그래도 10여 년간의 유학 생활 동안 석박사 논문 쓰기를 거치면서 어느 정도 자기 생각을 만들어내고 써내는 훈련을 할 수 있었다. 하지만 독일 유학 시절에 만난 미국인 남편은 또 다른 복병이었다. 역사학을 전공한 남편과는 박사과정 동안 독일 정당에서 주는 장학금을 받게 되면서 만났다. 장학생들의 첫 오리엔테이션 미팅에 가는 도중 소도시 기차 환승역에서 내 옆에 '운명처럼' 앉게 된 한 남자와의 동행은 이후 독일에서 호주로, 호주에서 이스라엘로, 이스라엘에서 호주를 거쳐 한국으로까지 이어졌다. 그사이 나는 호주와 이스라엘에서 두 아이의 엄마가 되었고, 그렇게 내 인생은 계획과는 달리 더 이상 예측할 수 없는 길로 들어섰다.

토론 부재의 사회에서 미국인 남편과 살아가기

아이를 키우며 간간이 강의도 하던 중에 우연히 번역 일을 맡게 되었다. 남편과 함께하는 번역 작업은 서로를 인생의 반려자 외에도 직업적인 파트너로 묶어주었는데, 그 파트너십은 상당히 많은 인내와 이해를 바탕으로 해야 하는 도전이 되었다. 언어와 문화의 차이는 가끔 넘어설 수 없는 벽처럼 둘 사이를 가로막았다.

무엇보다 서로의 벽을 느끼게 만든 건 토론 문화의 차이였다. 아니, 토론 문화의 유무였다고 해도 틀리지 않을 것이다. 토론 문화가 익숙한 환경에서 성장한 남편과 독일에서 공부하며 겨우 익힌 토론 문화를 남의 옷처럼 걸치고 있던 나였으니까. 사실 이 소통 불화의 시초는 이미 독일에서 있었다. 한창 연애하던 시절에 우리는 한바탕 크게 싸운 적이 있다. 기억이 가물가물하긴 하지만 무슨 담배 광고를 보고 얘길 나누던 중이었다. 광고를 각자 다르게 이해한 나와 남편은 서로의 생각을 이해하지 못해 다투게 되었다. 내 말을 이해하지 못한다고 생각한 내가 답답해하며 화를 냈던 걸로 기억한다(눈에 콩깍지가 씐 남편은 그때 내 본색을 엿볼 수 있었다고 나중에 고백했다).

20년 이상을 서로 알고 지내온 사이지만 여전히 우리 사이에 토론 문화의 정착은 쉽지 않다. 그게 나의 개인적 기질 문제일 수도 있지만, 남편의 말처럼 내가 토론 문화가 부재한 한국사회에서 성장한 탓일 수도 있다. 남편은 이 주제에 대해 글을 발표하기도 했다(얼마나 답답했으면!). 남편은 우리 사회에서 토론이 힘든 이유 중 하나는 유교문화의 영향 때문이라고 본다. 위계적 질서를 내세우는 유교문화가 지배적인 한국사회는 어른 앞에서 함부로 말하는 것 자체를 곱게 보지 않기 때문이다. 아무리 좋은 의견이어도 상사나 윗사람 앞에서 그것을 거침없이 드러내는 건 금기다.

남편이 지적하는 또 하나의 문제는 사람들이(내가!) 남의 말을 잘 들어주지 않는다는 사실이다. 어떤 일 처리를 위해 한국인들과 이야기를 나눌 때면 자기 말이 채 끝나기도 전에 상대방은 벌써 행동을 개시한다고 한다. 질문을 통해 확인하는 법은 결코 없다. 그래서 가끔 낭패를 보는 경우가 있다고. 남편과 나는 서로 잘 통한다고 믿지만 여전히 토론은 쉽지 않다. 이해가 안 되면 일단 감정적이 되는 것도 문제다(한국인이 감정적이라는 말도 있지만, 논리와 근거가 부족할 때 우리는 감정적이 된다). 또 어쩌면 상대의 말을 잘 들어주는 자세가 안 되어 있어서인지도 모르겠다(진정으로 남의 말을 잘 들어준다는 게 얼마나 어려운 일인가!).

언어와 문화 차이로 인한 소통의 문제가 내 삶의 화두가 된 상황에서 우연히 숭례문학당을 알게 되었다. 2012년 가을, 그곳에 처음 발을 들여놓으면서 나의 삶은 또다시 예측하지 못했던 길로 들어섰다. 이전에도 내가 사는 지역에서 풀뿌리 단체를 만들고 소모임으로 독서회를 조직해 거의 7년 정도 책을 읽고 토론을 해왔었다. 하지만 항상 2퍼센트 부족함이 있었다. 그러던 차에 우연히 숭례문학당의 '독토공감' 프로그램을 알게 되었다. 누구에게나 열린 모임이었고 무작정 참여해보기로 했다. 2주에 한 번 열리는 '독토공감'은 다양한 책을 읽고 논제를 중심으로 진행자가 토론을 이끄는 형식이었다.

내가 처음 참여했을 때 토론한 책은 『최고의 교사』(EBS 최고의 교사 제작팀, 문학동네, 2012)였던 걸로 기억한다. 열 명 조금 넘는 인원이 모였고 준비된 논제를 갖고 노련한 진행자가 토론을 이끌었다. 주제가 교육이니 당연히 열띤 논쟁이 일어날 거라고 예측할 수도 있었지만, 꽤 밀도 있고 진지하게 진행된 토론은 색달랐고 인상적이었다. 다양한 나잇대와 직업군의 사람들이 모여 진지하게 남의 말을 듣고 열정적으로 자신의 생각을 표현했다. 이때 경험한 토론의 맛을 잊지 못해 이후로도 숭례문학당을 드나들었다. 독서토론 리더 과정과 심화 과정을 거치고, 다양한 사람들과 만나 토론하면서 학창시절에 하지 못했던, 독일에서 하지 못했던 한국어 토론의 재미를 제대로 즐기게 되었다.

독서토론을 통해 세상을 경험하다

숭례문학당에 첫발을 들여놓은 지 어느덧 1년이 지나고 강사로 활동하기 시작하면서 독서토론은 이제 내 개인의 재미와 즐거움을 넘어서서 사회적으로 가치 있는 일이라는 걸 깨닫게 되었다. 중학생들과 몇 차례에 걸친 토론 수업 후, 처음 해본 스피치 연습이 가장 기억에 남았다는 학생, 처음에는 수줍었지만 이제는 자신감을 얻었다는 학생, 토론이 이렇게 재미있는 줄 몰랐다는 학생들의 소감을 들으며 보람을 느꼈다. 『왜 세계의 절반은 굶주리는가』(장 지글러, 갈라파고스, 2007)를 읽고 토론하면서 한 여학생은 가족과 캄보디아 여행을 갔다가 배 위에서 라면 던지기를 했던 경험을 얘기했다. 그걸 받기 위해 강을 헤엄쳐 오는 아이들을 보는 그 상황이 끔찍했다고. 기억을 되살리며 감정이 북받쳐 올라 우는 아이의 모습에 모두가 한동안 말을 잇지 못했다. 토론이 없었다면 그런 이야기를 들을 기회가 있었을까.

주부들 대상 독서토론에서 평생 토론이란 걸 해보지 않았던 사람들이 자기 생각을 말하면서 표정이 살아나는 걸 봤다. 자신이 '말'을 할 줄 아는지 몰랐다며 스스로를 재발견하는 모습을 보면서 진행의 보람을 느끼기도 했다. 독서토론을 난생처음 해본 어떤 사람은 그것이 신선한 충격으로 다가왔고 이후 삶이 변하기 시작했다고 했다. 책을 읽고 토론하고 서평쓰기 모임을 통해 삶의 전망을 세울 수 있게 되었다고 하면서.

살아오면서 다양한 형태의 강의와 수업을 해왔지만 독서토론과 관련된 일은 참 의미 있고 가치 있게 느껴진다. 많은 사람이 독서토론을 통해 힐링을 체험하고, 자극을 받고, 재미를 느끼고, 정신적으로 성숙해지고, 삶의 방향을 찾고 있다. 토론하는 사람들이 점점 늘어나면서 토론 문화가 만들어지고, 그렇게 소통이 가능한 사회로 변하고 있다(고 희망한다). 독서토론을 통해 변화하는 사람들의 모습을 보면서 토론이 갖는 사회적 의미에 대해 생각해보게 된다. 민주주의가 제대로 작동하려면 시민 지성이 중요하다. 지성의 바탕이 되는 것은 사고력과 비판력이다. 독서토론은 지식의 습득과 더불어 사고력과 비판력을 길러주고, 소통하는 방법을 훈련시킨다. 다른 사람의 얘길 들으면서 자신의 사고를 조정하고, 서로의 의견을 존중하게 만든다. 우리는 문제와 갈등이 항시적으로 생겨나는 사회에서 살아가고 있고, 문제 해결을 위한 소통의 기술이 어느 때보다 절실하게 필요하다. 독서토론은 개인의 변화와 함께 사회가 좀더 성숙할 수 있는 토양을 만들어준다.

다시 괴테로 돌아가서, 『빌헬름 마이스터의 수업시대』의 주인공이 마지막에 당도한 단체 '탑의 모임'의 리더인 로타리오는 그에게 이렇게 말한다.

> 이제 우리가 이처럼 기이하게 서로 인연을 맺게 되었으니 평범한 삶을 살지는 맙시다! 우리 다 같이 가치 있는 활동을 하도록 합시다! 한 교양인이 남을 지배하려 들지 않고 많은 사람들의 뒤를 보아줄 마음을 지닌다면, 그리고 그들을 인도해서 그들 모두가 하고 싶은 일을 제때에 행하도록 해준다면, 그래서 그들도 대개 유념은 하고 있지만 막상 어떻게 달성해야 할지 모르는 그 목표로 그들을 데려다 준다면, 그가 자신과 다른 사람들을 위해 행할 수 있는 일은 상상할 수 없을 정도로 많은 것입니다. 우리 그런 일을 하기 위해 동맹을 맺읍시다! 이것은 공상이 아니라 정말 실현이 가능한 이념이며, 언제나 뚜렷하게 자각되는 것은 아니지만 이따금 선량한 사람들에 의해 실천되고 있는 이념입니다.
>
> – 『빌헬름 마이스터의 수업시대』 2권, 요한 볼프강 폰 괴테 지음, 안삼환 옮김, 민음사, 1999

숭례문학당은 나에게 '탑의 모임' 같은 곳이다. 이곳 사람들은 모두 '공부하는 인간'이다. 공부를 통해 교양인의 길을 걷고 있다. 그들은 남을 지배하려 들지 않고, 많은 사람들의 뒤에 서 있다. 그리고 사람들을 인도하여 그들이 하고 싶어 하는 것을 찾고 달성할 수 있도록 돕는다. 그 일이 언제나 뚜렷하게 자각되지는 않지만 이미 현실이 되어 일어나고 있다. 자신뿐 아니라 다른 사람의 삶에도 변화를 가져오고, 좀 더 성숙한 교양인의 사회, 원숙한 토론이 이루어지는 사회를 이루어가는 데에 한몫을 담당하고 있다. 숭례문학당의 상상은 공상이 아니라 현실이다.

내 수업시대는 이곳에서 하나의 종착점을 찾았다. 하지만 행보는 계속될 것이다. 인간은 살아 있는 한 계속해서 성장하고 변화한다. 그 과정에서 시행착오와 헛걸음, 우회로는 언제나 있을 수 있다. 하지만 괴테는 『파우스트』에서 "인간은 노력하는 한 방황한다"고 우릴 위로하지 않았던가.

황선애 독일문학을 공부하고 돌아와 생태여성주의 연구를 거쳐 이론과 실천을 접목하기 위해 여성환경연대 지역모임 '초록상상'을 함께 만들었다. 이곳에서 독서회 활동을 오래 해오다 숭례문학당을 만나 본격적으로 책세상에 뛰어들었다. 현재 함께 읽고, 토론하고, 사람을 만나는 즐거움을 만끽하고 있다. 번역가로 활동하면서 이광수와 장정일의 소설 등을 영어로 번역했다.

만남을 복원하는 영화토론

막 TV가 등장했을 때, 사람들은 영화의 죽음을 얘기했다. 하지만 영화는 영화관을 토대로 건재하게 살아남았다. 여러 가지 이유가 있을 테다. 큰 스크린의 현장감과 컴컴한 영화관의 몰입도도 그중 하나일 것이다. 그런 이유로 아직 많은 이들이 혼자서도 영화관을 찾는다. 하지만 사람을 영화관으로 불러 모으는 데에는 더 중요한 무엇이 있었다. 바로 집단 관람 경험이다. 사람들은 친구와 연인, 가족과 함께 보낼 수 있는 특별한 시간과 공간이 필요했고, 영화관은 그것을 제공했다. 사람들은 영화를 보며 사람과 만난다. 영화 안에 사람이 있고, 영화 밖에도 사람이 있다. 그리고 그 만남을 통해 사람을 알아나간다. 그러니 그들에게 영화는 '사람 읽기'의 특별한 매개체와 같다.

그런데 다시 영화의 죽음이란 말이 나오기 시작했다. 초고화질 IPTV와 모바일 기기가 관람 패턴을 바꾸고 있기 때문이다. 한쪽에서는 모바일 영화라며 호들갑 떨고 또 다른 쪽에서는 영화의 죽음을 심각하게 걱정한다. 도시 생활이 파편화되고 소외된 경험을 선사하듯이 영화 관람 경험 또한 파편화되고 소외된다고 보는 것이다. 누군가에게는 영화의 죽음이란 말이 의아할지도 모른다. 얼마 전 한 영화가 대한민국 인구의 3할이 넘는 관객을 모은 마당에 영화의 죽음이 웬 말인가. 하지만 한번 생각해보자. 1700만. 이는 실로 마법의 숫자다. '다들 보는데 나도 봐야지' 하는 연쇄 효과가 일어나야만 성립할 수 있다. 그러니 어쩌면 이는 경쟁사회의 정글 속에서 파편화되지 않을 수 있는 곳을 애써 찾은 것에 불과할지도 모른다. 결국, 이는 영화의 죽음을 반증한다.

영화의 생존이 '만남'에 의지했듯이 영화의 죽음은 곧 '만남의 죽음'을 거울처럼 비춘다. 인터넷에는 타자를 이해하려는 응시보다 '좋아요'를 갈구하는 욕망이 넘쳐난다. 그리하여 한편에서는 작은 화면이 주는 만족감에 빠져 현실의 만남을 완전히 도외시하고, 또 한편에서는 만남에 목마른 이들이 관객과의 대화나 유명 평론가의 영화 해설에 빠진다. 하지만 스스로 목소리를 내며 자신과 타자가 만날 수 있는 자리는 매우 희박하다. 그렇다면 이 죽음을 뒤로 되돌리기 위해서는 무엇이 필요할까. 결국 답은 한 가지다. 영화를 죽음에서 구한 그 요소를 다시 복원해야 한다. 그리고 만남의 죽음을 다시 복원해야 한다. 함께 보는 자리를 다시 만들어야 하는 것이다.

영화토론은 바로 그런 집단 관람의 미래이자 현재다. 이를 통해 관람 경험을 나눔으로써 또 다른 집단 관람을 실현한다. 영화토론은 영화 속의 사람과 영화 밖의 사람을 이으며, 그 사람들을 이해하는 힘을 키워준다. 더구나 이는 영화 텍스트 그 자체를 읽어내는 안목을 키우는 좋은 기회이자 자신의 내밀한 경험에 들어가는 하나의 문이다. 이 글은 바로 그 기회의 문으로 들어간 경험을 이야기하고자 한다.

글쓰기와 책, 그리고 영화토론

나는 영화인을 꿈꾸는 영화 노동자였다. 2년여 동안 제작 현장에서 땀을 흘렸으나 더는 꿈을 향해 나아가지 못하고 포기했다. 꿈을 뒤로 하고 금융회사에서 일하게 되었다. 운으로 들어간 회사 치고는 꽤 많은 보수를 받았다. 하지만 괴로웠다. 일이 재미없는 데다 의미도 찾을 수 없었다.

그런 삶을 버티다 글을 써보기로 마음먹었다. 프랑수아 트뤼포가 "영화에 대한 글을 쓰는 것"이 영화를 사랑하는 방식 중 하나라고 했으니 글쓰기를 통해 다시 영화를 사랑하고 싶었다.

마침 신촌의 한겨레교육문화센터에서 서평 쓰기 수업이 있다는 정보를 보았다. 당장 등록하였다. 서평은 비평 형식의 글쓰기니 나쁘지 않은 시작이라고 보았다. 그리고 그것은 좋은 선택이었다. 글을 쓰기 위해서는 책을 많이 읽어야 할 터인데, 서평은 책을 읽게 하는 것은 물론 더 잘 읽게 해주었기 때문이다. 그때 나는 엄기호의 『이것은 왜 청춘이 아니란 말인가』(푸른숲, 2010)라는 책으로 첫 서평을 써냈다. 처음이라 상당히 어려웠다. 한 번 읽고는 잘 써지지 않아 또 다시 읽었다. 그리고 다시 컴퓨터 앞에 앉아 차근차근 한 단어씩 써내려갔다. 그런 과정을 거치고 나니 마치 내가 그 책의 일부분을 씹어 먹은 것 같았다. 선생님이 나의 그런 과정을 느끼셨던 것일까? 매우 부끄러운 글이었는데도 잘 썼다며 칭찬해주셨다. 칭찬에 힘입어 온라인서점 블로그에 서평을 올렸더니 우수 서평에 뽑혀서 5만 원짜리 상품권까지 받았다. 그때 알았다. 내가 책을 읽고 글을 쓸 수 있다는 것을. 자신감을 얻었다.

수업 후 블로그를 운영하며 꾸준히 영화평과 서평을 썼다. 글쓰기는 괴로웠지만 재미가 있었다. 마침표를 찍는 순간에는 큰 성취감이 몰려왔고 실력이 늘고 있다는 자각이 들 때에는 아찔한 쾌감까지 찾아왔다.

그렇게 반년이 넘도록 혼자서 영화를 보고 글을 썼다. 하지만 어딘가 채워지지 않는 부분이 있었다. 그래도 무작정 글을 썼다. 글을 쓰는 것만으로도 이전의 삶과는 매우 달랐기 때문이다. 그러다 알게 되었다. 내게는 사람이 필요했음을. 혼자 즐기는 것에서 벗어나 영화와 글을 사람들과 함께 나누고 싶었던 것이다. 그리고 그때 독서공동체 숭례문학당의 '영토공감'을 알게 되었다. 사람들과 만나서 영화를 함께 보고 토론하는 프로그램이었다. 그곳에 가서 다양한 사람들을 만났다. 그리고 책과 영화, 글쓰기에 관해서 생각을 나누었다. 생각은 나눌수록 깊어지고 넓어졌다. 글쓰기와 토론은 그렇게 서서히 소중한 일상으로 자리 잡았다. 이제 나에게 책과 영화, 글쓰기, 토론은 관계 맺음을 가능케 하는 튼튼한 다리가 되었다.

스쳐 지나간 정동을 불러내다

영화토론은 다양한 방식으로 이루어진다. 하지만 토론의 중심을 잡아줄 무언가가 필요하다. 독서토론과 마찬가지로 토론을 깊고 폭넓게 만들 논제가 필요한 것이다. 토론을 이끌어주는 논제는 한 사람이 심혈을 기울여 뽑아도 괜찮고, 여러 사람이 같이 정해도 괜찮다. 중요한 것은 영화를 통해 고민하고 성찰하겠다는 마음이다. 논제를 가지고 토론을 하다 보면 놀랍고 재미난 경험을 하게 된다. 우선 타인에 대한 이해의 폭이 넓어진다.

스페인 영화 〈귀향〉을 두고 토론할 때였다. 영화의 주인공 라이문다에게는 딸 파울라가 있는데, 라이문다의 남편이 딸을 범하려다가 그만 딸의 손에 죽어버린다. 여기서 라이문다는 딸을 책망하지도, 남편을 원망하지도 않는다. 그저 아무 일 없었던 것처럼 남편의 시체를 호숫가에 묻을 뿐이다. 그런데 그녀는 나중에 딸을 거기로 데려가 남편이 묻힌 장소를 알려준다. 질문은 바로 여기서 나왔다. 못된 남편의 죽음인 데다가 파울라가 저지른 살해였는데도 라이문다가 굳이 딸에게 그곳을 알려준 이유가 무엇이었을까. 여러 가지 의견이 나왔다. 그리고 어떤 사람이 말했다. "그것은 라이문다가 딸을 사랑하는 방식인 거죠." 잠깐 정적이 흐르고 모두가 고개를 끄덕였다. 그 말 속에 라이문다의 슬픔과 인내 모두가 담겨 있었기 때문이다. 그리고 한 사람의 행위를 이해하기 위해서는 그의 슬픔과 인내를 바라봐야 한다는 점을 전했기 때문이다. 그 순간 타인의 삶에서 나는 향기가 모두에게로 전해져왔다.

또한 토론은 영화를 본 후 남아 있는 답답한 감정을 풀어내도록 한다. 롤랑 바르트는 예술 감상을 설명하며 '스투디움^{studium}'과 '푼크툼^{punctum}'이란 개념을 제시하였다. 스투디움이 사회적으로 공유되는 공통된 느낌이라면, 푼크툼은 수용자 자신만의 느낌이다. 영화를 볼 때 우리는 이 둘의 순간을 수없이 가로지른다. 보편적이기에 스투디움은 쉽게 인식된다. 하지만 대부분 자신만의 푼크툼을 인식하지 못하거나, 인식하더라도 어떻게 말해야 할지 몰라 머뭇거리고 만다. 영화토론은 바로 이런 푼크툼의 순간을 눈앞으로 불러올 수 있도록 한다.

일본 영화 〈조제, 호랑이 그리고 물고기들〉을 토론할 때였다. 어떤 이가 너무도 사소해 보여 지나치기 쉬운 순간에 주목했다. 단역에 불과한 두 아이가 "여기 벌레가 있어"라고 말하는 장면이었다. 처음에 그가 이것에 대해 말했을 때 모두가 조용했다. 다들 '그것은 별 의미 없어 보여'라고 생각했던 것이다. 하지만 그는 자신의 의문이 풀리지 않음을 답답해했고 그것을 다시 토론하도록 이끌었다. 이러한 물음에 정답이랄 것이 어디 있겠느냐마는 그는 이 토론을 통해 자신만의 질문과 느낌에 정면으로 다가서는 경험을 할 수 있었고, 그럼으로써 자신의 답답함을 풀 기회를 얻었다. 이러한 토론은 다른 토론자에게도 유익한 경험을 안겨준다. 타인의 독특한 시선을 공유할 수 있기 때문이다.

영화토론은 자신의 내밀한 기억을 길어 올릴 수 있는 두레박이 되기도 한다. 우리는 체 게바라의 여행기를 그린 〈모터사이클 다이어리〉를 놓고 토론하며 여행에 관한 기억을 떠올렸다. 그것을 통해 여행이 자신에게 주는 의미를 다시금 곱씹었다. 누군가에게 여행은 편안한 휴식 그 이상 그 이하도 아니었고, 또 누군가에게는 인생을 바꾼 소중한 경험이었다.

영국 탄광촌의 이야기를 다룬 〈빌리 엘리어트〉에 관해 토론할 때에는 각자 자신의 가족에 대해 이야기하는 시간을 가지기도 했다. 꿈과 가족 사이의 관계를 말하며 가족의 존재와 의미를 생각해보았다. 사실 이런 사적 기억을 타인에게 풀어내는 것은 부끄러울 수도 있다. 하지만 영화가 그 부끄러움을 이겨내게 한다. 영화는 공감할 수 있는 부분을 미리 제공하여 편안하게 이야기하도록 사람들을 이끈다. 영화 〈귀향〉을 토론하며 어머니가 남기고 간 흔적을 얘기할 때에는 조금 숙연해진 적도 있었다. 이러한 경험을 통해 토론자는 자기 자신을 성찰해보는 강력한 계기와 만난다. 자신이 어떤 역사를 거쳤으며 또 어떤 역사를 만들어가고 있는지 생각해보게 된다.

마지막으로 영화토론은 '이미지'를 바라볼 수 있게 한다. 미학자 진중권은 『이미지 인문학 1』(천년의상상, 2014)에서 오늘날 인간의 의식은 영상으로 빚어진다고 말하며 "이미지에 기초한 새로운 유형의 인문학"이 필요하다고 주장한다. 하지만 이러한 이미지 인문학은 아직 우리에게 낯설다. 관객 대부분은 이미지가 아닌 이야기 위주로 영화를 본다. 이미지 사유에 익숙하지 않을 뿐 아니라 어려워한다. 너무도 우연적이고 가변적이며 비결정적인 요소이기 때문이다. 진지한 영화비평이 더는 소비되지 않는 것도 이런 상황과 관련이 없지 않다. 하지만 진중권의 주장처럼 영상 이미지는 우리 삶과 떼려야 뗄 수 없는 관계다. 사유가 꼭 필요한 영역인 것이다. 영화토론은 바로 이를 위한 디딤돌이 된다.

영화 〈씨민과 나데르의 별거〉에 대해 토론할 때였다. 영화에서는 유독 인물 사이의 시선 교환이 도드라지게 나타난다. 사실 이런 시선 교환은 이야기를 추동하는 데 큰 역할을 하지 않는다. 서사를 이해하는 데 없어도 되는 부분인 것이다. 그럼에도 우리는 그것에 대해 이야기를 나누었다. 그리고 자신만의 이미지 사유 체험을 하게 되었다. 소리 내지 않는 눈에서 '진실을 말해줘'라는 발화를 읽고, 말 없는 표정에서 법과 종교, 계급 갈등을 읽어냈다. 토론자는 분명 영화를 보며 그 시선의 정동을 느꼈다. 하지만 그것을 끌어올릴 장소가 없다 보니 장면의 정동보다는 이야기만 머릿속에 남는다. 여기서 영화토론은 토론자가 스쳐 지나갔던 정동들을 다시금 이끌어낸다. 이는 영화 속 인물의 감정을 넘어 토론자 자신을 읽어내는 것이기도 하다. 그 순간의 정동이란 토론자 신체가 즉각 반응했던 감정과도 이어지기 때문이다.

삶의 태도를 바꾸는 시발점이 되다

이렇듯 영화토론은 영화를 다양하고 입체적으로 만나게 한다. 영화토론은 영화에 대한 태도뿐 아니라 삶에 대한 태도를 바꾸는 작은 시발점이 된다. 토론을 통해 영화는 나와 타자, 그리고 우리의 삶이 되고, 그 삶의 지평을 넓힐 도끼날이 된다. 그리고 단순한 오락이나 난해한 예술이 아니라 삶을 풍요롭게 해줄 토양이 된다.

영화 〈어바웃 어 보이〉에서는 '모든 사람은 섬'이라고 생각하는 남자 윌이 등장한다. 윌은 사람들이 서로 의지할 필요가 없다고 생각하는 사람이다. 윌은 외로워질 거라는 누이의 말에는 코웃음을 치고, 아이의 대부가 되어달라는 친구의 부탁에는 몸서리를 친다. 그런데 그의 삶에 당돌한 애어른 마커스가 들어온다. 학교에서 지지리 인기도 없고 괴롭힘까지 당하는 아이였다. 하지만 마커스가 조금씩 윌의 섬에 세워진 견고한 성벽을 무너뜨리고, 윌은 마커스를 통해 사람이 서로 만난다는 것의 의미를 알게 된다.

사실 우리는 마커스를 만나기 전의 윌처럼 혼자 영화를 즐길 수도 있다. 그런 삶도 딴에는 꽤 재미있을 테다. 하지만 다른 섬 어딘가에 더 재미난 게 있을 수 있지 않을까. 그러니 그것들을 보지 못한다면 정말 안타깝지 않겠는가. 똑같은 풍경 속에서 색다른 무엇을 힘겹게 찾는 것보다는 다른 풍경 속에서 더 색다른 무엇을 찾는 게 더 재미있지 않겠는가. 숭례문학당의 영화토론은 마커스의 다가섬과 만나는 자리 같다. 넓고도 깊은 세상, 그리고 재미난 인생이 펼쳐지는 곳이다.

한창욱 영화 애호가. 골방의 비디오 키드에서부터 영화학도, 영화 노동자, 영화제 스태프, 은행 직원을 거쳐 다시 새로운 영화 작당을 탐색 중이다. 블로그에 영화 리뷰와 서평을 올리고, 오프라인에서 영화토론을 즐긴다. 현재 한국예술종합학교 영상원에서 영상이론을 공부하고 있다.

⊙ 다시 만난 독서토론

'너 지금 행복하니?'

아침에 일어나 첫 번째로 던진 질문에 나는 선뜻 행복하다고 대답할 수 없었다. 이 질문 앞에 까마득하게 외로워졌다. '행복하지 않아'라고 스스로 인정하기까지는 참 오래 걸렸다. 나는 여전히 불안하고 두려웠고, 내가 무엇을 좋아하는지 잊은 지 너무 오래였다.

'이제까지 살아오면서 너를 가슴 뛰게 했던 일은 뭐였니? 있기는 했니?'

스스로에게 물었던 두 번째 질문이었다.

직장생활 12년차, 워킹맘 6년차. 육아와 일을 병행하며 정신없이 보낸 지난 5년. 그것만으로도 너무 벅찼다. 나 자신에 대해 생각할 여유조차 없었던 시간들이었다. 그렇게 나는 첫 아이 출산과 함께 책과 점점 멀어져갔고 방향을 잃은 나침반처럼 무기력해져갔다. 2014년 11월, 3개월 동안 저녁과 휴일을 헌납했던 살인적인 프로젝트가 끝나자 회사 생활에 대한 회의감이 밀려왔다. 12년 회사 생활을 하면서 수

차례 고비가 찾아왔지만 그때마다 나는 적당한 변명을 둘러대며 내 안의 불안감과 두려움을 회피해버렸다. 그런데 이번에는 이런 감정들을 외면해버리면 영영 기회가 없을 것 같았다. 그날 밤, 나는 잠을 이루지 못했다.

처음 만나는 독서토론

초등학교 때 일기를 두 개씩 쓰는 날이 많았다. 한 개를 쓰고 나면 다른 이야기도 막 쓰고 싶어서 한 개를 더 썼다. 또 초등학교 6학년 때 선생님이 아침마다 시를 한 편씩 쓰도록 했는데, 그렇게 쓴 각자의 시들을 모아 졸업 문집을 만들었다. 우리는 자기가 뽑은 시들을 손으로 A4용지에 옮겨 적고, 예쁘게 테두리를 꾸미고 그림을 그려 넣었다. 그렇게 내가 쓴 글이 책으로 만들어진다는 것이 마냥 신기했다.

중학교 때 가장 기억에 남는 일은 학급 도서부 활동이었다. 국어 선생님 주도로 각 반마다 학급 문고를 운영했는데, 선생님께서 주신 추천 도서 목록에서 자기 출석 번호에 해당하는 책과 좋아하는 책을 가져와 책장을 채웠다. 나는 도서부 활동을 하면서 마치 친구들에게 모범이라도 보이겠다는 태도로 책을 많이 읽었다. 그때 출석번호가 13번이었던 내가 사가지고 간 추천 도서인 고^故 권정생의 『몽실 언니』와 한동안 가장 감명 깊게 읽었다고 떠들고 다녔던 A.J. 크로닌의 『천국의 열쇠』는 우리 집 책장에 나란히 꽂혀 있다.

책 한 권 읽은 기억이 없는 입시지옥의 고등학교를 거쳐 대학에 긴

학했다. 학점이 나쁘진 않았지만 재미는 없었고, 공강 시간은 주로 도서관에서 보냈다. 운 좋게 취업은 했지만 적성에 그다지 맞지는 않았다. 하지만 명함에 박힌 회사 로고는 내 이름보다 나를 돋보이게 해주는 보증수표 같았고, 매달 꼬박꼬박 들어오는 25일의 마약 같은 월급을 끊을 자신이 없었다. 취업 후 한동안 책을 읽지 않다가 회사 생활의 스트레스가 극에 달했을 때 도피처로 다시 책을 읽기 시작했다. 그리고 우연히 숭례문학당의 독서토론 프로그램을 알게 되었다.

생애 처음으로 참여한 독서토론은 정말 신세계였다. 혼자 읽으면 절대 넘어설 수 없는 거대한 벽을 뛰어넘는 것 같은 경험이었다. 책을 읽으면서 생각하지 못한 부분들이 자극되고, 논제를 통해 내 생각들이 명확하게 정리되는 느낌이 좋았다. 찬반 논제를 통해서는 평소 관심 없었던 문제들에 대해서도 깊이 고민해보고, 반대 의견을 가진 다른 사람들의 생각도 경청하면서 생각의 폭이 넓어졌다. 혼자 읽으면 금방 잊어버리는데, 함께 읽은 책은 시간이 지나도 오래 기억에 남았다. 그때 함께 읽었던 『허삼관 매혈기』(위화, 푸른숲, 2007)와 『남쪽으로 튀어』(오쿠다 히데오, 은행나무, 2006)는 다시 읽고 함께 토론해보고 싶은 책들이다.

『더 리더』(베른하르트 슐링크, 이레, 2004)를 읽고 같이 동명의 영화를 본 후 책과 영화 이야기를 함께 나눴던 토론은 가장 감명 깊었던 경험이다. 같은 이야기이지만 책과 영화에서 서로 어떻게 다르게 표현되는지, 각 인물들은 잘 묘사되어 있는지, 영화에서 아쉬웠던 부분은 없는지 등을 분석하는 재미도 있었고, 무엇보다 영화에 대한 감흥이 채 가시지 않은 상태에서 토론을 하다 보니 더 집중할 수 있었다. 책만 가지고 하는 토론보다 이야깃거리가 많아 풍성했다. 토론을 마치고 집으로 돌아오는 버스에서 그날의 벅참에 너무 행복해 눈물을 흘렸다. 첫 아이를 임신하고 있는 상태였는데, 행복의 눈물을 흘리고 있는 엄마에게 아이는 툭툭 힘찬 발길질로 화답해주었다.

그 무렵에는 한창 국내 소설에도 빠져서 많은 작품들을 탐독했다. 그러다가 소설을 한 번 써보고 싶다는 생각이 들어 소설 창작 수업과 스터디 모임에 나갔다. 매주 책 한 권을 읽고 독서토론을 했고, 문장 쓰기 연습부터 하며 출산 직전까지 남산만 한 배를 내밀고 부지런히 참여했다. 엄마가 행복해야 아이도 행복하다고 믿고 이것이 가장 좋은 태교라고 생각하며 즐겁게 임신 기간을 보냈다.

비로소 행복을 찾다

잠들지 못했던 그날 밤, 생각해보니 나를 가슴 뛰고 설레게 했던 건 온통 책과 글쓰기에 관한 기억이었다. 내가 책과 글쓰기를 좋아한다는 것을 알게 되기까지 한참을 돌고 돌았다. 더 이상 지체할 시간이 없었다. 조금이라도 지체하면 다시 예전으로 돌아갈 것 같아 두려웠다. 그러고는 결심했다. '지금 당장 책 한 권이라도 읽자.' 아이를 위한 육아서와 그림책 말고 나를 발견할 수 있는 책을 읽어보자고 마음먹었다.

오래만에 먼지 쌓인 책장을 두리번거렸는데, 한 권의 책이 눈에 띄었다. 몇 달 전 출간되자마자 사서 아직 읽지 못했던 숭례문학당의 『이젠, 함께 읽기다』(북바이북, 2014)였다. 나를 설레게 했던 독서토론과 북콘서트, 그리고 영화토론을 했던 그곳, 숭례문학당 사람들의 이야기였다. 내가 책과 점점 멀어지는 사이 그곳에서는 책을 좋아하는 사람들이 모여 함께 공부하고 성장하고 발전해가고 있었다. 나도 계속 함께했다면 지금 어떤 모습으로 살고 있을까? 우습지만 질투가 났다.

단숨에 책을 읽고, 때마침 정독도서관에서 하는 『이젠, 함께 읽기다』 북콘서트까지 다녀왔다. 비 오는 겨울 밤, 그곳의 열기를 마음속에 가득 품고 돌아오는 길, 나도 그들과 함께하고 싶다는 생각이 들었다. 마치 운명 같았다. 마음속에 뜨겁고 주체할 수 없는 그 무엇이 나를 움직였다. 망설이기만 했던 글쓰기 강좌를 신청하고, 용기 내어 숭례문학당의 독토공감과 서평독토 모임도 신청을 했다. 행동하는 순간 나는 벌써 이전과 다른 삶을 살고 있었다. 다시 태어나는 기분이었다.

오랜만에 참여한 독서토론은 떨렸지만 편안하고 좋았다. 자유롭게 서로의 생각을 나누고, 다른 사람의 밑줄을 찾아 공감하고, 잘 이해가 가지 않는 부분에 대해 다른 사람의 이야기를 경청하면서 혼자 읽었을 때 맞춰지지 않은 퍼즐 조각이 비로소 완성되는 느낌을 받았다. 정말 오랜만에 책을 읽고 느끼는 충만감이었다. 올해 처음으로 참여한 독서토론을 통해 2015년 나의 책읽기 화두는 단연 '함께 읽기'가 되었다. 혼자 읽기에서 함께 읽기로, 골방 독서에서 광장 독서로 책읽기 내실을 다지리라 마음먹었다.

설레기만 했던 독토공감과 다르게 서평독토 모임은 첫 모임부터 부담이 백배였다. 첫 책『월든』(헨리 데이비드 소로우, 은행나무, 2011)은 생각보다 너무 어려워서 끝까지 읽는 것만으로도 힘들었는데, 거기에 오랜만에 써보는 서평은 좌절의 연속이었다. 포기할까도 생각했지만 '여기서 그만두면 난 앞으로 아무것도 못 해' 하면서 다시 마음을 다잡고, 회사에 휴가까지 내며 겨우 첫 서평을 완성했다.

불안한 마음으로 40장의 복사본을 들고 삼청동의 한 카페에서 처음으로 회원들과 조우하는 순간, 나의 불안감과 두려움은 눈 녹듯 사라졌다. '발'서평도 두렵지 않다. '꿀'칭찬으로 격려해주는 동료들이 있어 힘이 나고 든든했다. 다른 분들의 멋진 서평을 읽고 자극을 받기도 했다. 카페에 울려 퍼지는 서평 낭독 소리. 그 어떤 음악보다도, 그 어떤 시보다도 아름다웠다. 거기 모인 사람들이 하나 같이 빛이 났다. 그래, 바로 글쓰기다. '발'서평이 아닌 제대로 된 서평을 써보고 싶다. 또 다른 하나의 목표가 더 생겼다.

1월에 수강한 글쓰기 입문 수업은 이런 내 목표에 좀 더 가까이 다가갈 수 있도록 힘을 실어주었다. 매 수업 시작 때마다 주어지는 '10분 자유주제 글쓰기'에서는 하고 싶은 말을 글로 쏟아내는 것에 몰입하면서 스트레스가 상당히 풀렸다. 또 숙제였던 글쓰기의 두려움과 내 꿈에 대한 에세이를 쓰면서 스스로를 성찰할 수 있었고, 이밖에도 '필사하기', '생각하기' 수업을 통해 글쓰기 근육을 키우기 위한 새로운 시도들도 해볼 수 있었다. 마음을 먹고 나니까 길이 보였고, 길이 보이니 달려갈 수 있었다. 한 달간의 글쓰기 수업과 두 번의 독서 모임은 내 삶의 작은 습과득을 바꿔놓았고, 새로운 활력소가 되어주었다.

오프라인과 온라인을 넘나드는 독서모임

2015년 함께 읽기와 글쓰기를 통해 나 자신을 바꾸어보겠다고 결심할 때 즈음, 결심에 날개를 달아준 고마운 존재가 나타났다. 바로 '그림책 읽어주는 엄마'(이하 '북마미')라는 온라인 카페였다. 그림책을 좋아하는 엄마들이 모인 이 카페에서는 지정한 책을 함께 읽고, 매주 읽은 분량에 대한 발제를 하고, 댓글로 서로 의견을 나누는 북클럽이 계속 진행되고 있었다. 2014년에 『모모』(미하엘 엔데, 비룡소, 1999), 『기억전달자』(로이스 로리, 비룡소, 2007), 『걸리버 여행기』(조너선 스위프트, 보물창고, 2014)를 마치고, 2015년 새해 첫 책으로 『안나 카레니나』(레프 니콜라예비치 톨스토이, 문학동네, 2010)가 선정되었다.

오프라인의 함께 읽기로는 부족하다는 생각에 나도 5개월간의 북클럽 대장정에 뛰어들었다. 북클럽은 매주 90여 쪽을 함께 읽고 발제자의 게시글에 자신의 밑줄 문장을 이야기하고 댓글로 소통하는 방식으로 진행되었다. 매주 적은 분량을 함께 읽다 보니 천천히 읽기가 저절로 된다. 한 문장 한 문장 공들인 만큼 맛있게 읽을 수 있었다. 다른 이들이 밑줄 친 문장을 다시 찾아보기도 하고, 소설 속 인물들을 두고 '안나빠', '레빈빠', '브론스키빠' 하면서 설전을 벌이는 일도 너무 재미있었다. 또 같은 문장을 두고 서로 다른 출판사의 번역을 비교해가며 읽는 재미도 쏠쏠했다. 오프라인의 독서토론과는 또 다른 짜릿짜릿한 경험이었다. 3권의 장편소설을 함께 완독할 사람이 있다는 것만으로도 축복이었다. 이 모임은 미루지 않고, 천천히 함께 읽으면서 끝까지 함께할 생각이다.

한 달 동안 오프라인 강좌와 모임에 한껏 고무되고 온라인 북클럽까지 가세하면서 내 안의 끓어오르는 책읽기와 글쓰기 갈망은 점점 커져갔다. 그러던 차에 숭례문학당의 '밀린 책읽기' 학습 모임 공지글을 보고 또 한 번 가슴이 쿵쾅거렸다. 바로 내가 하고 싶었던 모임이었다. 며칠 고민 끝에 내 안의 뜨거움을 이기지 못하고 북마미 카페에 '마감 있는 책읽기'라는 이름으로 북클럽 공지글을 올렸다. 햇병아리 회원의 무모한 공지글에 서른다섯 명의 회원들이 뜨겁게 호응해주었다. 우리는 2월부터 6월까지 5개월간 자신의 책읽기 계획을 공유하고, 격주에 한 번 읽은 책의 후기를 올리는 마감 있는 책읽기 대장정을 시작했다. 마감이 없으면 책읽기든 글쓰기든 하지 못하는 나를 위한 계획이었는데, 함께 격려해주고 응원해주는 동료들이 있어 얼마나 든든한지 모른다. 5개월간의 대장정 동안 나와 우리는 얼마나 더 성장해있을지 생각만으로도 가슴이 벅차오른다.

3월부터 시작한 회사 내의 소소한 책모임이 하나 더 있다. 바로 '점심시간 30분 틈새 책읽기 모임'이다. 회사에서 야근하며 평소에 책 읽을 시간이 없다고 푸념하는 동료를 보면서 내가 제안한 모임이다. 12시 정각이 되면 각자 읽고 싶은 책을 가지고 조용한 회의실로 간다. 30분 동안 각자의 책을 묵독하는 모임이다. 12시 30분이 되면 점심을 먹으면서 서로 읽은 책에 대해 얘기도 하고, 친목도 도모한다. 4명이 2주 넘게 함께하고 있는데 호응이 좋다. 정신없이 돌아가는 회사에서 내가 유일하게 생기 있고 숨 쉴 수 있는 점심시간 30분 책과 함께할 수 있는 그 시간이 내게 참 소중하고 고맙다.

나는 지금 책읽기와 글쓰기 열병을 앓고 있다. 내 인생을 송두리째 바꿔놓을 만한 변화를 경험하는 중이다. 매일매일 책읽기와 글쓰기 마감이 나를 기다리고 있다. 덕분에 잠자는 시간이 줄었다. 몸은 피곤하지만 정신만은 살아 있다. 가족들이 모두 잠든 밤, 작은 방에 혼자 불을 켠다. 매일 밤 나는 읽고 쓴다. 아직은 나의 책읽기와 글쓰기가 무엇을 향해 달려가고 있는지 잘 모르겠다. 그저 좋아서 다시 시작했고, 하면서 즐겁다. 이제 조심스레 내 꿈이 무엇인가를 스스로에게 다시 물어본다. 그 꿈이 무엇인지 아직 잘 모르지만 내 삶의 변화를 가져다준 책읽기와 글쓰기 속에서 스스로 답을 찾을 것이라는 확신이 든다. 책읽기와 글쓰기와 함께하는 지금, 더 이상 삶이 두렵거나 불안하지 않다. 그리고 행복하다.

박은미 기업 IT 연구소에서 연구원으로 일하고 있다. 육아와 일에 매진하다가 책읽기와 글쓰기를 다시 시작하면서 인생의 새로운 전환점을 맞이하고 있다. 책을 읽고, 글을 쓰고, 사람들과 소통하면서 늦었지만 천천히 자신의 꿈을 찾아가는 중이다.

인생이 얄궂다고 느껴질 때

『체호프 단편선』 안톤 체호프 지음, 박현섭 옮김, 민음사, 2002

 사소한 실수가 오래도록 마음에 남아 잠을 이룰 수 없을 때, 원하던 것을 손에 넣는 순간 예전의 간절함이 사라져 버릴 때, 타인을 이해할 수 없다는 사실이 어느 날 문득 공포로 다가올 때… 인생이란 게 참 얄궂다고 느끼는 당신에게 『체호프 단편선』을 추천한다.

친숙하면서도 낯선 소재, 생동감 넘치는 대화, 사회의 부조리에 대한 풍자, 가벼움과 무거움 사이를 절묘하게 오가며 전개되는 이야기들. 무엇보다 체호프의 가장 큰 매력은 인간 본성에 대한 깊은 통찰에 있다. 체호프가 그리는 인물들은 나와 내 이웃을 꼭 닮아 있다. 공감으로 무릎을 탁 치다가도 소설 곳곳에서 심장이 뜨끔해질지도. (정소연 추천)

두려움 없이 살고 싶을 때

『두려움과의 대화』 톰 새디악 지음, 추미란 옮김, 샨티, 2014

작년 크리스마스이브에 나는 '두려움'에 사로잡혀 있었다. 연말이라 줄어든 일에 앞으로의 미래가 위태로워 보였기 때문이다. 그때 유명 영화감독인 톰 새디악이 호화저택을 처분하고 캠핑카에서 살며 발견한 '가슴 뛰는 삶'을 담아낸 이 책을 도서관에서 만났다. '돈에 대한 두려움을 마주해야 원하는 삶을 살 수 있다'는 그의 말에 용기를 얻고, 각 장 마지막에 담긴 '진리'와 '두려움'이 벌이는 대화에서 스스로의 삶을 돌아보기도 했다. 이 책 덕분에 도서관에서 뜻 깊게 크리스마스이브를 보냈기에, 앞으로도 기억에 남을 것 같다. '나는 왜 두려운가'가 궁금하다면 이 책을 펼쳐보길 바란다. (한준 추천)

이 세상에 희망이 없다고 느껴질 때

『로드』 코맥 매카시 지음, 정영목 옮김, 문학동네, 2008

지구에 대재앙이 일어났다. 그 이후 사람들은 서로를 해치며 살아간다. 회색빛 세상만큼 사람들의 마음도 회색빛으로 변했다. 그런 세상 속에서 한 아버지와 소년이 살아남아 길을 걷는다. 그들에게는 사명이 있다. 바로 '불'을 옮기는 것이다. 그들은 불을 지키기 위해 남쪽으로 향한다.

코맥 매카시의 『로드』는 절망적인 이야기를 통해 희망을 그리는 장편

소설이다. 삶의 의미를 찾지 못하고 있을 때 이 책을 읽는다면 큰 울림을 얻을 수 있을 거라 믿는다. 우리 가슴 속 불을 느끼게 해줄 것이다. (한창욱 추천)

요즘 핫한 작가의 소설이 궁금할 때

『명예』 다니엘 켈만 지음, 임정희 옮김, 민음사, 2011

괴테, 카프카, 귄터 그라스… 고전으로 알려진 독일 문학을 넘어 젊은 세대의 독일 문학에 관심 있는 분에게 추천한다. 1975년생인 다니엘 켈만은 요즘 독일 문학에서 '핫한' 작가 중 한 명이다. 『명예』는 9개의 이야기로 구성되어 있는데, 각 이야기의 주인공이나 주변 인물이 다른 이야기에 등장하고 정황이 반복된다. 특이한 형식이 퍼즐을 맞춰나가는 재미를 주기도 하지만, 현실과 허구가 뒤섞이고, 일상 속 자신이 다른 이로 뒤바뀌는 등의 전체 이야기를 통과하고 나면 현실이 독특한 느낌으로 새롭게 다가오게 만든다. 컴퓨터와 인터넷 시대에 '나'란 무엇인가 되묻게 만드는 소설이긴 하지만, 결코 무겁지 않은, 재미있게 읽을 수 있는 작품이다. (황선애 추천)

내가 살 집을 직접 짓는 꿈을 꿀 때

『제가 살고 싶은 집은』 이일훈·송승훈 지음, 신승은 그림, 서해문집, 2012

몇 년 전 남편에게 "당신은 꿈이 뭐에요?"라고 처음으로 물었는데, 남편은 "내 꿈은 내 집을 짓는 거야."라고 대답했다. 꿈이 뭐가 그리 시시해,

하며 무심하게 넘겼는데, 도서관에서 우연히 빌려 읽은 이 책이 생각나서 남편에게 선물을 했다. 이 책은 건축가 이일훈과 건축주인 국어선생 송승훈이 이메일로 주고받은, 집에 관한 은밀한 연애편지이다. 이렇게 바쁜 세상에 건축주와 건축가는 어떤 집을 짓고 싶은지 서로 편지로 묻고 답한다. 건축가는 집 설계를 의뢰한 건축주에게 '어떻게 짓고 싶은지'가 아니라 '어떻게 살고 싶은가'를 먼저 묻는다. 당신도 집을 짓고 싶은가? 그렇다면 이 책을 먼저 읽어보시라. (박은미 추천)

자녀교육에 불안함을 느낄 때

『부모의 자격』 최효찬·이미미 지음, 와이즈베리, 2014

자녀성적표로 부모의 어깨에 힘이 들어가는 우리 사회에서 부모의 자격이란 무엇일까? 사교육 열풍, 학업경쟁과 스트레스로 자녀 못지않게 부모도 상처를 받는다. 우연히 들렀던 입시학원 설명회에 빈자리가 없는 것을 보고는 나도 그 줄에 껴야 되는 건 아닌지 진지하게 고민했던 적도 있었다. 자녀를 의대에 보내기 위해 평범한 엄마가 수학 정석을 다섯 번이나 풀었다는 지인의 이야기는 놀라움보다 불안감을, 자식에게 미안함마저 들게 했다.

모두가 행복한 교육은 그저 이상일 뿐인가? 이 책은 실제 사례를 들며 행복한 교육에 대해 말하고 있다. 자녀를 제대로 키우고 있는지, 입시경쟁이 치열한 교육 환경에서 불안함을 느낀다면 이 책을 권한다. (황정의 추천)

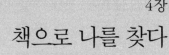

4장

책으로 나를 찾다

○ 아버지와 『이방인』

"아빠! 왜 그래? 아빠! 아빠!"

"무슨 일이에요? 간호사 빨리 불러요!"

"아빠! 정신 차려봐!"

"정신을 잃었나 보네. 갑자기 왜 그러지. 어서 간호사 불러요!"

아빠가 갑자기 쓰러졌다. 같은 병실에 있는 다른 환자의 보호자들이 얼른 간호사를 부르라고 다그쳤다. 나는 단숨에 간호실로 달려갔다. 몇 명의 간호사가 병실로 뛰어왔다.

"양진혁 님! 정신 차려 보세요? 양진혁 님!"

"일단 간호실 옆방으로 옮겨!"

"양진혁 님! 눈 떠보세요! 석션 빨리 준비해!"

"환자복부터 얼른 벗기고, 어서!"

"양진혁 님! 정신이 들어요? 여기가 어디죠?"

사람이 정신을 잃는 것은 한순간이었다. 눈 깜짝 할 사이에 모든 일이 벌어졌다. 아빠가 병실 안에 있는 화장실에 내 부축을 받으며 갔다가 침대로 돌아오는 길에 쓰러진 것이다. 아빠의 침대가 간호실 옆방으로 옮겨지는 동안 나는 아무것도 할 수 없었다. 몸이 굳어버린 것처럼 꼼짝하지 못했다. 어떤 생각도 할 수 없었고, 어떤 감정도 느껴지지 않았다. 그저 아빠를 바라만 볼 뿐이었다.

나는 제삼자처럼 낯설게 아빠를 쳐다보았다. 마치 극장에서 영화를 보듯이. 아빠가 암 진단을 받았던 그날에도 그냥 받아들일 수밖에 없었다. 이후 오랫동안 항암치료를 받으면서 아빠는 점점 더 힘들어했고, 나를 비롯한 가족들도 서서히 지쳐갔다. 치료 과정에서 아빠의 체력과 면역력은 급격히 떨어졌고, 결국 그런 일이 발생하고 만 것이다.

내 힘으로는 도저히 바꿀 수 없는 상황이었다. 병세가 점점 깊어지는 아빠를 보면서 그저 갑갑하고 막막했다. 무기력한 상태에서 방황하던 때에 나는 알베르 카뮈의 『이방인』을 만났다. 소설을 읽고 카뮈의 사상에 매료되었으며, 아빠가 쓰러지던 그 순간에 느낀 감정이 무엇인지 정확히 알 수 있었다. 갑갑하고 막막했던 감정은 바로 '부조리'였다.

부조리한 생의 한가운데서 나를 구원하다

카뮈는 몇 편의 에세이에서 인간이 태어나는 것 자체가 스스로 선택할 수 없는 모순된 일이라고 말했다. 우리의 삶과 인간의 존재 자체가 부조리하고 불합리한 것이라고 강조했다. 쉽게 말해 부조리는 죽음, 존재, 우주 등을 생각할 때 느껴지는 삶에 대한 막막하고 허무한 감정을 의미한다. 카뮈는 『이방인』의 주인공 뫼르소를 통해 부조리한 인간의 삶을 생생하게 보여준다.

소설은 '엄마'의 죽음으로 시작해서 사형을 선고받은 주인공 뫼르소의 죽음을 암시하며 끝이 난다. 뫼르소에게 가장 중요한 것은 살아 있는 지금 이 순간에 느낄 수 있는 지중해의 찬란한 태양이다. 뜨거운 태양 아래에서 살인을 저지르고 감옥에 들어갔지만 그는 여전히 여자, 바닷가, 담배처럼 매 순간마다 손으로 만지고 느낄 수 있는 것들을 그리워한다. 삶과 죽음은 인간의 힘으로 바꿀 수 없는 부조리한 일이므로 뫼르소는 그저 순간순간 느끼는 감정에 충실할 뿐이다.

> 세계가 그렇게도 나와 닮아서 마침내는 형제 같다는 것을 깨닫자, 나는 전에도 행복했고, 지금도 행복하다고 느꼈다. (중략) 나에게 남은 소원은 다만, 내가 사형 집행을 받는 날 많은 구경꾼들이 와서 증오의 함성으로 나를 맞아주었으면 하는 것뿐이었다.
> – 『이방인』, 알베르 카뮈 지음, 김화영 옮김, 책세상, 2012

『이방인』의 마지막 대목이다. 세계가 자신을 닮은 형제 같다는 말은 결국 모든 인간은 죽음을 기다리는 사형수와 비슷하다는 의미이다. 그렇다. 언젠가 우리는 모두 죽는다. 아빠도 나도 언젠가는 세상을 떠나야 하는 운명이다. 이러한 인간의 숙명을 우리는 받아들일 수밖에 없다. 이것이 바로 카뮈가 말한 부조리다. 뫼르소의 마지막 외침을 진정으로 이해하고 나서야 나는 굳었던 몸을 풀고 아빠의 삶을 담담하고 온전하게 바라볼 수 있었다.

뫼르소의 절규는 내게 인생의 부조리한 면을 알게 해줬다. 이는 내 삶에 하나의 극적인 전기를 만들어주었다. 뫼르소를 지금 시기에 만나지 못했다면 아빠를 바라보며 그저 슬픔에만 잠겨 있었을 것이다. 카뮈는 내게 인생의 불확실하고 모호한 진실을 적나라하게 보여주어 내가 슬픔에 빠져 허우적거리지 않고 삶의 불편한 단면을 담대하게 바라볼 수 있도록 해주었다.

생각해보면 현실과 이상 사이에서 갈피를 잡지 못하고 방황했던 나의 20대 시절도 갑갑하고 막막하긴 마찬가지였다. 군대를 제대한 뒤에 사진학과를 자퇴하고, 편입을 하고, 고시를 준비하고, 다시 대학원 준비를 하면서 20대는 끝이 났다. 선택의 갈림길에서 나는 항상 갈팡질팡했으며, 늘 악몽을 꾸곤 했다. 매순간 최선을 다하지 못했던 철없는 날들이었다. 지중해의 찬란한 태양과도 같던 그때 그 순간의 소중함을 알지 못했다. 만약 그 시절에 카뮈를 만났다면 덜 고통스러웠을까.

20대의 끝자락에 시작한 사업에서 좌절을 겪었을 때도 뫼르소를 알았다면 덜 힘들었을 것 같다는 생각이 든다. 정부 정책의 변화로 내가 몸담았던 시장이 붕괴 직전까지 갔지만, 그런 상황을 그저 지켜볼 수밖에 없었다. 내 힘으로 할 수 있는 일은 그리 많지 않았다. 아빠가 쓰러지던 순간처럼 나는 무기력했으며, 마치 끝이 보이지 않는 어둡고 긴 터널에 들어선 것처럼 느껴졌다. 그때 뫼르소가 옆에 있었다면 좀 더 대담해지라고 말했을 것 같다. 어쩌면 지금 할 일에 집중하라고 호통을 쳤을지도 모른다.

나는, 일요일이 또 하루 지나갔고, 엄마의 장례식도 이제는 끝났고, 내일
은 다시 일을 시작해야겠고, 그러니 결국 달라진 것은 아무것도 없다는
생각을 했다.

엄마의 장례식에 다녀온 뒤 뫼르소가 했던 생각이다. 사업에서 좌
절을 겪은 그때의 나도 마찬가지였다. 세상은 변한 게 없었고, 사업의
어려움은 오직 나를 향한 것이었다. 나를 제외한 다른 사람들은 예전
처럼 그들의 인생을 잘 살아가고 있었다. 뫼르소의 말처럼 달라진 것
은 아무것도 없었다. 고통스럽고 힘들어도 그 상황을 이겨내야 하는
사람은 결국 나였다. 부조리한 인생에서 살아남으려면 스스로 일어나
야만 했다. 그렇다. 부조리가 곧 생존인 것이다. 우리는 태어나는 순
간부터 부조리한 생의 한가운데로 떠밀려 들어온다. 그런 생의 한가
운데서 우리는 살아남아야 한다. 이는 인간의 숙명이며, 어느 누구도
피해갈 수 없다.

절망의 끝에서 책을 다시 만나다

사업의 어려움 속에서 하루하루 절망의 시간을 보내던 어느 날, 내 방
에서 수백 권의 책이 꽂혀 있는 책장을 물끄러미 쳐다보았다. 그 순간
머릿속에는 책과 관련된 일을 해보자는 생각이 갑자기 떠올랐다. 부

모님 모두 독서를 좋아하셔서 어릴 때부터 자연스럽게 책을 접했었다. 방황하던 20대 시절에도, 사업을 하면서도 책을 가까이 하려고 노력했다. '어쩌면 책이 나를 구원해줄지도 모른다.' 그러다가 책을 읽기만 할 게 아니라 직접 써봐야겠다는 생각이 머릿속을 스쳐 지나갔다. 책을 쓰자고 마음먹고 나니 가슴이 뛰기 시작하면서 좌절 속에서 희망이 보이는 듯했다.

책을 쓰자는 결심을 하고 난 뒤에 가장 먼저 한 일은 사업에서 손을 떼는 일이었다. 쉬는 날도 거의 없이 몇 년 동안 일에만 매달리다 보니 몸과 마음은 이미 지칠 대로 지친 상태였다. 당시 나는 사업의 스트레스에서 벗어나고 싶은 마음이 매우 간절했다. 몸과 마음이 힘든 상태에서는 책을 쓰기는커녕 읽는 일조차 쉽지 않겠다는 생각도 들었다.

한창 돈을 벌어야 하는 시기에 일을 그만두는 것은 무모하고 어리석은 행동이라고 말할지도 모른다. 하지만 나는 책을 읽고 써야만 했다. 왜 그런 생각을 하게 되었는지 아직까지도 그 이유를 제대로 설명할 수가 없다. 어쩌면 어린 시절부터 내 방에 가득했던 책들이 절망에 빠진 채 자신들을 쳐다보던 나의 마음을 읽은 건지도 모르겠다. 어쨌든 다시 책을 만났고, 책을 통해 앞날을 새롭게 개척하고 싶었다. 매일 책을 읽고, 글쓰기 강좌들을 쫓아다니고, 쓰고 또 썼다. 그러던 와중에 숭례문학당의 학습모임에 참여하게 되었고, 카뮈도 만날 수 있었다.

아빠에 대한 생각으로 마음 한구석은 늘 괴로웠지만, 나는 책을 읽고 글을 쓰면서 마음을 다잡았다. 그렇게 매일같이 글쓰기에 대한 고민을 하고, 글쓰기에 관한 책을 읽던 어느 날, 나의 시선을 사로잡은 작가가 또 나타났다. 그의 젊은 시절 이야기는 마치 내 모습을 보는 듯했다.

> 20대 후반과 30대 초반에 나는 손대는 일마다 실패하는 참담한 시기를 겪었다. 결혼은 이혼으로 끝났고, 글 쓰는 일은 수렁에 빠졌으며, 특히 돈 문제에 짓눌려 허덕였다. (중략) 누구를 탓할 수도 없었다. 모두가 내 불찰이었다. 나와 돈의 관계는 늘 삐걱거렸고, 애매모호했고, 모순된 충동으로 가득 차 있었다. 그리고 나는 이제, 그 문제에 대해 분명한 태도를 취하지 않은 대가를 치르고 있었다. 내 꿈은 오직 처음부터 작가가 되는 것이었다.
> - 『빵굽는 타자기』, 폴 오스터 지음, 김석희 옮김, 열린책들, 2000

폴 오스터가 쓴 『빵굽는 타자기』의 첫 대목이다. 처음의 두 문장을 읽는 순간 나는 가슴이 뜨거워졌다. 실패로 가득 찬 그와 나의 젊은 시절이 너무 안타까워서 가슴이 먹먹했다. 그렇지만 나의 무모한 결단들이 결코 잘못된 것이 아니라는 확신도 들었기에 가슴이 뜨거워졌다. 그의 작품을 본 적도 없고 책의 처음 몇 줄을 읽었을 뿐인데, 나는 이미 폴 오스터라는 작가에게 푹 빠져버렸다. 나와 비슷한 시련을 겪었던 그에게서 작은 희망을 본 것일지도 모른다.

저 두 문장처럼 나 역시 20대 시절은 악몽과 같았고, 30대인 지금도 여전히 길을 찾으며 방황하고 있다. 사업에서 좌절을 맛보았고, 아빠가 병으로 쓰러졌으며, 병원비와 이자에 짓눌려 허덕이고 있다. 현실의 압박감을 이기려면 뭔가를 해야만 했고 필요했는데, 내게는 책이 그러했고 글을 써야만 했다.

> 나에게는 확신이 있어. (중략) 나의 인생과, 닥쳐올 이 죽음에 대한 확신이 있어. (중략) 내 생각은 옳았고, 지금도 옳고, 또 언제나 옳다. (중략) 내가 살아온 이 부조리한 전 생애 동안, 내 미래의 저 밑바닥으로부터 항시 한 줄기 어두운 바람이, 아직도 오지 않은 세월을 거슬러 내게로 불어 올라오고 있었다. 내가 살고 있는, 더 실감 난달 것도 없는 세월 속에서 나에게 주어지는 것은 모두 다, 그 바람이 불고 지나가면서 서로 아무 차이가 없는 것으로 만들어버리는 것이었다.
> – 『이방인』, 알베르 카뮈

부조리한 생의 한가운데 서 있는 내게 다시 뫼르소의 절규가 들려왔다. 부조리한 삶이었지만 자신의 인생과 죽음에 대한 확신을 가진 뫼르소의 정신이 나를 일깨웠다. 그것은 괴롭고 아픈 현실을 버틸 수 있는 힘이었다. 이런 삶 속에서 나는 책을 가지고 살아남기로 결심했다. 책을 읽고 쓰기로 마음먹었다. 알베르 카뮈와 폴 오스터가 걸어갔던 바로 그 길이다. 가시덩굴로 가득 찬 그 길을 나는 기꺼이 가려고 한다. 무의미한 삶에서 의미 있는 삶으로 나아가기 위해 나는 이 길을 택했다.

그 길을 걸으며 나는 부조리한 삶에 당당히 맞설 것이다. 냉혹한 현실 속으로 과감히 뛰어들 것이다. 현실은 내가 원하는 일만 하고 살기에는 너무나 차갑고 가혹했다. 하지만 폴 오스터와 알베르 카뮈를 만난 나는 예전의 내가 아니다. 부조리한 전 생애 동안 자신을 굳게 믿었던 뫼르소를 항상 생각할 것이다. 글쓰기가 생존 그 자체였던 젊은 날의 폴 오스터를 늘 기억할 것이다. 그들을 가슴 깊이 새기며 나는 담대하게 나의 인생을 살아가겠다.

양종우 대학을 졸업하기 전에 친구들과 학원 사업을 시작했지만, 경영상의 어려움을 겪었다. 그러다 숭례문학당의 학습모임에 참여하게 되었다. 인문서를 읽으며, 이전과는 다른 사고와 시각으로 다시 치열한 사업의 현장에 뛰어들었다. 하지만 공부하는 일은 소홀히 하지 않을 것이다. 책을 읽고, 글쓰는 삶을 꿈꾼다.

차별은 어디에서
오는가

"제 고향은 삼천포입니다."

내 소개가 끝나면, 늘 돌아오는 반응은 비슷하다. "아~ 잘나가다 빠지는 그 삼천포!" 40대의 반응이다. 옆에 있던 20대는 조금 다르다. "〈응답하라! 1994〉의 그 삼천포요?" 사람들이 무심코 보이는 반응은 내게 예사롭지 않게 다가온다. 삼천포는 내게 차별과 마이너 인생을 살게 한 역사적 공간이기 때문이다.

고향 삼천포는 '마이너 인생'이 잘 어울리는 곳이었다. 초등학교 시절, 아버지가 돌아가시면서 가세가 급격히 기울기 시작했다. 그리고 고등학교에 진학하면서부터 나의 '마이너 역사'가 본격적으로 시작되었다. 당시 '공부 좀 한다' 하는 친구들은 경남의 교육도시 진주로 진학했다. 다음은 지역의 인문계 학교, 그 다음은 공고나 상고, 외곽의 일반고 순이었다. 그마나 이 순위에조차 들지 못하는 학교가 산업체학교였다.

고등학교 원서 쓸 때가 되자 어머니와 친척 언니는 '네가 들어갈 곳'이라며 원서 한 장을 내밀었다. 돈도 벌고 공부도 할 수 있는 곳이 라고 했다. 몇몇 친구들도 그곳으로의 진학을 결정했다. 담임 선생님 께서는 "성적이 아깝다. 거긴 안 된다!"라며 반대하셨지만 결국 상업 계 여고에 진학하게 되었다.

나는 학교가 '정말' 싫었다. 학교 활동에선 언제나 인문계반이 우선 이었다. 학생들도 자연스럽게 그것을 받아들였다. 지역의 남녀고등학 생 연합동아리가 있었는데, 거기서도 서열과 차별은 분명했다. 인문 계 남고생들은 공공연히 공고 출신 친구들을 무시했고, 여학생들도 마찬가지였다. 대학 진학을 이야기하면서 은근히 우위를 드러냈고, 고교 입학 성적이 높았던 나도 그 앞에서는 항상 주눅이 들었다.

고등학교 졸업 후 들어간 첫 직장은 울산에 있는 H중공업이었다. 남자는 설계나 생산직, 여자는 비서, 서무, 키펀처 등의 보조업무가 주였다. 8시 출근이었음에도, 여사원들은 7시에 출근해서 80개 가까 이 되는 책상을 닦아야 했다. 나는 자재 입력 담당이었지만 언제나 차 심부름을 했고, 서무나 비서가 부재중일 때는 그 업무까지 맡아서 해 야 했다. 모두들 전문직과 보조직의 차이로 받아들였고, 항의를 할 수 도 없었다. 나는 전문적인 일을 하고 싶었다. 그래서 대학 진학을 결 심했다.

차별과 콤플렉스의 악순환

차별은 어디에나 존재했다. 뒤늦게 들어간 대학은 진주에 있는 자은

공업 전문대였다. 설레는 마음으로 고등학교 때 동아리에서 친했던 친구들을 찾아갔지만, 환영 인사는커녕 절망만 맛봤다. '네가 이 학교에 어떻게 왔어?' 하는 그 뜨악한 표정이란! 아직도 그 표정을 잊을 수가 없다. 좀 지나서야 알게 되었지만, 나 같은 상업계·공업계 출신들 때문에 학교의 질이 낮아진다는 그들의 인식 때문이었다. 소위 1류 고등학교 출신들은 그들끼리 어울려 다니며 친목을 과시했고, 2류 출신 학생들도 비슷했다. 나는 이름 없는 전문대 내에서도 '3류' 고등학교 출신이라는 꼬리표를 달고 다녀야 했다.

사실, 대학 원서를 쓸 때만 해도 졸업장이 내 인생에 얼마나 영향을 미칠지 몰랐다. 어떤 이에게는 그렇지 않았겠지만, 나에게는 '낙인'이 되어 오랜 세월을 따라다녔다. 사실 그 대학을 선택한 것은 대학소개 책자, 그리고 "L그룹으로 취업할 수 있다"는 지인의 추천 때문이었다. 그리고 정말 졸업 후 L그룹의 연구소에 입사했다. 하지만 직장생활은 생각과 달랐다. 허드렛일이 아닌 전문적인 일을 하고 싶어서 대학을 갔고 전자계산학을 전공했지만, 연구소에서 하게 된 일은 부품 정리, 차 대접, 워드 입력, PT 작성뿐이었다. 팀장은 전공과 관계없이 내게 그런 일을 떠안겼다. 면접에서는 언급이 없었던 일이었다. 충격적인 사실은 같은 대학을 나온 남자 사원은 이런 종류의 일을 거의 하지 않았다는 것이다. 나는 단지 여자라는 이유로 그런 일을 해야 했다.

더 힘들었던 것은 학력에서 오는 차별이었다. 좌우로 연고대 석·박사, 앞뒤로 서울대·스탠퍼드대 출신 박사가 앉아 있었다. 그 주위로 명문대 출신의 엘리트들이 진을 치고 있었다. 전문대 출신은 나를 포함 딱 두 명이었다.

학력의 차이가 곧 실력의 차이는 아니겠지만, 그들보다 실력이 부족했으므로 노력밖에 할 것이 없었다. 야근을 많이 하면 '실력이 없어서'라는 평이 돌았고, 나에게는 그 말이 더욱 와닿았다. 그때부터 '도둑 일'을 했다. 퇴근 후 기숙사에서 사무실 불이 꺼지는 것을 보고, 회사로 되돌아가 다음 날 할 일을 미리 했다. 주말에도 마찬가지였다. 그렇게 일을 해야만, 일정을 맞출 수 있었다. 일에 대한 성취감도 있었지만, 그것보다는 나의 마지막 자존심 때문이었다. '자기 맡은 일은 한다'라는 딱 그 정도의 평가. 그 이상은 바라지도 않았고, 바랄 수도 없었다.

내가 이토록 소심한 사람이 된 계기가 있었다. 입사 첫날, 선배를 따라 사무실을 돌며 인사를 하러 나선 때였다. 다른 부서의 사무실에서 서글서글한 인상의 남자가 악수를 청해오며 통성명을 하고 전공을 물었다. 화기애애한 분위기였다. "몇 학번이에요?" 그의 질문에 내가 답변을 하자 같이 있던 선배는 한마디 말도 없이 뒤돌아 나갔다. 사람들도 눈치를 보며 조용히, 천천히 흩어졌다.

내가 2년제 전문대학을 나왔다는 것을 인식한 순간, 냉기를 뿜었던 선배. 명문대 석사 출신인 그는 "전문대 출신과 같은 회사에서 비슷한 일을 한다는 것이 부끄럽다"고 말했다 한다. 나중에 전해 들은 얘기였다. 그때부터 난 자기 검열을 시작했다. 그리고 학력 콤플렉스에서 10여 년을 허우적거렸다.

5년 만에 회사를 그만두고 프리랜서로 전향했다. 몇 번의 정규직

스카우트 제의가 있었지만, 논의가 시작되기도 전에 대학 졸업장에서 걸렸다. 나중에는 스카우트 제의가 들어와도 내가 먼저 거절했다. 그리 낯선 일도 아니었다. 어느 순간 '자연스럽게 스스로' 마이너의 자리를 찾는 사람이 되어버렸다. 개인적 문제뿐 아니라, 사회적 문제나 정치적인 결정을 할 때도 '나 같은 사람'의 힘이 무슨 소용이 있을까, 라는 생각을 하게 됐다. 일종의 패배의식이었다.

평등한 치유의 공간, 독서토론

사실 나 역시 누군가의 열등감 섞인 넋두리를 들을 때면 '참 못났다' 고 속으로 욕했다. 누구를 만나든 우열을 가리기에 여념이 없었다. 나를 괴롭히던 '차별'은 어느새 몸속 곳곳에 세포처럼 박혀 타인에게 잣대를 들이대게 했다. 어딘가 발붙일 곳, 아니 마음 붙일 곳이 필요했다. 자연스레 문화센터를 들락거리기 시작했다. 새로운 사람을 만나면 달라질 것 같았다. 지적 허영을 채워줄 무언가가 필요했다.

그러던 어느 날, 우연히 책 한 권을 집어들었다. 바로 『토지』(박경리, 마로니에북스, 2012)였다. 나는 미친듯이 책으로 빠져 들었다. 민초들의 사투리가 고향에 온 것 같은 편안함을 주었고, 한낱 조연이나 엑스트라였지만 자신의 삶에선 주인공으로 살아가는 등장인물들의 모습이 큰 위안이 되었다. 그 세계에 푹 빠져 밤새 책을 읽고, 다음날 동료들에게 신나게 이야기를 들려주곤 했다. 소설과 웃고 울었다.

그러나 현실로 돌아오면 변한 게 없었다. 현실을 바꿀 무언가를 찾아 헤맸다. 그러다 우연히 '독서토론'이라는 것을 알게 되었다. '책을 읽고 토론한다는 것이 무엇일까' 하는 호기심이 들었다. 기대 반 걱정 반으로 첫 토론 자리에 앉았다. 낯선 책을 읽는 것도 힘들었지만, 그보다 다른 사람의 말을 듣는 게 쉽지 않았다. 같은 책을 읽고도 나와 다른 생각을 가진다는 것이 흥미롭기는 했지만, 상반된 의견이 불편하기도 했다.

그런데도 빠지지 않고 나갔다. 잘 모르는 사람끼리 깊이 숨겨놓았던, 아니 내 속에 있는 줄도 몰랐던 이야기를 한다는 것이 신기했다. 쏟아내면 쏟아낼수록 이야기가 샘솟았다. 내 속에 이리도 많은 이야기와 생각이 숨어 있는 줄 몰랐다. 얼마 후, 다른 사람의 이야기에 귀 기울이고 있는 나를 발견했다. 그들의 이야기에 고개를 끄덕이고 공감하는 내가 낯설기도 했다. 그들의 말이 가슴을 울렸고, 그들도 그러할 것이라는 믿음까지 들었다.

책 앞에서는 모두가 평등했다. 초보 독자인 우리는 모두 같은 시작점에 서 있었고, 읽고 토론하고 쓰는 것만큼 사람과 세상을 알아갈 수 있었다. 또 우리에게는 평등한 발언의 기회가 놓여 있었다. 누구도 내이야기에 세상의 잣대를 들이대지 않았다.

카프카의 『변신』(문학동네, 2005)에 대해 토론할 때였다. 주인공 잠자처럼 '벌레'로 변할 수밖에 없는 현실은 누구에게나 존재했다. 세상에 나 혼자 겪었을 것 같은 차별은 4년제 졸업자도, 대학원생도 경험한 것이었다. 그들도 나처럼 새벽같이 출근해 직장 상사의 눈치를 보며 세상살이를 걱정하는, 나와 같은 사람일 뿐이었다. 그저 자본주이란 틀 안에서 발버둥치는 동시대인이었다.

차별 때문에 내 속에는 세상에 대한 적대감이 가득했다. 토론이 진행되면서 누가 먼저였는지 알 수 없지만, 우리는 서로의 이야기에 고개를 끄덕이고 있었다. 덴마크 작가 이자크 디네센은 "모든 슬픔은 그것을 이야기로 만들거나 그것에 관해 말할 수 있다면, 견뎌낼 수 있다"고 말했다. 그래서일까? 내 이야기를 들어주는 것만으로도 친구를 얻은 것 같았고, 같이 분노하고 슬퍼하고 걱정하는 그들을 보면서 동료를 느꼈다. 적대감 대신 자리 잡은 것은 바로 '동료의식'이었다.

『투명인간』의 만수는 내가 아니라 여동생이었다

가장 기억에 남는 것은 성석제의 『투명인간』(창비, 2014) 토론이었다. 주인공 만수는 가족을 위해 끊임없이 희생하면서도 더 못해줘 미안해하는 인물이다. 그런 만수를 가족과 세상은 외면했고, 나중에는 투명인간이 되어버린다. 나도 만수처럼 가족에게 희생한 시절이 있었다. 그러는 동안 만수와 달리 내 안에는 억울함이 쌓여갔다.

토론 일주일쯤 전에 어머니께서 수술로 병원에 입원하셨다. 나는 고향에 내려가서 어머니를 간병하기로 했다. 아침에 병원에 가서 길어야 한나절 병수발을 드는 게 다였다. 그런데 여동생은 달랐다. 늦은 밤에 퇴근해 밤새 간병을 하고 다시 새벽출근을 했다. "내가 할까?" 하고 마음 없이 묻는 내게 "언니는 힘들어서 못한다"며, 오히려 나를 걱정했다. 그러나 내가 병원비도 거의 다 부담하고, 간병까지 하고 있으니 그 정도는 당연하다고 생각했다.

　토론을 하면서 내가 아니라 동생이 만수였음을 서서히 깨달았다. 동생은 자기 것을 챙길 줄도 몰라 가족에게는 골칫거리로 통했다. 그런데 그게 아니었다. 언제나 보이지 않는 곳에서 궂은 일을 도맡아 했다. 제일 많이 참고, 희생하는 아이였다. 토론 이후 내가 동생을 대하는 태도가 달라졌음은 말할 것도 없다. 그것이 내 말에 묻어났는지, 동생도 더 믿음직스럽게 행동하기도 했다. 감히 말한다. 내가 『투명인간』을 읽고 토론하지 않았다면, 언제쯤 동생의 진가를 알게 되었을지 알 수 없는 일이다.

　예전에 나는 내 이야기만 하는 사람이었다. 듣는 이는 지루해했고, 나는 공허하기만 했다. 그런 내가 어느 순간부터 다른 사람의 말을 귀 기울여 듣고 있었다. 몇 달 만에 만난 후배가 나를 보고 "많이 달라진 것 같아요"라고 했을 때, 비로소 정말 바뀌고 있다는 사실을 깨달았다. 토론에서는 꺼내고 싶지 않은 이야기는 굳이 하지 않아도 된다. 묻는 사람도 없다. 그저 책 속의 인물과 사건을 보고 느낀 감정, 그것이 가지게 된 배경과 상황만을 이야기하고 공감했다.

　내 인생의 대부분을 짓눌렀던 차별 따윈 의미조차 없었다. 책으로 모두가 평등해지는 축제의 한마당이었다. 책 속의 사람과 세상에 대해 토론하면서, 나와 그들 속에 어떻게 그런 생각이 자리 잡게 되었는지 성찰할 뿐이었다. 그 과정에서 나의 삶을 되돌아보며 분노하기도 하고 긍정하기도 했다. 때론 위로가, 때론 인정의 말이 오갔다. 타인으로부터 시작돼 '위로와 인정'이 내 안에서 우러나오기까진 그리 오랜 시간이 흐르지 않았다. "잘 살아왔어, 잘 살아갈 수 있어!" 나를 여기까지 끌어준 사람들. 바로 가족과 친구에 대한 긍정이었다.

나를 가두었던 벽이 조금씩 무너지고 있다. 나를 차별하고, 내가 차별했던 세상과도 천천히 이별하고 있다. 이제 매일 책을 읽으며, 사람을 만나고 세상을 만난다. 책 속에서 만난 세상과 사람은 그 속에서만 머물지 않고 밖으로 나와 가족, 친구, 동료 그리고 세상을 더 깊이 이해하고 인정할 수 있게 하는 통로가 되어준다. 이제 책은 닫혀 있는 '가상세계'가 아니라 세상으로 나가는 '열린 문'이 되었다.

내 인생은 차별의 역사였고, 항상 차별당하는 쪽이었다. 어떤 이는 세월이 지나면 무뎌진다는데, 나는 언제나 처음 당하는 것처럼 아프고 또 아팠다. 책은 내게 '차별 없는 세상으로 가는 문'을 열어주었다. 이제 누가 나를 학력과 나이, 성별 같은 잣대로 어떻게 재단하든지 나는 당당히 '나'로 설 수 있다. 그리고 '차별의 세상' 속에 있는 누군가에게 말해주고 싶다. "당신은 작은 용기만 지니면 된다. 이제 한 손에 책을 펴고, 다른 손에 문고리를 잡아보자. 차별 없는 세상이 당신을 기다린다."

정지연 IT 분야에서 근무하다가 우연히 책의 세계로 발을 디뎠다. 20여 년의 사회 생활로 잃어버린 맨얼굴을 조금씩 찾아가고 있다. 가면 쓰기를 강요하는 사회에서 지친 심신을 책과 글로 위로받고 있다. 목적 없이 달렸던 삶을 멈추고, 천천히 걷고 있다. 아직 뛰어왔던 속도에서 완전히 벗어나진 못했지만, 언제가 걸으면서 누린 많은 것들을 다시 글로 풀어낼 계획을 세우고 있다.

26세
일개미가 찾은 꿈

가정 형편이 어렵고 공부가 하기 싫다는 이유로 공고에 진학했다. 대학 진학보다는 취업을 목표로 기술을 익혔고, 덕분에 학교를 졸업하기도 전에 직장에 들어갔다. 그때는, 학교를 떠나 사회로 나간다는 것이 세상으로부터 나를 막아주던 방패를 잃는 것인 줄도 모르고 마냥 좋아했다.

그렇게 철없이 지내던 어느 날, 현금인출기에서 교통비를 찾으려는데 통장잔고가 부족하다는 안내문이 떴다. 두려웠다. 내가 도움을 청할 곳이라고는 부모님밖에 없었지만 도움을 청할 수가 없었다. 뻔히 집안 형편을 알면서도 무책임한 지출을 한 것이 죄송했기 때문이다. 내 스스로 벌인 일에 대한 책임을 몸소 배운 사건이었다. 자연스레 가계부를 적으며 악착같이 돈을 모으기 시작했고, 그렇게 3년간 열심히 저축한 돈이 1000만 원 남짓이었다. "대단하네, 그 나이에 너만큼 모은 애들은 없어" 같은 달콤한 칭찬들이 쏟아졌다. 덕분에 내 마음은 '돈'이라는 단어로 가득 채워졌다.

일개미가 느낀 공포

20세 이후 내 인생은 오로지 일뿐이었다. 하루 12시간이 넘는 근무와 주말 출근까지, 동년배들보다 일찍 시작한 직장 생활은 뻔히 보이는 일개미의 미래를 예측할 수 있게 해주었다. 나는 변화를 꾀하고자 했다. 돈이라도 많이 벌자는 마음에 이직을 준비했고, 안정적인 직장으로 옮기면서 경제적 여유와 시간적 여유를 얻을 수 있었다. 하지만 마냥 행복하지는 못했다. 시간적 여유는 돈에 대한 허망함을 일깨워주는 동시에 내게서 돈이라는 삶의 버팀목을 빼앗아버렸다. 새로운 버팀목이 필요했다. 꿈이라는 말에 기대고 싶었지만, 나는 꿈이 없었다. 꿈을 찾으려는 노력도 하지 않았다.

그러던 어느 날 잠자리에 들려고 누웠는데, 무언가 형용할 수 없는 미래에 대한 중압감에 밤새 두려움에 떨었다. 당장에라도 죽을 것만 같은 공포였다. 그날 이후 몇날 며칠을 꿈을 찾아 헤매기 시작했다. 하지만 열심히 노력해도 발전하는 것은 없었고, 미래에 대한 알 수 없는 불안감은 점점 더 커져만 갔다. 무언가 하기는 해야겠는데, 무엇을 해야 할지는 모르겠고, 그렇다고 딱히 하고 싶은 것도 없고, 그러다 주위에서 무언가를 하면 불안한 마음에 무작정 따라했다. 당시에 나는 '꼭 뭐라도 해야 한다'는 강박관념에 시달린 것 같다. 꿈이 없다는 공포, 나는 왜 꿈이 없는 걸까, 라는 고민은 단순하게 "아프니까 청춘이다"라는 말로 끝낼 수 없는 문제였다.

에스키모들에게는 '훌륭한'이라는 단어가 필요 없어. 훌륭한 고래가 없듯 훌륭한 사냥꾼도 없고, 훌륭한 선인장이 없듯 훌륭한 인간도 없어. 모든 존재의 목표는 그냥 존재하는 것이지 훌륭하게 존재할 필요는 없어.

– 「에스키모, 여기가 끝이야」, 『펭귄뉴스』, 김중혁, 문학과지성사, 2006

우연히 한 강의를 듣게 되었다. 여느 자기계발서에서나 흔히 볼 수 있는 내용이었지만 강사가 전해주는 진정성은 사뭇 달랐다. 강의가 끝나고 강사에게 슬럼프를 극복하고 싶다고 조언을 구했다. 강사는 내게 독서를 추천해주었다. 그와 헤어지고 무엇인가에 홀린 듯이 근처 서점에 들러 추천해준 책들을 구입했고 잠들기 전까지 책을 읽었다. 다음날 아침, 뭔가 알 수 없는 든든함이 가슴 속을 간질였다. 나의 마음속에 타인과의 대화에 대한 욕구가 자라나기 시작했다.

2014년 5월, 숭례문학당의 독서토론을 알게 되었다. 토론은 수강자들이 같은 책을 읽고, 사전에 나눠준 논제를 생각해와서 토론하는 방식으로 진행되었다. 모임의 분위기는 무척이나 자유로웠다. 토론자들은 연령도 다양하고 같은 나이라도 직업이 다르다 보니 같은 책을 읽었지만 자신의 가치관에 따라 다양한 입장을 보였다. 특히 가장 기억에 남는 책은 사회학자 엄기호의 『단속사회』(창비, 2014)였다.

"편을 강조하고 곁을 밀치는 사회"라는 문구로 시작되는 이 책은 구성원들의 불통不通 속에서 개인은 자신을 온전히 드러내지 못하고 스스로를 단속해야 하는 사회, 모든 책임을 오롯이 개인이 감당해야 하는 이 사회의 역설 혹은 아이러니에 대해 자세히 다루고 있었다. 현대사회에서 회사의 부당한 처우에 반기를 드는 것은 매우 어리석은 일이다. 나는 항상 회사의 부당함을 표출하였고, 그로 인해 동료들은 나를 멀리했다.

책을 읽는 순간, 타인과 소통하기보다는 입과 귀를 닫으며 홀로 지내는 나의 현실을 보는 듯한 기분이 들었다. 미친 듯이 책을 읽었고 밤을 새워 정성을 다해 토론을 준비했다. 하지만 감명 깊게 읽은 나와는 다르게 토론자들의 평가는 천차만별이었다. "할일 없는 저자의 쓸데없고 배부른 소리다", "책이 조금 과장된 것 같다" 등의 부정적인 평도 있었고, "현대인들이 읽어야 하는 사회과학 교과서 같다"는 긍정적인 평도 있었다. 보통 의견의 대립은 갈등을 만들어내지만, 토론은 다양한 가능성을 전제로 하기 때문에 서로의 의견이 존중되었다. 『단속사회』에 이런 글귀가 있다. "점검하는 삶은 자신의 확신을 괄호로 묶고 타인의 말을 경청하는 삶이다. 배움에 주저함이 없는 삶, 배움을 위해 타자와의 만남에 주저함이 없는 삶이 바로 이 '점검하는' 삶이다." 자연스레 토론은 나의 발언이 편협하지는 않았는지, 근거는 타당했는지, 부족한 부분은 없었는지 "점검하는 삶"을 실천하게 만들었다.

매주 독서토론을 준비하면서 새로운 책을 읽고 논제에 대해 고민하는 시간이 너무도 즐거웠다. 책을 읽는 동안 느꼈던 것들을 한 가지도 빠짐없이 나누고 싶은 생각에 열심히 발췌하고 밤새 공부했다. 학창 시절 운동만 할 줄 알았지 책상에 앉아 공부라곤 해본 적이 없던 내가 책을 읽고 생전 처음 보는 사람들과 토론을 하며 희열을 느낀다는 것이 신기할 따름이었다. 평소에 "모르는 것은 부끄러운 것이 아니다. 알려고 하지 않는 것이 부끄러운 것이다"라는 신조로 살아왔지만, 무엇을 어떻게 배워야 할지 몰랐던 나에게 독서토론은 배움의 방법을 제시해주었으며, 나의 닫혀 있던 입과 귀를 열어주었다. 그렇게 나는 독서의 즐거움에 빠져들었고, '단속사회' 속에서 살아갈 희망을 보게 되었다.

안혜도니아 서평 토론

2014년 6월 비가 억수같이 쏟아지던 어느 금요일 밤, 30여 명의 사람들이 책을 읽고 서평을 낭독하기 위해 모여 있었다. 선생님은 종종 '서평독토' 회원들을 "책에 미친 사람들"이라고 표현했다. 미치지 않고서야 이럴 순 없다는 것이다. 회원들이 독창적인 해석으로 자신만의 이야기보따리를 풀기 시작했다. 그 속에는 책을 이해하려는 노력과 세심한 관심이 숨겨져 있었고, 그런 관심 속에 태어난 진심어린 서평들은 돈으로는 환산할 수 없는 지식 탄생의 진원지가 되었다.

　나는 시간이 갈수록 말수가 줄어들었다. 토론자들의 책에 대한 관심과 해석을 듣고 있다 보면 나도 모르게 숙연해졌던 것이다. 그렇게 집으로 돌아오는 길, 모든 서평을 읽고 나면 비로소 책 한 권을 온전히 이해할 수 있었다. 서평토론은 책이 재미없다는 편견과 글쓰기에 대한 두려움을 해소시켜주었고, 책을 읽어도 기억에 남지 않는 것에 대한 고민을 해결해주었다. 또 단순한 텍스트 읽기와 입체적 읽기의 차이를 느끼게 해주었다. 이는 토론자들의 진심이 없었다면 절대 느끼지 못했을 것이다. 서평토론은 하나같이 겸손한 태도로 자신의 의견을 나누려 하는 사람들의 모임이다. 그들과 어울리기 위해서는 성격, 나이, 지식, 아무것도 필요 없다. 단지 책을 진심으로 읽기만 하면 된다.

> 닥터 사베드라는 '안헤도니아'라고 진단했다. 영국 의학협회에서는 행복을 잃을지도 모른다는 갑작스러운 공포가 나오는 것으로, 고산병과 아주 흡사하다고 규정한 병이었다.
>
> -『왜 나는 너를 사랑하는가』, 알랭 드 보통 지음, 정영목 옮김, 청미래, 2007

어느 날 서평토론이 끝나기 직전부터 갑자기 극심한 두통이 찾아와 말하기조차 힘들었다. '안헤도니아'는 사람이 정점의 행복을 추상적으로만 상상하고 있다가 정작 눈앞에 행복을 맞닥뜨리면 심리적, 육체적으로 불안정해지는 상태를 일컫는 말이다. 개인의 의견을 존중하며 배우고자 하는 이는 배울 수 있고, 말하고자 하는 이는 말할 수 있는, 정체된 삶에 발전을 야기할 수 있는 곳. 이곳이야말로 내가 추상적으로 생각하던 행복이었다. 그렇게 처음 마주한 낯선 행복은 나에게 '안헤도니아'를 선물해주었다. 나는 한 달에 한 번, 이 행복을 마주하기만을 학수고대하고 있다.

독서토론을 하면서 연인과 함께하고 싶다는 소망이 생겼다. 얼마 지나지 않아 나의 소망은 『책은 도끼다』(북하우스, 2011) 토론 자리에서 이루어졌다. 토론 참가자는 다섯 명이었다. 저자 박웅현은 책에서 베토벤의 〈월광〉을 들으며 김홍도의 〈소림명월도〉를 떠올려보기를 권했다. 나는 〈월광〉을 들으며 〈소림명월도〉를 머릿속에 떠올리고 전율했던 경험을 발표했다. "신기한 경험을 했습니다. 멈춰 있던 그림 속의 나무가 움직이고, 바람에 흔들리는 나뭇잎 소리가 들리는 것이었습니다." 청각이 시각화되면서 죽어 있던 그림에 새 생명을 불어넣는 경험이었다.

더 놀라웠던 것은 토론자들 중에 유일하게 내 연인만이 저자의 권유를 실천했다는 것이었다. 아쉽게도 그녀는 나와 같은 경험은 하지 못했다고 한다. 하지만 독서토론이 즐거웠다며 다음과 같은 소감을 전했다. "책을 읽으면서 저자가 느끼는 것들을 대부분 이해하지 못했습니다. 그런 내 모습을 보며 메마른 감정을 반성하는 좋은 계기가 되었습니다." 연인과 함께한 토론은 독서를 통해 소통할 수 있다는 가능성을 확인시켜주었다. 미래의 배우자와 한가로운 오후에 함께 책을 읽고, 영화를 보고, 독서토론을 하고, 살아가면서 겪는 시련들을 함께 극복하는 삶. 서로를 존중하고 의지하며 배려하는 삶을 꿈꾸게 해주었다.

처음에는 독서를 다그치다 그녀와 다투기도 했었기에 독서를 취미로 삼으려는 연인들에게 당부하고 싶은 말이 있다. 절대 서둘러서는 안 된다는 것이다. 서로 다름을 인정하고 상대가 자발적으로 책에 호기심을 갖도록 유도하는 것이 중요하다. 매일같이 반복되는 식상한 데이트에 지친 연인들에게 독서토론 데이트는 신선한 돌파구가 되어

줄 것이다.

책은 꿈이다

조정래 작가는 영혼의 배고픔을 모르는 자에게 독서를 강요하지 말라고 했다. 나의 영혼은 각박한 사회 생활 속에서 점점 허기져갔고, 지금은 책을 받아들일 준비가 되어 있기에 물 만난 고기마냥 책 속에서 헤엄쳐 다니고 있다. 나를 행복하게 해준 책은 자연스럽게 꿈으로 발전하였다. 칼 세이건이 『코스모스』에서 한 말이 떠오른다.

> 첫 번째는 신성불가침의 절대 진리는 없다는 것이다. 가정이란 가정은 모조리 철저하게 검증돼야 한다. 과학에서 권위에 근거한 주장은 설 자리가 없다. 두 번째는 사실과 일치하지 않는 주장은 무조건 버리거나 일치하도록 수정돼야 한다는 것이다.
> - 『코스모스』, 칼 세이건 지음, 홍승수 옮김, 사이언스북스, 2004

칼 세이건의 말은 과학뿐만 아니라 삶에도 응용할 수 있다. 나는 이 말을 이렇게 바꾸고 싶다. "꿈이란 꿈은 모조리 철저하게 검증돼야 하며, 실현되지 못한 꿈은 포기할 것이 아니라 실현될 때까지 도전해야 한다." 내가 실현해야 할 꿈은 직접적인 경험을 글과 말로 전하는 '글쓰는 강연가'다.

나는 꿈이 갖고 싶었다. 하지만 내 주위에는 "당신의 꿈은 무엇인가요?"라는 질문에 대답할 만한 사람이 없었다. 당연히 꿈을 꿔야 하는 이유도 방법도 생각할 수 없었다. 박웅현은 말한다. "인간의 목표는 풍부하게 소유하는 것이 아니라 풍성하게 존재하는 것"이라고.

나는 꿈을 정의하고 싶은 생각은 없다. 다만 사람이 '살아 있다'라는 느낌을 받으며 살아야 한다고 생각한다. 단순히 인공호흡기를 달고 호흡만 하는 삶이 아니라 건강한 폐로 헐떡이며 턱 끝까지 숨이 차오르는, 심장이 뛰는 삶을 책과 강연을 통해 전하고 싶다. 너무도 갑작스레 생긴 꿈이지만, 꿈으로만 끝낼 수는 없다. 꿈이란 나에게만 진심이라면 충분하다는 것을 책 덕분에 깨달았다. 세상에는 셀 수도 없이 많은 꿈과 가치관이 존재하지만 꿈과 가치관에는 정답이 없다. 정답을 찾고자 한다면 꿈을 찾지 못할 것이다. "당신의 꿈은 무엇인가요?"라는 질문에 피식 웃으며 자신의 이야기보따리를 풀 수 있는 그날까지 나는 계속 꿈꿀 것이다.

박종현 '감탄하며 살자'를 신조로 삼고 진정성을 믿는 열혈 청춘이다. 고등학교 졸업 후 바로 산업현장에 취업하여 올해로 26세, 7년차 기술자이다. 독서를 통해 꿈을 정했다. 방황하는 이들에게 글과 강연을 통해 조언하는 '글 쓰는 강연가'를 목표로 한 발 한 발 걸어가며 문학청춘으로 거듭나고 있다.

○ 아픔을
이겨내는 방법

나는 중1 때 신장병의 일종인 신증후군을 진단받고 병원에서 치료를 받아왔다. 신장병 치료제로 스테로이드제를 과량 처방받아 복용했는데, 이 약은 부작용이 참 많았다. 약을 먹고 얼굴은 달덩이처럼 계속해서 부어오르고, 식욕이 늘어 살이 찌고, 온몸이 임산부처럼 트기 시작했다. 당시 텔레비전에 나오던 '선풍기 아줌마'처럼 얼굴이 커졌고, 밖에 나가면 사람들은 나를 쳐다봤다. 그래서 학교와 병원 말고는 집 밖에 잘 나가지 않았다. 그렇게 일종의 대인기피증을 앓았고, 나날이 성질이 날카로워져갔다. 항상 마음속에는 세상에 대한, 삶에 대한 원망과 울분이 가득했고, 나는 그 울분을 모두 가족들에게 토해냈다. 그것이 내 중2병 증상이었다.

중2병과 결정장애

내가 중2병을 고치게 된 계기가 있었다. 바로 한 권의 책이었다. 책을 많이 읽지는 않았지만 집 근처 서점에서 책 구경하는 것을 참 좋아했다. 왜냐하면 서점에서는 사람들이 각자 책을 고르느라, 나를 쳐다보는 일이 별로 없었기 때문이다. 고등학교 때 신경숙 작가의 『엄마를 부탁해』(창비, 2008)가 한창 베스트셀러였다. '엄마를 부탁해'라는 제목을 보고 나는 '나이 많은 어른인 엄마가 자식을 돌봐줘야 하는 거 아냐? 왜 부탁한다는 거야?'라는 의문이 들었다. 그래서 그 책을 사서 집으로 가져와 읽기 시작했다.

『엄마를 부탁해』속 엄마는 치매를 앓았지만, 가족 누구도 그녀가 치매라는 것을 몰랐다. 자식들을 보러 서울에 상경한 날, 아버지는 엄마 손을 잡지 않고 앞서 걷다가 그만 엄마를 잃어버리고 만다. 치매를 앓던 엄마는 자식들 집을 찾지 못하고, 예전에 자식들이 살았던 동네를 전전한다. 결국 가족들은 엄마를 찾지 못한다.

너는 깨달았다. 전쟁이 지나간 뒤에도, 밥을 먹고 살 만해진 후에도 엄마의 지위는 달라지지 않았다는 것을. 오랜만에 만난 가족들이 아버지와 밥상 앞에 둘러앉아 대통령선거 얘기를 나눌 때도 엄마는 음식을 만들어 내오고 접시를 닦고 행주를 빨아 널었다. 엄마는 대문과 지붕과 마루를 고치는 일까지도 도맡아 했다. 엄마가 끊임없이 되풀이해내야 했던 일들을 거들어주기는커녕 너조차도 관습으로 받아들이며 아예 엄마 몫으로 돌려놓고도 당연하게 여기고 있었다는 것을. 때로 오빠의 말처럼 엄마의 삶을 실망스러운 것으로 간주하기까지 했다는 것을. 인생에 단 한 번도 좋은 상황에 놓인 적이 없던 엄마가 너에게 언제나 최상의 것을 주려고 그리 노력했는데도. 외로울 때 등을 토닥여준 사람 또한 엄마였는데도.

- 『엄마를 부탁해』, 신경숙 지음, 창비, 2008

나는 책을 읽으면서 계속 우리 엄마가 떠올랐다. 새벽 5시부터 저녁 7시까지 일을 하고 집에 와서 밥까지 하는 엄마. 병원에서 내가 아프다는 얘기를 듣고 울던 엄마. 항상 나를 위해 희생하는 엄마…. 그런 엄마에게 아픈 내 생각만 하며 못되게 굴었던 것이 갑자기 후회스러웠다. 내가 책의 화자처럼 엄마를 잃어버린다면, 슬퍼서 견딜 수 없을 것이라고 생각했다. 그렇게 나의 중2병을 고쳐나갔다.

하지만 나는 중2병을 고치는 대신에 결정장애를 얻었다. 결정장애란 선택의 기로에 섰을 때 그 어떤 선택도 잘 하지 못하는 것을 말한다. 성질을 죽이고, 사람들과 부딪히지 않기 위해 최대한 다른 이들의 의견을 따르다 얻은 결과였다. 결정장애는 내 생각을 죽였다. 그래서 지금의 나는 편의점에 들어가서 뭘 살지 고민하는 데에도 5분 이상 걸린다. 그렇게 시간을 들여서 고른 물건에 만족하면 좋겠지만, 항상 '다른 것을 고를 걸' 하고 후회한다. 하지만 나는 이런 태도가 내 생각이 죽었음을 의미한다는 것을 알지 못했다.

고등학교 때 나는 학교 공부를 전혀 하지 않았다. 그 공부가 정말 내 삶에 도움이 될까, 의문이 들었다. 단순히 대학에 가기 위해서 공부를 해야 한다는 것이 너무나 싫었다. 학교 공부 말고 좋아하는 것을 계속 찾아 나섰다. 어렸을 때부터 중국 무협드라마나 미국 드라마를 좋아해 중국어나 영어에 관심이 많았다. 그래서 중국어와 영어를 공부하기 시작했으며, 고등학교를 졸업한 후에 사이버대학 중국어과로 진학했다. 좀 더 본격적으로 외국어를 공부하면서 외국어로만 할 수 있는 일이 무엇일까를 고민했다. 동시통역이나 기술 번역은 배워보니 평생 하기에는 좀 지루할 것 같았다. 그래서 외국 책을 한국어로 번역하는 일을 하겠다고 마음먹었다. 책은 정말 다양하니 절대 지루할 일이 없을 것 같았기 때문이다.

번역을 하려면 글을 잘 써야 한다기에 글쓰기 강좌에 발을 들였다. 과제 중에 기억에 남는 것이 있었는데, 바로 '행복'이라는 주제로 글을 쓰는 것이었다. 자신이 생각하는 행복에 대해 글을 쓰라는 과제를 받고 나는 매우 당황했었다.

전에 제가 미래의 행복을 위해 열심히 무언가를 할 때는 행복하기보다는 항상 무언가 잘 안 풀려 짜증이 많이 났었습니다. 하지만 책이나 영화, 그런 것들을 보면서 어느 순간 알게 되었습니다. '지금 이 순간 내가 행복을 선택하면 행복해지는 거구나'라는 것을요. 그래서 행복이 절대 멀리 있지 않고 지금 아주 일상의 소소한 것에 있다는 것을 배웠습니다.

당시 내가 쓴 글의 일부다. 행복. 그때까지 나는 그것에 대해 단 한 번도 생각해본 적이 없었다. 내 의견, 내 생각을 배제하면서 아예 생각하는 법조차 잊어버렸던 나는 그 과제를 아주 개판으로 써서 냈다. 그때 나만의 생각이 없다는 것을 깨달았다. 내 속의 나, '김윤희'라는 사람이 없다는 것을 말이다.

깨달음을 얻었다고 해서 금방 고쳐지지는 않았다. 그래서 아직도 '나'를 찾아가는 여정을 하고 있다. 마음의 소리에 귀를 기울이는 법을 배우고 있다. 책에 그은 밑줄을 보며 내게 묻는다. '너는 왜 여기에 밑줄을 그었니?' '도대체 어떤 감정이 들었니?' 그리고 사람들과 책에 대해 이야기를 나누며 내 생각들을 말로 토해내고 있다.

실연의 상처를 치유하고, 사랑에 대한 두려움을 없애다

2014년 12월부터 숭례문학당 '독후감 모임'에 참여하고 있다. 각자 고른 책을 읽고 독후감을 써와서 낭독하는 모임인데, 이 모임에서 상처 하나를 치유했다. 병원에서는 고칠 수 없는 마음의 상처를.

나는 연애를 한 번도 못한 '모태솔로'다. 겁이 많고 소심한 데다가 10대 때 일종의 대인기피증을 앓았기에, 연애는 하고 싶었지만 남자는 경계해왔다. 호감이 가는 남자가 있긴 했지만, 거절당하는 게 두려워 항상 혼자 마음을 정리하고 그들에게서 도망쳤다.

그러던 중, 이러다가 평생 연애 한 번 못할 것 같아서 좋아하는 남자에게 고백을 한 적이 있다. 그 남자를 안 지 한 달 만에 고백을 했던 나는 아주 처절하게 차였다. 처절하게 차였다는 게 그 남자가 내게 무슨 못된 짓을 했다는 말은 아니다. 차일 때는 아주 지극히 평범하게 차였다. 하지만 차이고 한 주 후쯤, 나는 다른 사람들에게서 이상한 말을 들었다. 그 남자가 고백을 받은 후 나를 무서워하게 됐다는 말이었다. 나와 비슷한 사람의 뒷모습만 봐도 벌벌 떨 정도로. 그 말을 들고 그 남자에게 미안한 마음이 든 동시에, 나도 그 남자가 무서워졌다. 별다른 짓을 하지도 않았는데 자신을 무서워한다는 말을 듣고 무서워하지 않을 사람이 과연 몇이나 될까? 이런 일을 겪고, 다시는 고백 따위 하지 않으리라고 마음을 먹었다. 난생처음 용기 내 한 고백에서 크게 상심했고, 큰 상처를 입었다.

하지만 그렇게 상처를 입고도 연애를 완전히 포기하진 않았다. 연애를 한 번도 못해봤기에, 계속 연애를 갈망했다. 그 일이 있고 몇 달 후, 나는 한 블로그에서 사랑의 고민이 있다면 알랭 드 보통의 『왜 나는 너를 사랑하는가』를 읽어보라는 추천 글을 읽었다. 그래서 그 책을 읽었다.

> 사랑은 분석적 정신에게 겸손을 가르쳤다. 아무리 확고부동한 확실성에 이르려고 몸부림을 쳐도 [그 결론에 번호를 붙여서 단정하게 배치해놓는다고 해도] 분석에는 절대로 결함이 없을 수 없다는 교훈, 따라서 아이러니로부터 절대로 멀리 벗어날 수가 없다는 교훈을 가르쳐주었다.
> - 『왜 나는 너를 사랑하는가』, 알랭 드 보통 지음, 정영목 옮김, 청미래, 2007

마지막 페이지의 이 구절을 읽고, 나는 끝이 없는 사랑은 없음을 깨달았다. 짝사랑이 아니라 둘이 서로 좋아해서 연인이 된다고 해도 결국 끝이 있다는 것을 말이다. 어차피 끝이 있을 거라면, 거절당할 걸 두려워하지 말고 차라리 끝까지 최선을 다해 사랑해야겠다고 마음먹었다. 그렇게 사랑의 두려움을 점차 없애나갔다. 나는 독후감 모임에

이 책에 대한 독후감을 써갔다. 책을 읽고 든 생각을 모두 글로 정리했다. 이를 통해 난생처음 한 고백에서 받은 상처가 점점 치유되어감을 느꼈다. 모임에서 사람들은 내 글을 칭찬해주었고, 나를 위로해주었으며, 내 상처를 어루만져주었다. 그렇게 나는 실연의 상처를 완전히 극복했다.

다른 사람과 관계 맺기

요즘 참 많은 사람들과 만나고 있다. 숭례문학당의 여러 모임에 참여하고 나서부터다. 모임에서 만난 이들과 모임 밖에서 만난 이들과의 관계에는 차이가 있었다. 모임 밖에서 만난 이들과는 서로 생각이 다르다고 느끼면 쉽게 관계가 깨졌다. 하지만 모임에서 만나는 이들은 생각이 달라도 쉽게 관계가 깨지지 않았다.

모임에서 김애란 작가의 단편 「칼자국」(『침이 고인다』, 문학과지성사, 2007)을 읽고 토론을 했을 때였다. 아버지가 외도를 하는데, 어머니도 맞바람을 피우길 바라는 화자의 생각에 공감하는지 못하는지가 찬반 논제로 주어졌다. 나는 공감을 하는 쪽이었다. 왜냐하면 어머니가 스스로의 인생을 포기하고 가족에게 헌신하는 만큼 자식은 어머니에게 효도를 해야 된다고 생각하는데, 나는 그럴 자신이 없었기 때문이다. 하지만 공감을 못한다는 여성의 이야기를 들어보니 그 말도 어느 정도 이해가 갔다. 그녀는 어머니의 맞바람 상대가 자기 삶의 영역 안에 들어오는 게 싫어서 화자의 생각에 공감할 수 없다고 했다. 그 말을 듣고, 나는 낯선 타인이 자기 삶의 영역에 갑자기 침범하는 것은 당연히 싫을 수 있다고 생각했다. 그래서 그녀의 말을 어느 정도 이해할 수 있었다.

이처럼 모임에서 만난 사람들은 토론을 함으로써 서로 왜 다르게 생각하는지 알 수 있기 때문에 쉽게 관계가 깨지지 않는다. 다르게 생각하는 이유를 들어보면 서로 이해를 안 할래야 안 할 수가 없다. 모임 밖에서 만난 이들은 서로의 생각을 잘 들어주지 않았기에 쉽게 관계가 깨질 수밖에 없었던 것이다.

나는 살면서 참 많이 아팠다. 어려서부터 몸이 자주 아팠고 마음의 병도 많이 앓았다. 내 병의 치유제는 병원에서 처방받은 약이 아니라 책이었고, 토론이었고, 글쓰기였다. 책을 읽고 생각하는 법을, 토론하며 생각을 말로 토해내는 법을, 글을 쓰며 내면을 스스로 치유하는 법을 배웠다. 아니, 배우고 있다.

나는 아마 앞으로도 계속 많은 병을 앓고 많은 고민도 할 것이다. 강이 쭉 흐르다가 굽이굽이 굴곡이 있는 것처럼 인생도 평탄하게 흘러가다가 어떤 시련이 있기 마련이니까. 하지만 독서와 글쓰기를 손에서 놓지 않는다면 앞으로 어떤 병을 앓든, 어떤 고민을 하든 끝내 치유하고 해결해나갈 것이라고 굳게 믿는다. 병원에서는 치유하기 힘든 마음의 병과 남이 해결해줄 수 없는 나만의 고민들을.

김윤희 외국 드라마를 좋아해서 외국어를 배우기 시작했다. 외국어로 할 수 있는 일을 찾다가 번역을 하고자 마음먹고 글을 배우려고 숭례문학당을 찾았다. 현재 독서, 글쓰기, 토론으로 생각하는 법, 관계 맺는 법을 배우며 자신의 상처도 치유하고 있다.

독서로 날려버린 40년 우울증

나는 일주일에 두세 번 서울에 간다. 내가 사는 충청북도 제천에서 서울로 갈 때는 아침 7시 기차를 타고 돌아올 때는 밤 11시 25분 기차를 타고 오면 새벽 1시 10분에 도착한다. 무박 2일의 여행을 하는 것이다. 왜 서울에 가느냐고 많은 사람들이 묻는다. 일하랴, 살림하랴 시간이 부족하다고 동동거리면서 왜 서울까지 가느냐고….

난 살기 위해 간다.

끝없는 우울

나는 어릴 때 이야기를 좋아하는 아이였다. 누가 이야기보따리를 풀었다 하면 제일 먼저 달려가 턱 괴고 앉아 흠뻑 빠져 들곤 했다. 이야기를 좋아하던 내 인생에 책이 비집고 들어온 것은 초등학교 4학년 때였다. 당시 우리 집에서는 천주교를 믿었기에 초등학교 4학년이 되면 영성체를 모시기 위해 여름방학에 다니던 성당에서 교리 공부를 해야 했다. 1남 4녀 중 셋째인 나는 집에서 할 일이 많았다. 나이 차이 많이 나는 큰언니는 중학교를 다녔고, 작은언니는 몸이 불편했기에 맞벌이를 하는 부모님을 대신해 내가 동생 챙기고 살림까지 해야 했던 것이다. 정말 오랜만에 집 밖에서 자유로운 시간을 누리게 된 나는 성당에서 그 시간을 보내기 아까워하다가 우연히 만화방에 가게 되었다. 난생처음 접한 만화책은 너무 재미있었다. 이야기를 좋아해 이야기 구걸을 다니던 내가 이야기 보물상자를 발견한 것이다. 그 뒤로 남은 방학을 만화방에서 보냈다. 책과 함께하는 인생길이 열린 것이다. 더 읽을 만화책이 없자 동화책으로 자연스레 넘어갔다.

중학교에 들어갔을 때 큰언니가 취업을 했다. 큰언니는 사무실로 온 책장수에게 책을 샀고, 그 혜택을 제일 많이 본 사람은 나였다. 엄마는 펄펄 뛰셨다. 나는 책을 한 번 붙잡으면 다 읽을 때까지 아무것도 못했기 때문에 당연히 집에서 맡은 일도 소홀히 하고 성적도 떨어졌다. 엄마는 내가 읽는 책이면 빌려온 책이건, 내 것이건 상관없이 발견 즉시 던지고 찢어버리셨다. 그때 느낀 암담함과 절망감은 이루 말할 수 없다. 하지만 그렇다고 해서 읽고 싶은 것을 안 읽을 수는 없었다. 결국 나는 책을 들고 지하실로, 다락방으로, 심지어 지붕 위까지 도망가서 읽었다. 제일 많이 읽은 곳은 화장실이었다. 냄새나는 그곳에 쪼그려 앉아 책을 읽는 그 순간이 나는 가장 자유로웠고 행복했다. 장소가 어디건 소설을 읽는 동안 나는 책 속에 있는 것이기에, 춥고 덥고 냄새나는 것쯤은 아무것도 아니었다.

어느 여름날 다락방으로 숨어서 『쿼바디스』(헨리크 셍케비치)를 읽고 있을 때였다. 제법 두꺼운 책이었음에도 나는 눈을 뗄 수가 없었다. 주위가 어두워지는 것도 모르고 있다가 마지막 책장을 덮은 위로 어둠이 내려앉자 그만 깜짝 놀라고 말았다. 하늘엔 별이 빛나고 조금 전까지 보이던 글자들은 이미 어둠 속으로 사라져버렸기 때문이다. 신기한 경험이었다.

숨는 것에도 이골이 날 즈음 새로운 방법을 고안했는데 이불 속에서 책을 읽는 방법이었다. 이불 속에 손전등을 들고 들어가 책을 읽고, 부모님이 잠들면 거실에서 읽다가 일어나실 때쯤 들어가 잠을 잤다. 엄마는 내가 책을 들고 다닐 때마다 "책에서 밥이 나오니, 국이 나오니?" 하시면서 타박을 했지만 나는 책을 손에서 놓을 수 없었다. 이상과 다른 고단한 현실에서 내게 위로를 주는 것은 오직 책뿐이었기 때문이다. 소설 속 주인공은 문제가 있어도 어찌 그리 잘 해결하던지, 그들의 문제는 왜 그렇게 잘 드러나고 해결점도 잘 보이던지 알 수는 없지만 그들은 문제를 잘 해결하고 잘 살아냈다. 나는 그런 소설 속의 주인공이 되고 싶었다.

중학교에 가면서 닥치는 대로 읽던 책을 나름 가려가며 읽기 시작했다. 학교에는 도서관이 있었는데, 읽고 싶은 책을 마음대로 보고 고를 수 없었다. 책은 닭장같이 철망이 쳐진 곳에 있어서 신청을 해야 책을 내주곤 했기에 책에 대한 정보가 필요했다. 그래서 '중학생이 읽어야 할 명작 100선' 같은 권장도서 목록을 보고 체크해가며 읽었다. 앙드레 지드의 『좁은 문』, 서머싯 몸의 『달과 6펜스』, 헤밍웨이의 『노인과 바다』 등 지금 생각하면 뭘 알고 있었을까 싶은 수많은 책을 읽으며 겉멋이 들어갔다.

혼자 책을 읽으며 궁금한 것도 많이 생겼다. 하지만 누구에게도 물을 수 없었다. 골방 독서의 위험성을 누가 알았다면 경고를 해주었겠지만, 아무도 알지 못했기에 혼자 책을 읽으며 깊은 허무주의에 빠져 지냈다. 풀리지 않는 답을 찾지 못해 답답했다. 그것이 우울로 나타났다. 웃고 있으면서도 죽고 싶었고 모든 일이 의미 없게 느껴져 시시했다. 태어나는 것은 마음대로 못했지만 죽음의 선택권은 내가 가지겠다고 생각하면서 자살에 대한 환상을 키웠다. 다행히 죽음에 대한 환상은 크리스천이 되면서 가라앉았지만 삶에 대한 회의는 사라지지 않았다. 나는 항상 웃고 있었지만 속으로는 매일 울고 있었다. 나 자신도 이해할 수 없는 이유였기에 밖으로 드러낼 수도 없었다.

새로운 길을 찾다

아이가 커가자 내 일을 하고 싶었다. 할 수 있는 일이 뭐가 있을까 생각해봐도 그다지 많지 않았다. 내가 좋아하는 책읽기와 관계가 있다고 생각해서 독서지도사의 길을 선택했다. 처음엔 책을 읽고 하는 다양한 활동들이 좋았다. 책을 읽고 연관된 활동을 하면서 경험을 통해 지식도 축적하고, 책 읽는 즐거움을 아이들과 나눌 수 있어서 더 재미있었다. 하지만 시간이 지나면서 독서도 학습지화되어갔다. 아이들은 책을 읽는 즐거움보다 정답만을 원했다. 독서논술에서 '독서'는 뺀 '논술'만을 배우고 싶어 했고, 기술만 원했다. 정답이 없는 다양한 사고, 틀림이 아니라 다름을 이해하게 하고 싶었던 나와 아이들은 점점 거리가 생겼다. 지루해하는 아이들을 윽박지르며 나는 점점 시들어갔고 다시 우울해졌다.

그때 신이 난 선생님들을 만났다. 같은 일을 하던 두 선생님의 활기찬 모습에 궁금증이 생겼다. 무엇이 그 선생님들은 생기 있게 만들었을까? 궁금해진 나는 두 선생님을 따라 숭례문학당에 발을 딛게 되었고, 신세계를 만났다. 모두 같은 책을 읽고 토론하는데 평소에 내가 아이들과 하던 토론과는 달랐다. 줄거리를 묻고 답을 하는 것이 아니라 책이 묻는 질문에 나의 삶과 생의 의미를 되돌아보게 만드는 성찰이 있었다. 아이들과 토론 수업을 하면서 한 번도 생각하지 못했던 것이었고, 책이 그렇게 많은 생각 거리를 던질 수 있다는 것을 알고 깜짝 놀랐다. 그동안 나에게 책은 외워야 하는 숙제였지, 그 어떤 것도 생각하게 하지 않았기 때문이다.

오랫동안 어린이책과 소설에 길들어진 탓에 다른 분야의 책을 읽는 것이 너무 어려웠다. 10여 년을 주어진 문제에만 답하는 형식으로 책을 읽어온 내게 인문학 서적을 읽는 것은 거의 고문에 가까웠다. 숭례문학당에서 홍세화의 『생각의 좌표』(한겨레출판, 2009)를 읽고 한 독서 토론은 큰 충격을 안겨주었다. 내 생각이 어디서 왔느냐고 묻는 질문은 뒤통수를 치는 것 같았다. 당연히 알고 있어야 할 내 생각이 어디서부터 시작되었는지, 내 생각의 근원이 어딘지 한 번도 생각해보지 않고 잘난 척, 모르는 게 없는 줄 알고 살았다. 자신을 제대로 알지 못했기에 힘든 이유도 몰랐다.

숭례문학당의 독서토론은 새로운 것에 대한 신선함을 느끼게 해주었지만 나는 그것을 잡을 수 있는 능력이 없었다. 그렇게 숭례문학당을 떠난 뒤 전과 다를 게 없이 지냈다. 그러나 1년 반이 흐른 후 나는 본능처럼 그곳이 그리워졌다. 책을 읽고 토론하며 더 크게, 더 깊게 생각하고 다른 사람의 생각을 수용하는 그곳이 그리웠다. 의욕적으로 그곳에서 독서토론을 다시 시작했지만, 2년 동안 나는 변한 게 없다는 것을 깨닫는 데는 긴 시간이 필요치 않았다. 끝없는 우울은 여전했고, 책읽기 수준도 그러했다. 책을 깊이 있게 이해하지 못하니 더 깊은 절망의 늪에 빠졌다. 하지만 이번엔 숭례문학당 동기들이 있었다. 끝없는 칭찬과 긍정 에너지로 뭉친 그들에게서 힘을 받았다.

우주를 지탱하는 위대한 공부

어느 날 고미숙의 『공부의 달인, 호모 쿵푸스』(북드라망, 2012)를 읽다가 갑자기 나를 거의 40년 가까이 옭아매왔던 그 우울감에서 벗어났다. 그것은 심봉사가 눈을 뜬 것처럼 획기적인 일이었다.

학교가 퍼트린 가장 질 나쁜 거짓말은 공부로부터 독서를 분리시켰다는 사실에 있다. '책보지 말고 공부해'라는 상투어가 잘 말해주듯이 학교에서의 독서는 공부가 아니다. 공교육에서 독서는 오직 논술을 위한 보조 수단이고, 대안교육에선 취미활동이다. 대학에선? 아예 관심 밖이다. 이건 달리 말하면 학교를 아무리 다닌다 한들 독서하는 힘은 생기지 않는다는 것이다. 그러나 다산 정약용이 말했듯이 독서는 '세상을 경륜하는 것은 물론 귀신과 통하고 우주를 지탱하는' 위대한 공부다. 이것만 있으면 세상에 두려울 것이 없다. 이 세상의 모든 책이 내 인생의 자산이 될 테니까 말이다.

– 『공부의 달인, 호모 쿵푸스』, 고미숙 지음, 북드라망, 2012

이 대목을 읽는데 갑자기 걷잡을 수 없이 눈물이 쏟아졌다. 울 만한 글귀라고 생각하지 않았는데 굵은 눈물이 뚝뚝 떨어졌다. 머릿속에 있던 안개가 싹 걷히는 기분이 들면서 정신이 맑아졌다. 어릴 때 제일 많이 들은 소리가 "책 보지 말고 공부해"였다. 내가 제일 잘하고 하고 싶어 하는 것을 인정받지 못했기 때문이 아닐까, 라고 생각해본다. 그래서 그렇게 좋아하는 것을 죄 짓는 것처럼 숨어서 해야 했는데 독서는 "우주를 지탱하는 위대한 공부"라는 이 문장에서 내 모든 것이 보상되고 존재 자체를 인정받는 것 같았다. 나는 창피한 줄도 모르고 지하철에서 펑펑 울고 말았다. 그 눈물과 함께 40여 년을 따라다니던 우울증도 흘러가버렸다. 나는 좀 더 적극적이 됐고, 자신감도 가지게 되었다.

주변 사람들은 말한다. 얼굴빛이 환해지고 사람이 달라졌다고. 사람들에게 독서의 즐거움과 행복감에 대해 설파하니 이해할 수 없다는 표정이다. 하지만 나의 달라진 모습에 그들은 독서의 중요성을 인식하고 있는 것 같다. 혼자 읽는 골방 독서가 아닌 독서토론을 통해 달라진 것이라고 설명해주었지만 그 맛을 못 본 사람들에겐 아직 낯선 세계다.

행복을 느끼면서 비로소 주변 사람들도 보이기 시작했다. 직장생활에 보람이라곤 찾을 수 없음에도 불구하고 다른 방법은 없다고 생각하는 남편에게 직장을 그만두고 하고 싶은 것이 무엇인지 진지하게 고민해보라고 권했다. 다만 책을 읽고 독서토론까지 해야 한다는 조건을 달면서. 남편은 믿을 수 없다는 표정이지만 뭐 어떤가? 인생 후반부는 누구나 하고 싶은 것을 하면서 행복하게 살 권리가 있는 것 아닐까?

혹자는 묻는다. 나이 드는 게 싫지는 않은지. 난 당당하게 말한다. 50여 년을 살아오면서 지금처럼 완벽하게 행복했던 적은 없다고. 난 여한 없이 책을 읽고 책 속에서 길을 찾으며 동료와 더불어 함께 가고 있다. 거기에 더 많은 사람들과 토론을 통해 이 행복을 나누고 있다. 내가 누린 행복을 가족뿐만이 아니라 더 많은 사람들과도 나눌 생각을 하면 저절로 행복해진다.

이인자 책이 좋아 책만 읽다가 '숭례문학당'을 만났다. 초등생 이후 달고 다니던 우울증을 책으로 던져버리고 행복해졌다. 책을 읽고 많은 사람들과 토론을 하며 대한민국이 독서토론의 장이 되길 꿈꾼다.

군대에서 읽은
한 권의 책

지금 생각해보면 그 책을 왜 어떻게 해서 읽게 되었는지는 자세히 기억나지 않는다. 단지 내가 있는 곳이 군대였고 정보과 안에 쪽방처럼 생긴 '복사실'이 있었다. 좋게 보면 군대 내에서도 완전히 혼자서 일을 할 수 있는 독방이고, 나쁘게 보면 외로운 군대에서 극도로 더 외로워지는 1평 남짓한 교도소였다. 남자들은 가끔씩 혼자 있고 싶어서 자신만의 동굴로 기어들어간다는 말이 있는데, 복사실은 이보다 더 세상과 완벽히 차단된 동굴이 또 있을까 싶을 정도로 깊은 사하라 사막 같은 곳이었다. 하지만 아이러니하게도 내게는 이전과 780도 이상 다른 삶을 살게 해준, 인생의 반환점과도 같은 장소가 됐다.

『고등어』 이전

군복무 기간 내내 나는 대부분의 시간을 혼자서 밥을 먹었다. 내가 하는 업무에는 정보과 일도 있었지만, 그 부대에 속한 연대 사무실의 모든 복사도 내 손을 통해 이루어졌다. 저녁 시간 이전에 모든 업무를 마쳐야 했기에 무척 바빴다. 가끔 복사의 양이 많은 날에는 다른 병사가 식판에 밥을 타서 갖다주기도 했다. 창문을 열면 감옥에서나 볼 수 있는 쇠로 된 창살이 벽 천장 위 아래로 길게 늘어진 모습이라 '내가 갇혀 있구나'라는 사실을 음미하는 데 도움을 주곤 했다.

훈련 시즌이 다가오고 창문 너머로 복사를 하기 위해 줄 서 있는 병사들을 보면 마치 내가 인기 스타가 된 착각에 빠질 정도였다. 요령을 피우는 병사들은 싸구려 자판기 커피를 들고 와서(그래도 군대 내에서는 나름 사치의 행위다) 자신부터 먼저 해달라고 새치기를 하는데, 줄 서 있는 병사들은 오히려 그 모습을 보고서도 묵인하고 기다려준다. 복사하러 오는 시간은 그들에게 있어서 업무 시간 중 잠깐이나마 휴식을 취하러 나오는 시간이요, 담배를 피울 수 있는 유일한 시간이기에 조금 늦어진다 해도 나쁠 것이 없었다.

군대 내에 있는 비품들은 바깥세상에서 볼 수 없는 옛날 물건들이 많았다. 열악한 상황에서도 살아남으라는 국가의 배려일 수도 있고, 아니면 돈을 최대한 아끼고자 하는 안타까운 상황일 수도 있다. 나만의 사하라 사막에서 유일한 친구는 1970~80년대에나 볼 수 있는, 옆으로 메는 가방만큼이나 큰 낡아빠진 라디오였다. 전파가 잘 안 잡히는 날이면 손으로 몇 번씩 때려줘야 나오는 그런 녀석이며, 카세트테이프도 틀 수 있는 나보다 훨씬 짬밥이 오래 된 녀석이었다. 소리를 크게 틀어놓을 수는 없었지만, 아주 작게, 마치 할리우드 영화 오프닝의 평화로운 일상 속 자동차를 고치는 아저씨 옆에서 웅얼거리는 조그마한 라디오 소리만큼, 딱 그 정도로만 틀면 괜찮았다.

　매일 아침 정보과 회의가 끝나고 나면, 터덜터덜 한 구석에 있는 나만의 신비한 작은 감옥으로 걸어가 스스로 나를 가둔다. 그리고 기회를 살짝 엿보다가 내 친구를 슬며시 비틀어 깨운다. 평상시엔 잘 모르다가 비 오는 날이면 은근히 이 방에 갇히는 걸 기다리게 되는 묘한 기분도 공존했다. 기분 탓인지는 모르겠지만, 비가 오는 날에 업무가 줄어드는 것도 아닌데 복사 일이 줄어든다는 생각을 했다. 비 내리는 거리에 사람들이 없어 보이는 것처럼 말이다.

　라디오를 틀고 약간의 자유가 느껴지자 내 시선은 얼마 전 고참이 몰래 쉬고 갈 때 두고 간 한 권의 책에 꽂혔다. 여유라고는 생각할 수 없을 정도의 일들이 매일매일 반복되었기에 이런 일은 흔하지 않은 너무도 신기한 일이었다.

　책 표지는 물고기 한 마리가 대충 붓으로 휙 스쳐가듯 굵은 터치로 그려져 있었고, 제목을 보니 아주 심플하게 "고등어"라고 적혀 있었다. 공지영이 쓴 소설이었다. 사실 외관상으로는 굳이 읽고 싶은 생각이 들지는 않았지만 작가의 이름과 책 제목의 음절이 3음절씩 딱 맞아 떨어지고, 첫 시작이 자음인 'ㄱ'으로 맞춰지는 아주 소소한 부분에 왠지 끌렸다.

　몽유병에 걸린 사람마냥 스르륵 내 의지와는 상관없이 책의 첫 페이지부터 읽어나갔다. 그 책을 읽은 후 업무가 들어와도 내 머릿속은 온통 소설 속 상황으로 가득 차 있었다. 책을 옆에 두고 흘끔흘끔 커닝하듯이 책을 보며 일을 했다. 집에서 혼자 영화를 보다가 전화가 걸려 오거나 누군가 초인종을 누르면 신경질을 내면서 화면을 잠깐 멈추듯, 책을 읽다가 복사하는 일이 들어오면 안타까운 마음이 들어 속으로 아주 큰 한숨을 내쉬곤 했다. 가끔씩 복사하러 오는 병사가 나의 그런 모습을 보며 어떤 책을 읽고 있는지 물어오면 나는 웃으며 책표지를 들어 보였다.

"우와! 수준 있는 책 읽으시네요" 하는 반응들은 나를 그 책에 좀 더 몰입하게끔 자극했다. 공지영의 소설은 처음 읽는 것이었지만, 그녀의 세심한 필체와 주변 상황에 대한 표현력은 나를 흥분시키기에 충분했다. 책 읽는 내내 신 인상주의 화가 '쇠라'의 점묘화를 보는 듯한 느낌을 받았다. 점 하나하나의 세심함이 모여 웅장함을 이루는 쇠라의 그림처럼 공지영의 글은 영상을 멈추고 한 장면 한 장면 자세히 들여다보면 보이는 아주 미세한 느낌과 시선의 표현들로 가득 차 있었으며, 그러한 섬세한 표현들이 하나도 버릴 것 없이 연속으로 이어져 전체 글의 흐름을 만들어갔다.

『고등어』 이후

소설의 내용은 80년대에 이루어지지 않은 사랑의 아픔을 갖고 사는 주인공에 관한 이야기였다. 소설의 숨겨진 내용보다 내가 이 책에 빠져서 어쩔 줄 모르는 쾌감을 느끼게 된 건 작가의 필체와 디테일한 표현 하나하나였다.

업무가 갑자기 많아져서 아쉽게도 책 읽는 것을 그만두어야 했지만, 신기하게도 내 몸은 아직 80년대 그 현장에 있었다. '명우'와 '은림' 두 사람은 과연 다시 잘 만나게 될까 궁금하기도 했지만, 오히려 중간에 한 템포 쉬어감으로써 내 현재 상황과 상태에 대해 동정심을 할애할 수 있는 시간이 주어지기도 했다.

왠지 모르지만 아무 생각 없이 지내왔던 하루하루가 내 자신에게 너무도 미안해졌다. 남들과 같이 어울리며 그들과 생각을 일치시켰던 것 역시 너무 미안했다. 같이 떠들고 웃으면서 상관의 뒷담화를 했던 것 역시 맘에 안 들었다. 세상에서 가장 외롭게 만드는, 견디기 힘든 가혹한 형벌을 받는 중이라고 생각하며 지냈던 시간이 아깝게 느껴졌다. 후임병만 기다리며 업무에 대해 불만을 품고 '난 세상에서 가장 쓸모없는 짓을 하는 사람'이라고 여겼던 것 자체가 허무하게 느껴졌다. 아주 순식간이지만 내 생각의 시선과 구도 자체가 변해버린 것이다.

업무가 끝날 때 즈음 평범하게 보이던 창문 밖 풍경이 갑자기 새롭게 보였다. 안경을 벗고 있다가 예쁜 여자가 지나가서 얼른 안경을 끼고 보는 것과는 다르다. 아예 눈이 나쁜지도 모르고 있다가 시력을 검사한 후 안경을 맞추고 눈앞에 걸쳐진 렌즈로 다시 세상을 볼 때의 환해짐, 뭐 그런 느낌에 더 가까울 것 같다.

초등학교 5학년 때, 운동장에 나가서 커다란 나무를 보고 생각나는 것을 글로 써보는 시간이 있었다. 나는 나무를 한 부분 한 부분 나눠서 영역을 정한 다음 아주 자세하게 관찰하기 시작했다. 그리고는 그 나무에 대한 특징을 300~400개 정도의 문장으로 표현했다. 덕분에 나는 학교 대표로 '관찰대회'에 나가게 되었다. 이 사건 이후로 내가 어떤 사물에 대해 남들보다 더 세심하게 관찰하고 있다는 것은 알게 되었고, 남들이 보지 못하는 부분까지 본다는 엉뚱한 생각을 스스로에게 주입했다. 그리고 10년 후, 세상 어디에도 없는 철저히 분리된 나만의 사하라 사막에서 공지영의 『고등어』를 읽게 된 것이다. 사막 한가운데서 어린왕자를 만난 기분이랑 비슷할 것 같고, 아무리 찾아도 못 찾았던 일기장 열쇠를 이사할 때 저 구석 어딘가에서 발견하는 기쁨과도 비슷할 것 같다.

고참이 그 책을 놓고 간 것도, 그날따라 마치 운명처럼 누군가를 만나듯 그 책이 한 구석에 팽개쳐져 있는 걸 보게 된 것도 신기했는데, 책을 다 읽은 후에야 비로소 '이 책이 나를 부른 것이었구나'라는 생각이 들었다. 내가 세상을 느끼는 예민함으로, 10년 전 관찰대회에 나갔던 그 감각으로 모든 현상에 하나하나 자세하게 의미를 부여하며 살고 싶어졌다.

예술이라는 마법

어떤 한 중년의 늙은 아저씨가 삶에 찌들어 살다가 피아노가 있는 선술집에 가게 되었다. 술을 마시다가 울컥하니 피아노를 보고 서서히 피아노 앞으로 걸음을 옮긴다. 자신의 의지와는 상관없이 피아노 뚜껑을 열게 되었고 의자를 살며시 빼내어 앉는다. 사람들의 시선은 점차 그 중년의 아저씨에게 모인다. 그는 피아노에 손을 올려놓고 한참을 건반 여기저기를 바라보더니 오른손부터 허공에 올려 건반 위를 파도 타듯이 스쳐지나가며 연주를 시작한다. 왼손은 투수가 공을 던지면 포수가 그 공을 받는 것처럼 오른손을 받쳐서 2~3개의 음들을 화음으로 눌러 서포트한다. 선술집 전체에 그의 연주가 은은하게 울려 퍼지는데 어느 누구 하나 시끄럽다거나 치지 말라는 소리를 하지 않는다. 오히려 그의 연주에 몸을 맡기고 즐기고 있는 것처럼 보인다. 어디서 나타난 사람인지는 모르겠지만 상당한 연주 실력이 그의 외모와는 안 어울릴 뿐이지 너무나도 세련된 멜로디와 그루브는 여태껏 이 선술집에서 연주한 어떤 밴드의 연주자들보다 아름다웠다. 그의 연주는 길지 않았다. 한 곡을 대략 3~4분간 연주하고는 쑥스럽다는 듯 후다닥 내려와서 휘파람과 환호, 그리고 앙코르 요청을 뒤로하고 화장실로 사라진 건지 아니면 문을 열고 아예 나가버린 건지 모르게 사람들의 시야에서 사라져버렸다.

그 중년 아저씨의 마음을 알겠다. 분명 그를 힘들게 하는 세상의 일들과 환경이 있었을 것이다. 그래서 피아노 연주를 그만두고 자신이 하기 싫은 다른 일을 하면서 인생을 살았을 것이다. 문득 펼쳐진 나만의 상상에서 빠져나와 저 구석에서 쉬고 있는 『고등어』를 째려본다. 어렸을 때에는 하루하루를 군 생활처럼 대충 살지는 않았다. 내가 지내는 시간과 하는 일들에 의미를 부여했고, 세상을 아주 디테일하게 나누어 생각하며 살았다. 내 상상의 피아니스트 아저씨처럼 난 어느새 바쁘고 힘들다는 핑계로 어른 흉내를 내며 내 모습을 잊은 채 서서히 모래사장의 모래 한 톨로 변질되어 있었다.

아무 일 없다는 듯 평온한 저 녀석이(『고등어』가) 마치 화려한 공연을 본 후 지하철을 타고 집으로 가는 나의 일상과 비슷하게 느껴졌다. 사람들은 금방 잊어버리고 말 공연을 직접 찾아가 돈을 주고 관람하며 온몸으로 느끼는 것을 좋아한다. 그 돈을 주고 보는 이유는 각자 다르겠지만 아마 이런 것 아닐까. 대부분의 사람들은 현실과 타협하는 생활 속에서 살아간다. 그 현실에서 개개인이 책임지고 있는 십자가의 무게에서 조금이나마 벗어나 현실과는 다른 사람들의 재능에 빠져 그 순간만이라도 나를 잊고 나만의 행복과 쾌감을 합법적으로 누려보는 것이다.

공연만이 그러한 능력이 있는 것은 아니다. 책과 영화, 여행 모두가 비슷한 효과를 지닌 마약들이다. 그래서 '어떤 공연을 보는가'와 '어떤 영화를 볼 것인가', '어떤 책을 읽을 것인가'는 매우 중요한 선택이 된다. '저녁에 무엇을 먹을까'나 '친구와 만나서 어떤 커피숍에 갈까'와는 차원이 다른 고민과 선택이다.

『고등어』를 다 읽는 데는 이틀 정도가 걸렸다. 이후 신이 나에게 눈을 5개 정도 더 선물한 것처럼 매일 가던 비밀문서 소각장과 군대식당, 그리고 매일매일 보이는 연병장 둘레의 나무와 화단들, 휴게실에 있는 공중전화와 자판기 등등 모두가 새로운 시선과 느낌으로 다가왔다. 나만의 철저한 감옥에 갇혀 형벌을 받는 인생에서 외로움을 즐기는 인생으로 변해버린 것이다.

답답한 군대에서도 나는 혼자 상상을 즐기고, 혼자 계획을 하고, 혼자 작곡을 하면서 흥얼거리는 사람이 되었다. 전역 후에는 혼자 여행을 가고, 영화를 보고, 도서관에 가곤 한다. 가끔 하늘이 너무도 맑은 날, 아니면 반대로 우산 없이 비릿하게 흐린 날에는 세상과 완전히 격리된 지독히 외로운 나만의 동굴 속에서 또 다른『고등어』를 만나는 꿈을 꿔보기도 한다.

어등경 자유로운 재즈 연주에 매료되어 재즈적인 연주를 하는 피아니스트이다. 음반을 준비하며 틈나는 대로 집 앞 도서관에 가서 일본 영화 DVD를 빌려보는 일본 영화광이기도 하다. 현재 일본 드라마 50여 편과 일본 영화 180여 편을 보면서 음악과 영상의 조화에 꽂혀 있으며, 이제는 일본 소설에까지 도전하고 있다. 아직은 젊다고 우기는 소년 감성의 뮤지션이자 교수다.

외투를
벗어던지다

대학교 4학년 때, 졸업한 선배들이 회사에 취직하지 못하는 것을 보면 '나도 저렇게 되면 어쩌나' 하는 불안감이 엄습하곤 했다. 졸업 전부터 이력서를 수십 곳에 넣었다. 수백만 원을 투자하여 유명한 국제 자격증도 땄지만, 개발자가 되고 싶진 않았기에 컴퓨터공학이라는 전공을 살리지 않았다. 졸업 후 개발자가 된 이들은 대부분 주말이나 명절, 밤낮 없이 일하기 마련이었다. "마흔 살이 되면 치킨집을 차려야 한다"는 농담 아닌 농담은 내 마음을 조급하게 만들기에 충분했다.

나이 들어서도 안정적으로 일할 수 있는 것이 무엇일까 고민하다가 돈, 의료, 법과 관련된 것이면 굶어죽진 않겠다는 생각이 들었다. 그 중에서도 돈이 눈에 들어왔다. '회계'가 적힌 곳이라면 어디든지 지원했다. 경력도 없고, 전공도 다르고, 회계의 '회' 자도 모르는 내가 서울에서 직장을 구한다는 것은 불가능에 가까워보였다.

아카키예비치는 바로 나였다

결국 나는 중소기업에 취직을 했다. 합격만 한다면 무조건 입사해서 경력을 채우자는 마음이 강했다. 연봉은 고려하지 않았다. 급여는 매년 오를 것이고, 나에겐 소속감이나 안정감이 더 필요했다. 시간이 지나면서 회사에서 학원을 보내줄 정도로 배려를 해주었기에 계속 다녀야겠다고 생각했지만, 3년 만에 나는 사직서를 냈다. 그리고 숭례문학당 독서토론을 신청했다. 당시에는 내가 왜 그런 선택을 해야만 했는지를 잘 몰랐는데, 니콜라이 고골의 『외투』(문학동네, 2011)를 읽고 토론을 하면서 비로소 어렴풋이나마 알게 되었다.

『외투』의 주인공 아카키 아카키예비치는 9급 문관이다. 그는 집에서도 일을 할 정도로 열성이지만 젊은 관리들은 그를 이유 없이 모욕한다. 그러던 어느 날 주인공이 낡은 외투를 바꿔 입자 모든 사람들의 행동이 변한다. 그를 축하해주고 파티를 열어준다. 하지만 파티에서 돌아오는 길에 아카키예비치는 새 외투를 도둑맞고, 경찰서장을 찾아가지만 추궁만 당한다. 그는 고관도 찾아갔지만 문전박대를 당하고, 열병에 걸려 죽고 만다. 그 후로 유령이 나타나 사람들의 외투를 빼앗고 다니다가 고관의 외투를 뺏은 후 사라진다.

> 아카키예비치처럼 자신의 직무에 충실했던 사람은 어디에서도 찾아볼 수 없을 것이다. 열심히 일했다는 말로는 부족하다. 아니, 그는 애정을 가지고 일했다. (중략) 그에게 열성에 걸맞는 상을 주었다면, 그 자신도 놀

라겠지만 아마 5급 문관은 되었을 것이다.

- 『외투』, 니콜라이 고골 지음, 노에미 비야무사 그림, 이항재 옮김, 문학동네, 2011

아카키예비치는 묵묵히 자기 일만 한다. 그런 그를 동료들은 모욕한다. 외톨이로 지내는 그의 모습은 나의 모습과 크게 다르지 않았다. 나는 아카키예비치였다.

나는 회사 사람들과 친하게 지내기 위해서 가식이란 외투를 입고선 겉으론 웃고 있어도 속으론 썩어 황폐해지고 있었다. 나라는 존재는 깊숙하게 숨겨둔 채로 원하지 않는 일을 억지로 해야지만 사회 생활을 잘하는 것이었다. 자신의 의견조차 말할 수 없는 지금의 사회가 옳은 것인지 의아했다. 나는 시키는 일만 하라는 강요에 익숙해졌다. 갈수록 생각은 부정적으로 변했다. 회사에서만큼은 철저하게 나 자신을 지웠으며, 얼굴은 다양해졌다. 회사에서의 얼굴, 집에서의 얼굴, 친구를 만날 때의 얼굴… 어떤 얼굴이 진짜 나의 모습인지 헷갈렸다. 회사 생활의 연차가 쌓일수록, 익숙해질수록, 궁금증은 사라졌고 잊어버렸다. 잊은 건지 잃은 건지도 헷갈리던 그 무렵 일기에는 회사 욕밖에 없었다. 업무가 아닌 그들이 본 '나'에 대한 평가는 허무했다. 그들이 판단한 내가 '나'로 정의되어버리는 곳이 사회였다.

회사 생활은 상상과 많이 달랐다. 회사 사람들은 5일간 집에 못 가고 일을 한 것을 자랑인 듯 말했다. 내가 일을 끝낼 동안 상사들은 놀았고, 상사들이 야근할 때 나도 같이 남아서 그 일을 도와야 했다. 아카키예비치의 동료들처럼 나의 희생은 상사들에게 고마운 것도 아닌,

당연한 것이었다. 일찍 퇴근하면 할 일이 없냐며 서로를 깎아내리기 바빴다. 일의 양과 질보다 회사에 있는 시간으로 서로가 서로를 평가했다. '난 상사니까 해도 괜찮지만 너는 안 돼'라는 생각은 회사 전체에 깔려 있었다. 9시 출근이어도 상사가 8시 30분에 출근하면 나는 8시 20분까지 출근해야 했다. 먼저 퇴근한다는 건 상상도 할 수 없었다. 일과가 집과 회사밖에는 없었다. 다른 것에 눈을 돌릴 시간도, 여력도 없었다.

『외투』의 고관처럼 서열이란 것은 남에게 화낼 수 있는 권리가 생기는 것과 같아 보였다. 남에게 모욕을 줘도 되는 훈장을 다는 것이었다. 누가 먼저 입사했는지, 누가 직급이 더 높은지에 따라 서열 차이가 심했다. '내가 이 생활을 평생 할 수 있을 것인가'라는 걱정은 회사를 옮겨도 어디든 똑같다는 친구들의 말들 속에 억눌러야 했다. 의미 없는 의무감을 소화하는 시간이 늘어날수록 모욕과 모멸에 굳은살이 박혀 감정이 무뎌져갔다. 난 이력서에 쓸 경력이 필요했고, 힘든 상황은 외면해야 살아남기 쉽다는 것을 깨닫고 있었다. 이력서에 한 줄을 쓰기 위해 5년이란 나의 청춘을 무시했다. 나에게 맞지 않는 외투를 입을 수도, 벗을 수도 없었다.

언제나 야근은 필수였다. 야근에 동참하지 않으면 저녁시간 안주거리가 되기 일쑤였고, 동료들은 내게 근무시간에 놀고 상사에 맞춰 야근하라고 조언했다. 열심히 일할수록 손해를 봤다. 회사에서 온전한 일만으로 나를 인정받기까지 3년이란 시간이 걸렸다. 하지만 더 이상은 버틸 수 없었기에 미련 없이 사직서를 냈고, 네 명이 있는 부서에서 1년 동안 일곱 명이 바뀐 전력이 있던 회사는 한 달 휴가를 제시하면서 나를 붙잡았다. 1년만 퇴사를 미뤄달라는 요청에 여전히 회사를 다니고 있지만 결론적으로는 '갑질'을 했다는 꼬리표가 나를 따라다녔다.

동료들은 자꾸 회사를 그만두었지만, 상사들은 "요즘 사람들은 끈기가 없다"며 불만을 토로했다. 거래처에서는 "1년도 안 되었는데 사람이 너무 자주 바뀐다"고 불평했다. 그들이 채 1년도 되지 않아 회사를 떠나는 이유를 궁금해하는 사람은 없었다. 떠나가는 이들이 찾아 떠난 오아시스를 궁금해하는 사람은 없었다.

아카키예비치는 왜 성공하지 못했을까

독서토론 모임에서 아카키예비치가 사회적으로 성공하지 못한 이유에 대해 이야기를 나눴다. 개인의 문제인가, 사회의 문제인가 하는 입장으로 나뉘었는데, 나는 모두가 사회적 문제로 생각할 줄 알았다. 하지만 그것은 오산이었다. 절반의 참석자가 개인적 문제라고 생각했다. "주인공이 직장 상사라면 피곤하고 후배라면 편할 것이다", "회사는 혼자 생활하는 곳이 아니니 동료가 중요하다", "동료와 어울리지 못한 주인공이 문제다" 등의 이유로 그들은 아카키예비치를 비판했다.

특히 아카키예비치가 새로운 일을 거부했기 때문에 관리자로서 자질이 없다는 비판은 내게 무척 당혹스러운 것이었다. 그의 선택이 수많은 동료와 상사가 바뀌는 가운데서도 자기 자신을 지키기 위한 것이었다고 생각했기 때문이다. 격려와 지지가 없는 회사라는 사막 안에서 '일'은 주인공에게 하나 남은 오아시스였다. 모욕적인 언사를 아무렇지 않게 내뱉는 동료들 사이에서 주인공의 실패는 고스란히 업무에 영향을 미칠 텐데 그것을 과연 그가 견딜 수 있었을까? 모든 사람들이 자신을 평가하는 기준은 오로지 '일' 하나만 남은 상태에서 삶을 지탱해주는 유일한 것을 잃을 수 있다는 걱정은 매우 컸을 것이다. 만일 아카키예비치가 진작에 외투를 사고 동료들과 친하게 지냈다면 사회적으로 성공할 수 있었을까?

물론 나 또한 그가 성공하지 못했다고 생각한다. 열심히 일한다고 해서 무조건 사회적으로 성공할 수 있는 것이 아니기 때문이다. 그렇다면 그 이유는 무엇일까? 돈을 많이 버는 것이 사회적 성공이라면 우리는 더더욱 성공할 수 없다. 5급 문관이 될 정도의 실력 있는 주인공에게 돈을 적게 준 것은 사회 시스템의 문제다. 주인공이 열심히 일을 하고 있지만 외투 하나 사기 힘든 현실을 돌이켜봐야 한다.

아카키예비치의 이야기는 현재 한국의 상황에도 적용된다. 우리나라에서는 대기업일수록 비정규직 비율이 높다. 그리고 노동의 다양한 측면을 열정만으로 설명하려 든다. 열정이란 이름으로 주말 출근은 당연시하고, 배우려는 열정으로 일하라며 노동의 대가를 헐값에 치르는 세태를 일컫는 이른바 '열정 페이'라는 신조어도 생겼다. 열정이 없으니 동료나 상사들과 친하게 지내지 못한다고 손가락질한다. 입사한 지 1년도 안 된 친구들이 회사를 왜 금방 그만두는지는 고민하지 않는다. 답은 이미 '노력 부족'으로 정해졌기 때문이다.

성공의 기준은 우선적으로 행복이 되어야 하지 않을까 싶다. 돈이랑 명예는 부수적으로 따라오는 것이다. 나의 성공이 다른 사람이나 사회에 조금이라도 도움이 된다면 그것이 진정한 사회적 성공이 아닐까. 아카키예비치는 외투가 아니더라도 이미 행복을 느꼈었지만 외투에 집착했다. 그래서 나는 그가 사회적 성공을 하지 못했다고 생각한다. 어떤 이들은 아카키예비치가 외투를 살 능력이 없음에도 욕심을 낸 것이 문제라고 보기도 했다. 하지만 그게 정말 큰 욕심이었을까?

회사 업무는 굳이 내가 아니어도 상관없는 일들의 연속이었다. 나는 회사의 자산이 되고 싶었지만 비용에 불과했다. 내가 아니라도 이회사는 괜찮을 거라는 생각은 나를 조급하게 만들었다. 그래서 더 공부하고 싶고, 업무 이상의 일을 배우거나 하고 싶어 한다면 그건 욕심일 뿐일까? 어떤 것이 나의 삶이고, 진정으로 내가 원하는 것이 무엇인지 알 수가 없었다. 무의미하게 하루하루를 보내고 있었다. 숫자와 계산기만을 하루 8시간 이상 보면서, 업무효율성이 오를수록 마음속 허전함도 같이 증가했다. 아카키예비치는 외투를 구입한 후에 다른 것에 눈을 돌리기 시작한다. 그에게 외투는 옷, 그 이상의 의미였을 것이다. 내게는 책이 바로 그런 존재였다.

새로운 외투를 입고, 삶의 낙을 찾다

만약 독서토론을 하지 않았더라면 『외투』에 관한 고찰은 없었을 것이다. 토론할 때는 책을 통해 우리 사회를 비판했고 고민했다. 토론의 후유증이 며칠 동안 나를 괴롭혔다. 나와 의견이 다르다는 이유만으로 반발심이 생긴 것은 아닌지, 나만의 틀을 고집했던 것은 아닌지 친구, 지인, 동료에게 몇 번이고 물어보았다. 그리고 스스로에게 되물었다. 나는 왜 아카키예비치를 비판하는 의견에 불편함을 느낀 것일까?

난 21세기의 주입식 교육을 충실하게 받고 자랐다. 학교에서 모든 문제에는 답이 있다고 배웠고, 스스로를 되돌아보기보단 외우는 것에 중점을 둔 교육을 받았다. 이공계를 전공한 이유도 정확한 답이 있기 때문이었다. 내 주장과 다른 의견은 마치 나의 선택이 답이 아니라는 것처럼 들렸고, 나아가서는 불편함으로 이어졌다.

매일 똑같은 일상에 작은 파장이 필요했다. 외투를 벗어도 편안할 수 있는 무언가가 필요했다. 그리고 내가 찾은 오아시스는 책이었다. 더 나아가서는 독서토론이었다. 적어도 독서토론에서만큼은 매일 억지로 입었던 외투가 아니라 허름한 외투를 입어도 본래의 나 자신을 드러낼 수 있었다. 회사에서 받은 모멸과 아픔이 책이란 매개체를 통해 사람들과 토론을 하며 사라져갔다. 나에게 독서토론은 대답하는 방법이 아닌 질문하는 방법을 알려준다. 상대방의 의견에 공감하지 못하거나 상대방이 그런 생각을 하게 된 까닭을 들을 때는 많은 질문들이 머릿속을 지나간다. 사람에 대해 궁금증이 생긴다는 것, 그리고 사람을 이해한다는 것은 앞으로 내가 나아가야 할 방향이 아닐까 싶다. 나는 어떤 책이든지 주인공에게 이입을 했다. 나는 아카키예비치를 이해했지만, 토론 전까지 아카키예비치의 동료의 입장이 돼보진 못했다.

도스토옙스키가 "우리 모두는 고골의 『외투』에서 나왔다"고 말할 정도로 극찬한 이유를 알 것 같다. 150년도 전에 우크라이나에서 쓰인 이 책이 2015년의 한국에서 꾸준히 읽히는 이유는 개인을 통해 사회를 바라보고, 사회를 통해 개인을 바라볼 수 있는 최고의 책이기 때문이다. 다른 사람은 한 번의 토론으로 알게 되는 것을, 나는 여러 번의 토론을 통해 깨닫게 되었다.

예전에는 괴로운 시간들을 견디기 위해 심장이 돌처럼 단단해지길 바랐다. 그런데 상처받지 않기 위해 생각과 감정을 지웠더니 인생의 재미도 같이 사라졌다. 삶의 낙이 없었다. 하지만 지금은 내 마음이 말랑말랑해지길 바라고 있다. 이것이 우리에게 예술이 있어야 하는 이유다. 예술은 피폐해진 우리의 마음을 감성적으로 풍부하게 해준다.

만약 우리가 아침에 눈뜰 재미가 단 하나라도 있다면 조금이라도 삶이 더 풍부해지지 않을까. 책과 친해진 동안 '외롭다'는 단어를 떠올린 적이 없었다. 그리고 하루하루가 지루할 틈이 없었다. 난 스스로 나를 가두던 외투를 벗어던져버렸다.

황지선 공대에서 '맞다, 아니다'를 정확하게 배우고 졸업했다. 현재 스물여덟 살의 젊다면 젊은 중소기업 5년차 회사원이다. 회사, 집을 반복하던 삶에 싫증과 공허를 느낀 후 독서토론 모임을 찾았다. 내게 책은 친구이다. 책으로 궁금증을 쌓고, 토론으로 해소하며 지내고 있다. 이제는 삶의 낙이 '책'이라고 당당하게 말한다.

책을 읽어도 남는 게 없다고 느껴질 때

『책은 도끼다』 박웅현 지음, 북하우스, 2011

어느 모임을 가든지 유난히 주목을 받는 이가 있다. 바로 사람들의 말에 진심으로 맞장구쳐주는 사람이다. 편하게 내 이야기를 하도록 만드는 사람, 그리고 나의 이야기를 온전히 이해해주는 느낌을 주는 사람이다. 이런 유형의 사람은 보고 있는 사람마저 유쾌하게 만든다.

우리의 삶이 각박하다 느껴지는 이유는 무엇일까? 사람들의 이야기 속에 들어있는 다양한 감정들을 (환희, 슬픔, 감동 등) 공감하지 못할 때가 아닐까? 무엇을 보든 듣든 맛보든, 느끼는 것이 항상 비슷한 사람들에게 박웅현은 말한다. "인간의 목표는 풍부하게 소유하는 것이 아니라 풍성하게 존재하는 것"이라고. 저자가 말하는 풍부와 풍성의 차이를 직접 경험하길 바란다. (박종현 추천)

'이렇게 살 수밖에 없나' 하는 생각이 들 때

『누가 나를 쓸모없게 만드는가』 이반 일리치 지음, 허택 옮김, 느린걸음, 2014

월요일부터 금요일까지 돈 벌고, 주말에 쓰기 위해 존재하는 것 같은 삶. 일터에서 받은 스트레스를 소비로 푸는 생활, 소비가 삶의 지표가 되는 삶에 의문은 품지만 답을 찾기가 쉽지 않다. 그래서 삶은 더 답답해지고, 더 열심히 삶을 소비한다.

이반 일리치는 사회, 역사, 경제, 문화의 전방에서 우리가 알고 있던 근본전제에 물음을 던진다. 우리가 진리라고 믿었던 것의 허와 실을 파헤치고, 자본과 소비에 가려진 장막을 거둬 세상의 진면목을 보여준다. 지쳐버린 꿈과 희망을 '다시' 세울 수 있도록 우리를 다독인다.(정지연 추천)

긴 글이 읽기 싫을 때

『프레드릭』 레오 리오니 지음, 최순희 옮김, 시공주니어, 1999

아무리 책을 좋아하는 사람이라도, 한 번씩 긴 글에 지칠 때가 있다. 이때 책을 덮고 빈둥거리면 스스로 자책할 수도 있다. 그럴 때면 그림책『프레드릭』과 만나보길 권한다.

프레드릭은 들쥐 다섯 마리 중 유일하게 일하지 않고 빈둥거리기만 한다. 들쥐 네 마리는 일하는데 프레드릭은 왜 일하지 않는 걸까?『개미와 베짱이』를 보면 부지런한 개미들은 좋게, 게으른 베짱이는 나쁘게 묘사한다. 하지만『프레드릭』은『개미와 베짱이』와 반대다. 아니, 빈둥거리는 프레드릭도 들쥐 4마리도 다 나쁘게 보지 않는다. 왜 프레드릭을 나쁘게 묘사하지 않는지 궁금한가? 프레드릭이 어떤 들쥐 인지 궁금한가? 이 책을 펼쳐보면 그 답을 얻을 수 있으리라. (김윤희 추천)

혼자만의 생각에 갇혔다고 느낄 때

『감옥으로부터의 사색』 신영복 지음, 돌베개, 1998

 많은 사람들과 있어도, 그들이 나와 상관없는 생각을 하고 다른 생활 속에 속해 있다고 생각될 때 어쩔 수 없이 외로움이 느껴진다. 이럴 때 제목만으로도 나보다 더 외로울 수밖에 없을 것 같은『감옥으로부터의 사색』을 들었다. 감옥에, 그것도 억울하게 긴 시간을 보내는 저자는 얼마나 외롭고 슬플 것인가. 그의 처지에 위로받고 싶었던 마음이 순식간에 부끄러워진다. 가장 외로울 자리에서 다른 사람을 생각하고 바깥의 사회를 생각하며 자기 가슴에 나무를 심는 사람의 이야기. 나도 그 나무그늘에 앉아 편안해지는 책이다. 어디를 펼쳤다 접어도 다시 시작을 약속하는 책이기도 하다. (이인자 추천)

무기력한 나를 깨우고 싶을 때

『마왕』 이사카 코타로 지음, 김소영 옮김, 웅진지식하우스, 2006

삶이 무기력해지고 생각할 틈조차 없이 바쁘게만 살아가는 인생이라면 집으로 오가는 잠시 잠깐의 시간에 이 책을 한 번 읽어보자. 일단 무엇인 가 생각을 하는 인생으로 바뀌게 되는 좋은 자극제가 될 것이다. 정치적

인 이야기를 살짝 가미해 읽는 독자들에게 철학적 사고를 하게 하는데 뇌를 사용하는 복잡한 것을 싫어하는 사람이라면 책도 읽고 사색도 하는 두 가지 효과를 얻을 수 있을 것이다. 사색과 검색을 혼동하는 이 세대에게 더욱 절실히 필요한 책이 되겠다. (어등경 추천)

인간관계나 일상이 버거울 때

『토지』 1권(전20권) 박경리 지음, 마로니에북스, 2012

구한말부터 일제강점기까지 한국인의 삶을 생생하게 그려낸 대하소설이다. 사람의 집념을 기틀로 삼아 삶에 대한 집착을 섬세하고 끈질기게 풀어냈다. 살아감에 있어서 추구해야 할 본질적인 것은 '생존'이라는 것과 이에 대한 통찰력은 압도적이다. 소설에는 경남 하동군 평사리에서 만주의 간도까지 800명이 넘는 사람들이 등장한다.

딱 1권을 읽어보길 추천한다. 우선 펼쳐보면 다음 권은 자연스레 읽게 된다. 1부(1~4권)에서는 외래어가 한 자도 등장하지 않는데, 한글이 아름답다는 것을 여지없이 보여준다. 작가는 "세상에 태어나 삶을 잇는 서러움"에서 토지를 실감했다고 한다.

이유 없는 악연은 없다. 사람을 이해하기에 충분한 작품이다. 인생이 힘들어도 삶을 포기하지 않는 고집, 사람에 대한 애착, 그 모든 것을 들여다볼 수 있다. 인간관계나 일상 속에서 버거움을 느낄 때 삶의 단면을 바라볼 수 있을 것이다. (황지선 추천)

지적인 사람이 되고 싶을 때

『**지적 생활의 발견**』 와타나베 쇼이치 지음, 김욱 옮김, 위즈덤하우스, 2011

 어릴 때부터 책을 읽고 홀로 생각을 많이 한 탓인지, 나는 20대 시절에 방황을 많이 했다. 30대가 되어보니 방황은 20대만 하는 것이 아니었다. 인간은 살아 있는 한 방황을 할 수밖에 없는 존재다. 어쩌면 방황하지 않는 사람은 살아 있어도 이미 죽은 것인지 모른다.

일본에서 교수와 평론가로 활동하는 와타나베 쇼이치가 쓴 『지적 생활의 발견』을 읽어 보니 나의 방황은 '지적 생활'의 또 다른 모습이었다. 남들보다 조금 더 '지적 욕망'이 강했을 뿐이다. 지적 욕구는 인간의 가장 근원적인 욕망 중의 하나다. 그런 욕망을 애써 부정하지 말자. 책을 읽고 글을 쓰는 지적인 삶이야말로 가장 인간답게 살아가는 길이다. (양종우 추천)

이젠,
함께 읽기다

정성원 수원평생학습관 관장

대학 시절『태백산맥』(조정래, 해냄)에 흠뻑 빠졌었다. 스토리도 흥미진
진했지만 전라도 토속어를 어찌 그리 찰지게 표현할 수 있는지 숱한
감탄사를 연발하며 읽어내려간 기억이 난다. 그러나 따끈한 책을 손
에 쥐면 빨리 읽는 게 아까워 일부러 늑장을 부리며 책장을 넘겼는데,
그건 마치 허기진 사람이 산해진미를 앞에 두고 손가락을 빠는 듯한
고역이었다.

책을 읽을 때는 역시나 따뜻한 아랫목에 배를 깔고 봐야 제 맛이다.
군것질거리 하나 손에 쥐면 금상첨화다. 하지만 사회과학 영역의 책
을 읽을 때면 왠지 자세가 달라진다. 아무래도 책상 앞에 앉거나 정자
세를 취하게 된다. 소설은 온몸으로 흡수하지만 사회과학류는 주로
머리로 받아들이기 때문에 그것이 읽는 자세에도 영향을 주는 것은
아닐까 추측해볼 따름이다.

저자에 의해 책이 탈고되고 공표되는 순간 그 책은 낱낱이 해체되
고 저자의 의도나 주제와는 무관하게 독자들에 의해 해석되고 취사

선택되는 과정을 거친다. 나는 교과서에 실린 황순원의 「소나기」를 읽으며 세상사가 자기 뜻대로 되는 것은 아님을, 어른이 된다는 것은 그것을 인정하는 과정임을 느꼈다. 나와는 다른 해석을 하는 사람도 분명 있을 것이다. 책이 수학교과서가 아닌 이상 정답이 있는 문제는 아니지만, 하나의 텍스트를 두고 다양한 해석이 존재하는 것은 참 재미있는 현상이다. 사람이 자라고 처한 환경(콘텍스트context)이 다르기 때문에 텍스트에 대한 상이한 해석을 뽑아내는 것이라고 생각한다. 이런 다양한 관점과 해석이 모여 서로 공유될 수 있다면 우리는 한 권의 책에서 실로 다양한 수십 권의 변주를 들을 수 있을 것이다.

　그렇기 때문일까. 최근 들어 함께 읽기가 주목받기 시작했다. 함께 읽기는 극단적인 주관적 해석에 심취하는 것을 제어하기도 하고, 다양한 관점의 확인을 통해 자신을 더 풍부하게 만들기도 하며, 자신의 생각을 스스로 자신의 언어로 말함으로써 뿌연 안개를 헤치고 나오는 명료성을 끌어올리기도 한다. 무엇보다 함께 읽기는 혼자 읽기의 고단함과 나태함을 서로의 격려라는 품앗이를 통해 독서 엔진을 하나 더 장착하는 일이라 생각한다.

　함께 읽고 토론하고 공부하는 모임은 꽤 오래전부터 주목을 받아왔다. '수유+너머'와 같은 방식이 그러하다. 그러나 '수유+너머'에 참여하기 위해서는 최소한의 인문학적 바탕이 필요하기도 하고, 많은 에너지를 사용해야만 하는 문제가 있다. 그래서 일반 직장인을 위한 문턱 없는 독서 모임이 만들어지기 시작했는데 최근 두각을 나타내고 있는 곳 중 하나가 숭례문학당이다. 창밖으로 숭례문이 보이는 공간을 주 모임처로 사용하고 있는 숭례문학당의 신기수 대표를 만나보았다.

정성원 어떻게 숭례문학당을 열게 되었는지 궁금하다.

신기수 90년대 기업의 노사분규 현장에 있었다. 사측의 입장을 대변해야 하는 입장에 있었는데, 회사와 노조가 커뮤니케이션을 하는 데 많은 문제가 있음을 느꼈다 그때부터 건강한 노사 화합의 기업 문화, 조직 문화에 대해 고민하기 시작했다. 개인적으로 책을 좋아하다 보니 책과 관련된 일을 하고 싶었는데 마땅히 할 게 없었다. 그래서 책을 커뮤니케이션 수단으로 조직 문화를 바꾸는 프로그램을 만들어야겠다고 생각했다. '독서경영 교육회사'라는 타이틀을 단 건 그 때문이다.

소통의 수단은 글과 말인데, 화법에 서툴러서 관계를 그르치는 일이 많다. 그리고 무엇보다 책으로 끊임없이 성찰하지 않으면 독선과 오만, 편견과 아집에 빠진다. 그런데 오히려 독서를 많이 한 사람 중에 그런 사람이 많다. 독서에 토론을 접목한 건 그 때문이다.

초기에는 글쓰기, 즉 서평을 중심으로 프로그램을 진행했다. 그런데 서평을 배우고 싶어 하는 일반인은 많지 않아서 진입장벽이 더 낮은 독서토론에 집중했다. 독서토론을 해보니 의외로 재미도 있거니와 편협함에서 벗어날 수 있는 성찰의 효과가 대단했다. 치유로 가장 좋은 방법은 말로 푸는 거니까.

정성원 최소한의 이윤이 발생해야 회사가 운영될 수 있는데, 숭례문 학당은 수익 모델과는 거리가 있지 않은가? 그럼에도 불구하고 숭례 문학당을 하는 이유가 무엇인지 궁금하다.

신기수 애초에 독서경영을 최종적인 목표로 삼은 건 회사가 운영될 수 있는 기본이 되기 때문이기도 했다. 책과 관련한 프로그램이 주로 도서관에서 진행되다 보니 요청이 많이 왔는데, 도서관에는 저자나 개별 강사들이 출강하는 정도고, 회사가 진행할 만한 예산이 없다.

독서토론은 그동안 독서모임 운영자에 좌우되는 사적인 토론으로 진행되는 경우가 많았다. 주로 주부들이 치유 모임 형식으로 많이 진행했다. 또 다른 독서모임은 비즈니스 독서모임인데 주로 경제경영서나 자기계발서를 읽고, 세미나 형식으로 사례를 접하고 각오를 다지는 데 주안점을 두는 모임이다.

우리는 이 독서토론 모임을 소통의 조직 커뮤니케이션 수단으로 모델화하기 위해서 '논제'를 개발하고, 코디네이터로서 진행자의 역할을 부여했다. 그러다 보니 주로 인문학 도서를 가지고 토론을 진행하게 되면서 참여자들의 고정관념을 깨는 효과를 얻었다. 지식을 얻는 게 아니라 지혜를 얻는달까. 속풀이를 하기도 하지만 그것만으로 끝나지 않는 자기 성찰, 그리고 자신이 원하는 것이 무엇인지를 탐구하게 되는 효과도 나타났다.

위장이 나빠서 한약을 먹었는데 몸의 체질이 개선되는 효과까지 덤으로 얻었달까. 애초에 독서토론의 효과가 이 정도일 줄은 미처 몰랐다. 처음 독서토론에 참석한 사람이 '교회에 온 것 같다'고 했는데 정확한 표현이다. 영혼의 해방구다. 그런데 마약처럼 영혼을 피폐하게 하는 게 아니라 영혼을 빛나게 한다. 자신이 지금 어디에 있는지 객관적으로 확인할 수 있게 한다. 책과 저자에게 몰입돼 허우적거리지 않고, 책에 충분히 몰입하면서 그 한계에 대해서도 함께 의견과 소감을 나누는 자리다. 우리가 숭례문학당을 하는 보람도 책에 빠진 사람들, 독서토론의 재미에 빠진 사람들이 새로운 삶을 살게 되면서 행복해하는 모습 때문이다. 다른 사람을 행복하게 하는 일이 이렇게 보람 있는 일인 줄 미처 몰랐다.

무기력해져 있던 주부, 앞으로 어떻게 살아야 할지 막막해 하는 청춘, 인생의 후반기에 무엇을 하며 살아야 할까 답답한 중년, 외롭지 않은 노후를 고민하는 장년의 삶들이 책이라는 계기를 만나, 독서토론이라는 시간을 통해 변화하는 모습들을 보는 게 기쁨이었다. 우스갯소리로 종교도, 학교도, 국가도 하지 못하는 걸 우리가 한다고 말한다.(웃음) 지금까지 즐겁게 할 수 있었던 바로 이 때문이다. 많은 분들이 "사업이 되냐"고 걱정하시는데, 한 4년 정도 힘들게 기반을 닦았다. 이제는 굶을 정도는 아니다. 그래서 올해부터는 돈 안 되고, 재미는 있는 학습모임이 많아졌다.

신기수 대표는 '논제'의 중요성을 강조했다. 이러한 '논쟁 거리'를 사전에 준비하고 모임을 진행하는 사람을 코디네이터라고 부르는데 좋은 논제를 만들기 위해서는 그만큼 코디네이터가 많은 준비를 채야 한다. 그래서 독서토론을 제대로 진행하는 사람을 양성하기 위해 '독서토론 리더 과정'을 운영하고 있다.

독서토론이 한담으로 일관하거나 얼굴 붉히는 심각한 논쟁에 휘말리지 않기 위해서는 그만큼 코디네이터의 적절한 운영능력이 필요하고, 또 사전에 논제를 만드는 일이 중요하다. 숭례문학당에서 쓴 『이제, 함께 읽기다』를 보면 논제는 자유논제, 선택논제, 찬반논제로 구분되는데, 자유논제는 일종의 '입풀기 논제'와 같이 가볍게 책 전체의 내용에 대한 소감 나누기를 중심으로 이뤄지고, 선택논제는 중간 정도의 수준으로 참여자들이 자신의 가치관과 관점을 드러내게 된다고 한다. 그리고 찬반논제의 경우 토론자들이 서로 다른 의견을 경청하고 자신의 생각을 논리적으로 발언하도록 유도하면서 편견과 고정관념을 깨고 소통하도록 만드는데, 본격적으로 토론의 맛을 느끼는 묘미가 있다고 한다.

정성원 숭례문학당 안에는 다양한 모임이 있는데, 간단한 소개를 부탁한다.

신기수 서평독토, 낭독모임, 영화토론, 산책독토, 여행독토, 건축토론, 전시토론, 강연토론 등이 있다. 무엇이든 토론하는 모임이다. 강연토론 참여자들의 이야기를 들어보면 아무리 유명한 사람의 강연이라도 끝나고 하는 우리들만의 토론이 더 재밌다고 한다. 인문학이 지식으로 끝나서야 되겠는가. 자신의 머리로 생각하고 제 목소리로 발언해야

지, 누구의 말을 듣기만 하는 '강연 쇼핑'은 문제가 있다고 본다. 동영상 강의는 그런 점에서 권하지 않는다. 숭례문학당 프로그램은 온라인 프로그램으로 하려고 해도 할 수가 없다. 우리의 경쟁력은 온라인으로 못하기 때문이다.

그런데, 최근에 온라인 프로그램도 만들었다. 카카오톡으로 하는 온라인 독서토론, 온라인 카페에서 하는 100일 글쓰기 모임, 온라인 칼럼 요약 글쓰기 모임 등이다. 오프라인 강의나 모임에 참석하기 힘든 지방 거주자나 멀리 해외에 있는 사람도 참여해 '함께 읽기'와 '함께 쓰기'의 놀라운 경험을 하고 있다.

많은 수익이 나는 건 아니지만, 그래도 행사는 도움이 되는 편이다. 주로 도서관의 북콘서트를 하는데, 도서관 예산이 빤하다 보니, 북큐지션들의 일자리 창출이나 작가들과의 연대의 의미가 크다. 그런데 이런 기반을 가지고 지자체든, 단체든, 기업이든 할 수 있는 거니까 열심히 한다. 무엇보다 너무 재밌기도 하고, 보람도 크니까.

정성원 참여하는 사람들의 성별, 연령별, 직업별 특징이 있는지 궁금하다.

신기수 학력의 격차가 크다. 유학파 박사부터 고졸 학력자까지. 오히려 다양해서 더 재밌고 깨닫는 것도 많다. 토론이라는 게 다양한 사람들이 모일수록 평소에 보지 못하는 부분, 생각하지 못했던 부분을 발견하게 되니까, 정치적인 성향도 다양하다. 토론을 하다 보면 당연히 정치적인 지향이 보이지만 정치색을 가능한 배제한다. 이게 숭례문학당만의 장점이라고 생각한다. 또 토론에서 옳고 그름을 판단하지 않는다. 스스로 깨닫는 거지 누군가가 결론을 내지 않는다.

다른 인문학공동체에 비해 문턱이 훨씬 낮다는 장점도 있다. 숭례문학당에 오는 많은 사람들이 그곳은 너무 부담스러워서 여기에 왔다고 한다. 수준 높은 인문학을 공부하려는 사람들이 아니라 인문학에 이제 갓 입문하려는 초보 독서가들이 많다. 그런데 그런 사람들이 큰 변화를 겪는다. 그동안 자신의 삶이 왜 문제였는지, 왜 풀리지 않았는지, 앞으로 어떻게 삶을 살아야 하는지, 또 왜 공부해야 하는지 알게 됐다고 열광한다.

학교 다닐 때 모범생이었지만, 뒤늦게 책 읽는 재미를 발견하게 되었다는 사람도 많다. 세상에는 정답이 있다고 생각하면서 열심히 찾으며 살다가 여기에 와서 공부를 하면서 혼란을 겪는 사람들도 있다. 주위 사람들이 정해놓은 길로만 가면 된다고 생각하고 살아왔는데 삶에는 정답이 없다는 걸 자각하게 되니까. 자신이 좋아하는 일이 무언지를 계속 자문하는 과정이니 그동안 사회에서, 직장에서, 가정에서 인정받지 못한 자신을 찾아가는 치유도 일어나고, 이런 생각을 혼자만 하는 게 아니라 함께하는 사람들이 많다는 걸 보면서 자신감을 찾는다. 그런 과정을 통해 삶이 행복해졌다는 사람들이 많다.

공부를 많이 한 것이 오히려 한계가 되기도 한다. 자신만의 프레임, 고정관념 때문이다. 그런데 중국의 학자인 왕멍처럼 "나는 학생이다"라는 태도로 겸손하게 배우는 사람은 발전이 크다. 이채로운 건, 학교 공부는 못했지만 사회성이 있는 사람이 변화의 속도가 빠르다는 점이다. 물론 학교 다닐 때 모범생이었던 이들은 학습력이 좋아 자신의 문제가 무엇인지 금방 깨닫고 실천하는 사람도 많다.

연령은 초등 3학년부터 은퇴한 60대까지 다양하다. 30대 여성들이 가장 많고, 남자들은 전부 술집으로 간 건지 골프장으로 간 건지, 70% 정도가 여성이다. 여초현상은 책의 세계에서도 마찬가지다. 직업군은 회사원이 많고, 공무원도 좀 된다. 조직에서 답답함을 느끼는 사람들이 새로운 탈출구로 학습공동체를 찾는 셈이다. 사서, 교사, 변호사, 건축가, 강사, 교수, 회사원, 대학생까지 다양하다. 프리랜서도 많은 편인데, 백수 즉 취업 예비군도 많다. 어떤 측면에서 이 사람들은 정규직에 목매지 않는 사람들인데, 자신이 하고 싶어 하는 일을 하거나 찾는 사람들이다.

전문직 종사자들처럼 아무래도 책 읽을 여유가 되는 사람들이 많다. 최근에는 은퇴를 준비하는 사람들, 은퇴한 사람들이 인생 후반기를 준비하기 위해서 오기도 하고 자신의 삶을 돌아보기 위해 글쓰기를 배우러 오기도 한다.

처음에는 성인 독서, 글쓰기 프로그램으로 시작했는데 참여하신 분들이 10년 일찍, 20년 일찍 이런 프로그램을 접했으면 인생이 달라졌겠다면서 자녀들 프로그램을 개설해달라고 요청해 자연스럽게 아이들 프로그램도 하게 됐다. '정답이 없는' 독서토론을 아이들이 너무 재밌어 한다. 주입식 암기가 아니니 당연하다.

정성원 혼자 읽기와 함께 읽기의 차이는 무엇인가.

신기수 신독愼獨이라는 말처럼 혼자 읽기는 혼자서 '고독'을 즐기면서 성찰할 수 있어야 한다. 하지만 '고립'되어서는 곤란하다. 치열한 공부를 위해서 혼자 읽기도 해야 하지만, 그걸 검증하고 또 나누기 위해서 함께 읽어야 한다. 과거에는 지식의 시대여서 그걸 축적하는 시간이 필요했다. 하지만 지식이 널려 있고, 언제 어디서든 검색할 수 있는 오늘날에는 그 지식을 어떻게 연결시키고, 조합시키느냐가 중요하다. 통섭이니, 융합이니 하는 것도 학문에만 적용되는 것이 아니라 사람과의 관계에서도 적용되어야 한다.

개인마다 경험과 생각, 외부로 나타나지 않는 암묵지, 영감, 통찰이 있는데 스파크를 일으킬 마당을 만들지 못하고 있다. 인터넷 공론장이나 댓글을 보면 얼마나 많은 사람들이 자기의 생각을 표현하고 싶어 하나? 그걸 받아주는 사람이 없으니 악플이 된다.

담론을 형성할 공간이 필요하다. 소위 말하는 지식인들만 담론을 형성할 수 있는 것도 아니다. 함께 읽기는 얘기를 나누는 공간이자 지혜를 모으는 마당이다. 세렌디피티serendipity, 즉 우연한 만남을 통한 통찰과 영감은 업무회의나 브레인스토밍 같은 전형적인 방법으로는 나오지 않는다. 결과를 목적하지 않고 재미로 하다 보면 불현듯 멋진 아이디어도 나오지 않는가.

정성원 숭례문학당에서 추구하는 재미와 의미란 무엇인가.

신기수 '멀리 가려면 함께 가라'고 했듯이 '오래 하려면 재미가 있어야 한다'고 생각한다. 『노는 만큼 성공한다』(21세기북스, 2011)의 저자 김정운이 말한 것처럼, 우리 사회가 재미있으면 죄책감을 느껴야 하는 문화다. 이념의 시대가 지난 지 얼마 되지 않았고, 정치적 환경도 재미나 웃음을 찾기에는 뒷통수가 뜨겁기도 하다.

그런데 운동movement도 재미있게 해야 지속할 수 있지 않을까. 독서 운동도 마찬가지다. 하는 사람이 재밌지 않은데 누가 재밌겠나. 지사적 운동은 하는 사람도 힘들고, 계몽당하는 사람도 힘들다. 우리는 '재미주의자'들이다. 그렇다고 재미만 있으면 안 되니까 의미, 가치가 있어야 한다. 찰나적 재미가 아니라 오래도록 지속될 수 있는 재미. 공부의 재미가 바로 그건데, 오늘날의 공부는 공부하는 재미를 다 탈색시켜버렸다. 온갖 시험과 결과 중심주의가 그러하다. 헛된 욕망이 아니라 자신의 가치를 발견하는 일이 가치 있고 또 재미있는 일인데, 그런 의미에서 우리는 '가치주의자'들이기도 하다.

정성원 숭례문학당의 경험을 토대로 『이젠, 함께 읽기다』를 썼는데 그 책 발간의 의미는?

신기수 우리 사회가 이제 소유의 시대에서 공유의 시대로 가고 있다. 혼자만의 성공에서 벗어나 사회적인 공존을 할 수밖에 없는 시대가 되었다. 독서도 지식을 축적하거나 입신출세가 아니라 소통의 도구이자 세상을 보는 창窓의 역할을 하고 있다. 최근 들어 더 독서를 하지 않는다고 하는데, 지금 우리 사회가 입신출세와 성공을 위해서 독서가 필요하지 않기 때문이 아닐까.

이제 전문직의 시대도 끝나가고 있다. 의사든, 변호사든, 교수든 직업 안정성이 무너지고 있다. 글로벌 경제에다 컴퓨터가 모든 걸 대체하는 사회에서는 지식이 아니라 지혜, 융합, 통섭, 편집력이 중요하다. 그걸 얻는 데 가장 좋은 방법이 바로 토론이다. 내용 없는 수다가 아니라 깊이 있는 토론을 위해 필요한 게 책이다. 이제 책을 읽지 않고, 토론하지 않는 사람은 자신의 삶을 주도적으로 살아갈 수도, 세상을 이끌어갈 수도 없게 되었다.

『이젠, 함께 읽기다』는 '책의 가치'가 아니라, '독서토론의 가치'에 대해서 본격적으로 접근한 책이라고 자부한다. 그것도 재미없는 학술서나 매뉴얼 같은 내용이 아니라 책으로 토론하면서 변화한 사람들, 책을 많이 읽었지만 아집에 빠져 있는 사람들의 다양한 천태만상, 현장 사례를 담은 재미도 있는 사례집이자 보고서라고 할 수 있다.

정성원 학습 없는 시민사회는 치명적이다. 그런 측면에서 읽기가 갖는 사회적 의미는 무엇이라고 생각하는가.

신기수 우리 사회가 무엇이든 성취에 초점을 두다 보니, 공부도 하기 싫은 걸 억지로 하는 걸로 인식하고 있다. 공부는 시험을 위해서만 하기 때문에 시험이 끝나면 할 필요가 없어진다. 의외로 전문직 종사자들이 편협하고 자신의 분야밖에 모르는데, 독서를 너무 싫어하고 수준도 낮은 걸 보고 놀랐다. 어떤 참석자들은 돈 안 되는 문학, 쓸 데 없는 소설을 왜 읽는지 도저히 이해할 수가 없다고 했다. 자신의 분야에서 일가를 이룬 사람들은 책을 엄청나게 읽거나, 혹시 읽지 않더라도 열린 사고, 유연한 생각들을 가지고 있다.

시민사회가 소득 수준만 올라가서 되는 게 아니라 '교양'이 있어야 하는데, 오페라나 와인이나 전시회 같은 데만 간다고 높아지는 건 아니지 않나. 기본은 책이다. 이제 운동으로서의 독서가 아니라, 재미로서의 독서를 하다 보면, 지금 우리 시대에 필요한 교양은 저절로 생기지 않을까.

어려운 고전부터 시작할 필요도 없다. 인문학 입문서부터 차근차근 시작하면 된다. 혼자는 외로우니까 함께 읽으면 된다. 우선 낭독도 하고, 강연회도 다니고, 내 얘기가 더 하고 싶으면 토론을 하면 된다. 그런 모임이 학습공동체이고. 5년이든 10년이든 계속하면 그게 평생학습이 아니겠는가. 직장에서, 가정에서 시작하면 된다. 만날 보는 사람들하고 더 얘기하고 싶지 않다면 도서관에서 새로운 책 친구들과 하면 된다.

그렇게 재미를 붙인 다음에 직장이나 가정에 전파하면 된다. 가장 많은 시간을 보내는 직장과 가정을 바꾸지 않고 행복할 리가 없지 않나. 직장과 가정이 바뀌면 사회는 당연히 바뀌는 거고. 어찌 보면 간단하고 명쾌하다. 이제, 함께 읽고 토론하자!

『이젠, 함께 읽기다』를 읽다 보면 니체의 다음과 같은 준엄한 꾸짖음을 만날 수 있다.

책을 읽은 뒤 최악의 독자가 되지 않도록 하라. 최악의 독자라는 것은 약탈을 일삼는 도적과 같다. 결국 그들은 무엇인가 값나가는 것은 없는지 혈안이 되어 책의 이곳저곳을 적당히 훑다가 이윽고 책 속에서 자기 상황에 맞는 것, 지금 자신이 써먹을 수 있는 것, 도움이 될 법한 도구를 끄집어내어 훔친다. 그리고 그들이 훔친 것만을 마치 책의 모든 내용인 양 큰 소리로 떠드는 것을 삼가지 않는다. 결국 그 책을 완전히 다른 것으로 만들어 버리는 것은 물론, 그 책 전체와 저자를 더럽힌다.

– 『니체의 말』, 니체 지음, 시라토리 하루히코 엮음, 박재현 옮김, 삼호미디어, 2010

아예 독서를 하지 않는 풍토가 만연한 사회이기 때문에 기실 니체가 통렬히 비판한 최악의 독자는 그리 많지도 않은 실정이다. 그러나 니체의 일갈을 따라가다 보면 자의적·주관적 해석, 그리고 그것을 마치 보편적 진리인양 주장하는 것의 폐해를 만나게 된다. 결국 책에 대한 단편적 이해를 넘어서서 입체적으로 조망하기 위해서는 공독이 꽤 유력한 진지가 되지 않을까 생각한다.

숭례문학당도 좋고 인근의 도서관도 좋다. 함께 읽는 모임에 참여해서 자신이 해석한 빛깔만이 아니라 타인의 빛깔도 한번 맛보길 바란다. 무지개는 단색이 아니라 일곱 색깔의 조화를 통해 더 아름답게 빛나는 법이다.

* 이 인터뷰는 수원평생학습관에서 발행하는 격주간 웹진 〈와〉 73호(2014년 12월 24일자)에 「함께 읽는다는 것」이라는 제목으로 실린 것입니다.

책으로 다시 살다

2015년 5월 11일 1판 1쇄 발행
2015년 8월 24일 1판 2쇄 발행

지은이 —— 숭례문학당 엮음
펴낸이 —— 한기호
펴낸곳 —— 북바이북
　　　　　출판등록 2009년 5월 12일 제313-2009-100호
　　　　　121-839 서울시 마포구 동교로 12안길 14(서교동) 삼성빌딩 A동 2층
　　　　　전화 02-336-5675 팩스 02-337-5347
　　　　　이메일 kpm@kpm21.co.kr
　　　　　홈페이지 www.kpm21.co.kr

인　쇄 —— 예림인쇄 전화 031-901-6495 팩스 031-901-6479
총　판 —— 송인서적 전화 031-950-0900 팩스 031-950-0955

ISBN 979-11-85400-10-5 03800